하밀 퓨전 판타지 소설

개들의 왕 4

하밀 퓨전 판타지 소설

초판 1쇄 찍은 날 § 2006년 8월 28일
초판 1쇄 펴낸 날 § 2006년 9월 8일

지은이 § 하밀
펴낸이 § 서경석

편집장 § 문혜영
편집책임 § 심재영
편집 § 최하나 · 문정흠

펴낸곳 § 도서출판 청어람
등록번호 § 제1081-1-89호
등록일자 § 1999. 5. 31
어람번호 § 제1-0743호

주소 § 경기도 부천시 원미구 심곡1동 350-1 남성B/D 3F (우) 420-011
전화 § 032-656-4452 팩스 § 032-656-4453
http://www.chungeoram.com
E-mail § eoram99@chollian.net

ⓒ 하밀, 2006

ISBN 89-251-0288-9 04810
ISBN 89-251-0160-2 (세트)

개틀의 왕

하밀 퓨전 판타지 소설
Fantasy Frontier Spirit

■ 완결 ■ **4**

축제

도서출판
청어람

CONTENTS

Chapter 30

다 리 엔 의 결 심

스캇의 표정은 단단히 굳어져 있었다. 게나홀라헬은 아무
말도 하지 않았지만, 스캇이 그녀에게 속았기 때문일 거라고
내심 생각하고 있었다.

그들은 한참을 말없이 걸었다. 황량한 폐허가 그들의 주위
를 뒤덮고 있었다.

'차라리 날 속이지 그랬소.'

순간적인 화를 이기지 못하고 떠났던 스캇이지만, 그녀를
향한 미련이 끝없이 남아 있었다. 도대체 무엇 때문에 그렇게
화를 냈을까. 다리엔이 제국의 사람이라는 것 때문에?

그것이 그렇게 중요한 문제였던가.

'중요한 문제다.'

그는 애써 스스로를 부인했다. 자신의 위치를 구태의연하게 자각하며 스스로를 질책했다. 무엇보다 자신을 몇 번이고 흔들리게 하는 그녀의 존재감을 부정했다.

"난 실수하지 않았어."

"음?"

스캇의 입에서 자신도 모르게 혼잣말이 튀어나왔다. 그의 곁에서 말없이 걷고 있는 게나홀라헬이 스캇을 돌아보자 그는 고개를 저으며 말을 꺼내려 했다.

"아니……."

"오빠!"

멀리서 벨이 스캇을 향해 달려오고 있었다. 그녀의 외침 때문에 말이 끊긴 스캇은 게나홀라헬을 돌아봤다. 서로 처음 보는 사이일 테니 소개를 해줄 참이었다.

하지만 게나홀라헬은 벨을 향해 뛰어나가기 시작했다.

갑작스러운 상황에 놀란 스캇은 그의 뒷모습을 멍하니 바라봤다.

"제국의 요인이 왜 이곳에 있는가?!"

같은 멘트, 같은 행동으로 벨을 향해 날아가는 게나홀라헬의 일격!

"이번엔 한 대 맞겠군."

스캇은 그 행동을 막는 대신 자신의 손바닥으로 얼굴을 감싸곤 고개를 내저었다.

"뭐야, 이건?"

게나홀라헬의 일격을 쉽게 받아친 벨은 사정없이 그를 구타하기 시작했다. 아무리 엔트라헬의 2인자라지만 벨의 상대가 될 리 없었다.

스캇이 그 곁으로 갔을 즈음엔 이미 벨이 상대를 유린한 뒤였다.

"뭐? 진즉 말하지 그랬어. 에헤헤헷."

무표정으로 묵묵히 서 있는 게나홀라헬을 바라보며 벨은 쑥스러운 미소를 지었다. 구면인 데다가 적이었다니 스캇으로서도 할 말은 없었지만, 방금 전과는 사뭇 대조적인 모습이었다.

"언니는?"

스캇은 대답 대신 떨떠름한 표정을 지어 보였다. 그는 연이어 채근하는 벨의 손을 붙잡곤 자리를 벗어났다.

게나홀라헬은 그 뒤를 좇으려다 벨과 스캇의 뒷모습을 번갈아 바라보곤 그 자리에 멈춰 섰다.

'분명 제국과는 담을 쌓고 사는 친구이런만, 내가 모르는 속사정이 있는가 보군.'

이유도 모른 채 맞아야 했던 게나홀라헬은 그렇게 애써 위안을 삼았다.

"뭐라고? 제정신이야?"

"음… 일단 본인이 제국 10용사라고 밝혔고……."

"그럼 난 뭔데?"

벨의 카랑카랑한 목소리가 스캇의 말을 잘랐다. 스캇은 뭔가 잘못됐다는 것을 느끼기 시작했다.

"벨, 너와는 다르다. 난 제국과 관계된 자는 누구도 쉽게 믿을 수 없어."

"언니가 이야기 안 했어? 안 했냐구?"

울먹일 듯 소리를 질러대는 벨에게 주눅이 든 스캇은 대답 대신 영문을 모르겠다는 표정을 지었다.

벨은 스캇의 옷깃을 잡고 흔들기 시작했다.

"언니가 누구 때문에 제국에 잡혀 살았는데……! 병신!"

스캇은 눈이 휘둥그레져선 자신을 흔들던 벨의 손을 붙잡았다. 그의 손끝은 떨리고 있었다.

"뭐, 뭐라고?"

"자기 목숨이 누구 때문에 붙어 있는 건지 알지도 못하고! 병신! 병신새끼!"

"다시… 다시 한 번 말해봐."

자신이 당한 일이 아님에도 설움이 북받쳐 오르는지 벨의 눈가에 그렁그렁한 눈물이 맺혔다. 그녀는 고개를 저으며 스캇을 밀어냈다.

"무슨 상처를 더 주려고 하는 거야! 당장 가서 붙잡아. 그 앞에 무릎 꿇고 빌어. 이유 따위는 알 생각하지 마. 오빠는 그럴 자격이 없는 사람이야. 아무 말도 하지 말고 그냥 붙잡으라고!"

스캇은 혼이 나간 사람처럼 중심을 잡지 못한 채 한 걸음씩 뒤로 물러났다. 그는 생각을 하는 것조차 잊어버린 듯 입을 벌린 채 벨을 바라봤다.

하지만 벨의 입술은 여전히 차가웠다.

"죽을병을 안고선 10년이 넘도록 한 남자를 기다렸던 여자야. 이렇게 끝낼 거야? 두 번 다시 못 볼지도 모른다고, 이 병신 자식아!"

"나, 나는……."

스캇은 말을 채 끝내지도 못하고 뒤돌아 달리기 시작했다.

그녀는? 그녀는 어디에 있지? 그래, 능력, 능력을 써야지. 어디에 있는 거지? 그녀의 메시지가 어땠더라?

너무 거칠게 달린 탓인지 메마른 폐허의 먼지가 눈꺼풀 밑으로 자꾸 밀려들어 왔다. 스캇이 손등으로 눈을 비비자 그의 두 눈이 붉게 물들어 있었다.

'내가… 도대체 무슨 짓을 했지?'

그 어떤 것도 생각할 겨를이 없었다. 그저 지금은 그녀를 찾아 그 앞에서 무릎을 꿇고 빌고 싶었다. 벨의 명령 때문이 아니었다.

그의 가슴, 바로 그의 가슴이 그렇게 명령하고 있었다.

"다리엔!"

감응(感應), 스캇의 몸에서 수천, 수만의 묵빛 기운들이 솟아올라 사방으로 퍼져 나가기 시작했다. 실과 같이 얇은 스캇의 기운들은 마치 섬광처럼 순식간에 도시를 뒤덮었고, 그것으로도 모자라 벽을 뚫고 나가기 시작했다.

'지하엔 없다!'

스캇은 고개를 들어 천장을 바라봤다. 이미 이 폐허를 빠져나갔다는 이야기다. 그는 주저할 것 없이 허공을 박차고 천장을 향해 날아올랐다.

부우우웅!

발끝에서 광풍이 일자 그의 몸은 순식간에 폐허를 벗어났다.

'더 빨리… 더 빨리……'

충분히 인간의 상식을 상회하는 속도로 이동하고 있었지만 스캇은 그것으로도 부족했다. 그는 뇌체(雷體)를 운용해 좁은 공간의 에스컬레이터를 따라 파고들었다.

파짓! 파지직!

"큭……!"

그는 감당할 수 없는 속도 탓에 이곳저곳에 몸을 부딪쳐 가며 위로 솟아올랐다. 스캇의 몸이 금속의 물체에 부딪칠 때마다 육체 자체가 전도(傳導)되어 지상을 향해 거칠게 튕겨져 나왔다.

오래지 않아 지상으로 올라온 스캇은 다시 감응을 펼쳐 다리엔의 위치를 확인했다. 그녀는 스캇이 충분히 따라잡을 수 있는 거리에 있었다.

그는 다시 신형을 날렸다.

'다른 자들이 있다.'

숲의 상공을 날며 다리엔의 뒤를 좇던 스캇은 그녀가 다른 누군가와 접촉했다는 사실을 느낄 수 있었다. 그녀의 존재감에 비해 날카롭고 깊은 기운이었다.

'실력자다. 10용사인가.'

그들은 더 이상 그 자리를 떠나지 않았다. 대화 중인 듯했다.

스캇은 마음 한구석에 미처 버리지 못한 의심을 떠올렸다.

'혹시라도 제국의 음모가 연결되어 있다면…….'

병신, 병신새끼, 벨의 목소리가 스캇의 귓가를 울렸다. 그는 쇠망치로 뒤통수를 얻어맞은 것 같은 강렬한 충격에 몸을 떨었다.

"도대체 나란 자식은……!"

그는 더 이상 그 어떤 것도 생각하는 것을 포기했다.

그녀가 제국의 사람이든, 아니든 더 이상 중요한 문제가 아니다. 그녀만 괜찮다면 스캇은 다리엔을 제국에게서 뺏어 올 심산이었다.

아니, 그녀가 뭐래도 그는 그렇게 할 생각이었다.

'가깝다.'

그들이 눈치 챌 수 있을 정도로 가깝게 접근한 스캇은 기운을 운용해 땅 밑으로 파고 들었다.

'목체(木體), 토둔(土遁).'

지금 스캇이 쓰는 기술은 엔트라헬을 흉내 낸 것이었다. 순식간에 땅 밑으로 파고든 스캇은 그들을 향해 천천히 나아갔다.

다행히 다리엔의 곁에 있는 자들은 모두 전사의 기운을 가지고 있었다. 그는 내심 자신의 기운으로도 상대가 가능한 역량이라고 판단했다.

그들의 곁까지 다가간 스캇은 굳이 몸을 드러내지 않은 채 메시지의 수집에 집중했다. 스캇의 정신으로 그들의 대화가 들리기 시작했다.

"난 돌아가지 않겠어."

"뭔가 착각하고 계시는 거 아녜요? 저희가 맡은 임무는 '포획'이에요. 얌전히 모시고 오는 게 아니랍니다, 성녀님."

다리엔과 대화를 하고 있는 것은 여성이었다. 그보다 대화에 참여하고 있지 않은 또 다른 존재, 스캇은 그 기운에 관심이 갔다. 자신이 언젠가 만난 적이 있었던 자다.

검성, 라렛슈.

"그만 하지, 네르피온. 네 말대로 우리가 받은 임무는 '포획'이다. 그냥 잡아가면 된다."

"닥쳐, 무명검사. 어디에 대고 반말이야? 난 너랑 이야기한 적 없어."

"…말이 심하군."

그들의 살기가 서로를 향하고 있음이 스캇에게도 노골적으로 느껴졌다. 다리엔은 눈치를 보며 기회를 노리고 있었다.

"어쨌거나 비전투계라 해도 세 번째의 랭커, 그리고 사신 봉의 사용자야. 저년의 몸을 해하지 않고 붙잡는 게 말처럼 쉬운 줄 알아?"

"내기할까."

스캇은 네르피온이라는 여성의 말투에 분노해 자신도 모르게 이를 갈았다.

그녀의 말로 유추해 보자면 엄연히 그들의 상관이며, 성녀라 불리는 존재다. 그런데 대놓고 무시를 하는 것도 모자라 욕을 하고 있는 것이다.

"그만 해. 너희들이 뭐라고 해도 난 돌아가지 않아. 어차피 오래 못 가 죽을 목숨이야."

"그 말이 사실이었군."

라렛슈의 무심한 목소리에 이어 네르피온이 물었다.

"말? 무슨 말?"

"이유는 모르지만, 자신의 능력을 포기하고 그 대가로 부작용으로 인해 잃었던 젊음을 되찾았다고 들었지. 성녀로 불려도 속은 뻔한 인간일 뿐이야. 그대로 능력을 가지고 있었다면 수없이 많은 사람들을 구제할 수 있었겠지. 지금처럼 성녀라 불리면서… 하지만 결국 수많은 사람들의 생명보다 자신의 욕망을 택했어."

"흐흥, 피부가 탱글탱글해진 이유가 있었군요. 왜? 죽기 전에 남자라도 마음껏 건드려 보려고? 황태자의 마음을 얻어낸 것처럼 말이지."

스캇은 더 이상 듣고만 있을 수 없었다. 그는 독기를 띤 눈으로 위를 노려봤다. 숨을 들이쉬고 단번에 치솟아오를 생각이었다.

그때, 다리엔의 외침이 들려왔다.

"아냐! 메르부는 그런 사람이 아냐! 그리고 나도… 알지도 못하면서 함부로 말하지 마!"

스캇은 숨을 멈추고 그녀의 말을 되새겼다.

메르부……? 메르부라고?

"죄송하군요. 저희가 너무 말이 많았나 보네요. 그럼 이만 모셔가도록 할까요."

라렛슈와 네르피온은 동시에 검을 뽑아 들었다. 다리엔은 뒤로 물러나며 자신의 손을 앞으로 뻗었다.

"남방신 주작(南方神 朱雀). 사문(四門). 개문(開門)!"

다리엔의 온몸에서 붉은색의 덩굴들이 뻗어져 나오기 시작하더니 그녀의 등 뒤에서 수많은 덩굴들이 뒤엉킨 날개가 펼쳐져 올랐다. 날개 끝에서 반대편 끝까지 어림잡아 7~8미터는 넘을 듯한 거대한 크기였다.

그 위압감은 금새 사방을 뒤덮었고, 그녀가 날개를 펼치며 홰치자 엄청난 풍압이 주위를 압도했다.

하지만 네르피온은 여유가 있는 듯 콧소리를 섞어가며 비아냥댔다.

"자신만만하시군요. 능력도 전부 잃은 주제에."

"타임 스톱핑(Time—Stopping)이 아니어도 너희들에게 도망치는 일 정도는 할 수 있어."

라렛슈는 한숨을 쉬며 다리엔의 앞으로 한 걸음 걸어나왔다.

"후우… 어쩔 수 없지. 네르피온, 이런 상대로 멀쩡히 포획하기란 애초부터 무리였다. 팔다리 한두 개 정도 없어도 충분히 이해하실 거다."

"푸풋, 칼말을 시켜서 다시 붙이면 되잖아?"

다리엔은 그들의 실력을 잘 알고 있었다. 그리고 그들을 상대하는 것이 얼마나 미련한 행동인지도.

'하지만… 제국으로 돌아갈 순 없어. 아니, 가지 않겠어. 이제 그도 만났고, 더 이상 제국에 머물러야 할 이유는 없어.'

죽을지도 모른다. 그래도 싫었다. 그토록 그가 싫어하는 제국이다. 다리엔은 이들과 함께 대화를 나누고 있다는 사실조차도 인정하기 싫었다.

올렛과 메르부가 없는 틈을 노려 목숨을 걸고 빠져나온 제 국이다.

다시 돌아가느니 차라리 죽는 것이 나았다. 그녀의 얇은 입술 사이로 신음 섞인 목소리가 흘러나왔다.

"아우리미……."

다리엔의 몸을 두르고 있던 덩굴 중 하나가 그 말에 대답하듯 잎사귀로 그녀의 뺨을 쓰다듬었다.

"미안해. 그동안 정말 미안했어. 끝까지 제대로 된 주인 노릇을 못하고 가네."

"시작해요. 그 거추장스러운 날개, 달고 있는 것도 벅찰 텐데… 내가 뜯어내 버려야지."

스릉.

네르피온이 검을 치켜들자 은백색의 검날에서 절로 소리가 울려 나왔다.

은빛의 갑옷과 작은 버클러(Buckler)로 무장한 그녀의 몸이 다리엔을 향해 미끄러지듯 달려나가기 시작했다.

타다다닷!

"피닉스 프로텍션(Phoenix Protection)!"

허공에 붉은 인장들이 떠오르며 네르피온의 앞길을 가로막았다. 그녀는 코웃음을 치며 인장들을 베어냈다. 네르피온의 검끝에는 푸른색의 기운이 맺혀 있었다.

"사신과 대화도 나누지 못하는 사신봉이라니, 그냥 서커스단에나 들어가는 게 어때요?!"

치지지짓!

네르피온이 모든 인장들을 베어내곤 다리엔의 바로 앞까지 도착하자 기다리고 있었다는 듯 수많은 깃털들이 네르피온을 향해 쏟아져 내리기 시작했다.

"아직이야! 홍염의 깃[Flame Feather]!"

"절대 방호!"

티키키키킹!

수많은 깃털들이 불길을 일으키며 네르피온을 향해 쏟아져 내렸다. 이윽고 공격이 끝나자 그 자리엔 네르피온이 한쪽 무릎을 꿇은 채 온몸을 둥글게 말고 있었다.

그녀의 갑옷은 여전히 그 빛을 잃지 않은 채 은색으로 빛나고 있었다. 네르피온은 이윽고 자리에서 일어나며 말했다.

"형편없어, 정말 형편없어. 도대체 왜 그런 능력을 버린 거야? 겉모습이 젊어지면 뭐 하냐고, 속은 여전히 다 늙고 썩어 문드러져 있잖아."

다리엔은 아무런 대답도 하지 못하고 있었다. 그녀는 서 있는 것조차 힘들어 보였다.

네르피온은 숨을 몰아쉬고 있는 그녀를 향해 비웃음을 날리며 검을 치켜들었다.

"자, 그 볼썽사나운 날개부터 뜯어내 볼까?"

"그만 하지."

다리엔에게 온 정신이 팔려 있던 네르피온은 물론이고, 가만히 서 있던 라렛슈조차 그의 등장을 눈치 채지 못했다.

라렛슈가 들고 있던 검끝이 미세하게 흔들렸다. 그리고 그 검끝과 같이 평정을 잃은 목소리가 그의 입에서 흘러나왔다.

"어떻게……."

"그래, 어떻게? 어떻게 자네 옆에 내가 있냐, 이 말이지? 나도 자네들이 왜 여기에 있는지 모른다. 아무것도 몰라."

스캇은 모른다는 말을 굳이 강조해 가며 다리엔도 들을 수 있을 정도의 큰 목소리로 말했다.

그는 라렛슈의 바로 옆에 서 있었다. 자신이 그들의 대화 내용을 들었다는 것을 굳이 알려줄 필요는 없었다.

더욱이 그녀를 위해서라도.

"어이, 무명검사. 일 똑바로 못해? 정신을 어디에 놓고 다니기에 저런 새끼가 시비를 걸게 내버려 두는 거야?!"

네르피온의 자극적인 말투에 제정신이 들었는지 라렛슈는 그대로 검을 휘둘러 스캇의 허리를 벴다. 아니, 베려고 했다.

파지지짓!

"뭐, 뭐야."

검은 그대로 스캇의 몸을 통과했다. 라렛슈는 상대를 베어 내는 순간 짜릿한 전류가 자신의 손을 타고 오르는 것을 느낄 수 있었다.

그가 눈을 크게 뜨고 스캇을 바라봤지만 그는 분명히 인간이었다.

"넌 누구지?"

"알 필요, 없어. 네가, 날, 상대할 수 있을 정도로, 강한, 녀석이라면, 모를까. 이제 기억나나?"

스캇은 말을 한마디씩 끊으며 라렛슈에게 말했다. 그제야 라렛슈는 스캇과의 만남을 기억해 내곤 고개를 저었다.

분명 그는 이 정도의 실력은 아니었다. 하지만 그의 경악과 상관없이 스캇은 그를 등진 채 주머니에 손을 꽂고는 앞으로 걸어나갔다.

그가 향하는 곳은 네르피온과 다리엔이 접전을 벌이고 있는 곳이었다.

제국 최고의 검사라 불리는 이가 보기 좋게 무시를 당한 것이다.

"나를 상대해라!"

화르르륵!

라렛슈의 검끝이 다시 스캇의 허리를 노렸다. 하지만 이번엔 평범한 베기가 아닌 불길이 담긴 공격이었다. 스캇은 여전히 그를 무시한 채 걸어나갔다.

키키키킹!

마치 철로 된 갑옷에 부딪친 듯 라렛슈의 검이 사정없이 튕겨져 나왔고, 라렛슈는 그 기세 덕분에 뒤로 밀려났다.

불길이 붙은 스캇의 상의가 타오르며 떨어져 내리자 그의 몸을 두르고 있는 묵빛의 갑주가 드러났다. 그 갑주는 상체를 전부 감싸고 있었다.

"왜 나를 무시하는 거냐!"

스캇은 고개를 돌려 라렛슈를 쳐다봤다. 아무런 적의도, 살의도 담겨 있지 않은 무덤덤한 표정이었다. 그는 낮고 허스키한 목소리로 내뱉었다.

"약하잖아."

"너, 도대체 뭐야!"

이번에 달려든 것은 다름 아닌 네르피온이었다. 그녀는 주머니에서 손도 빼지 않은 스캇의 등을 향해 몸을 날렸다. 그녀의 검은 정확하게 스캇의 심장을 노리고 있었다.

푸욱!

분명 갑주가 있어야 할 자리인데 네르피온의 검은 아무런 저항도 없이 그의 몸을 꿰뚫었다. 라렛슈의 눈이 순간 번뜩였고, 네르피온은 키득거리며 웃었다.

"이거 봐, 별거 아니잖아. 삼류 검사, 네가 나보다 밑이라는 증거라구."

"그 정도의 감으로 나를 경쟁 상대로 생각하고 있다고? 우습군."

라렛슈는 네르피온의 도발을 그대로 받아쳤다. 그는 살기를 지우지 않은 채 스캇을 바라보고 있었다.

"이봐, 아가씨. 잠깐 당신의 마음속을 살펴봤지."

"으응?"

스캇은 한 팔을 들어 네르피온의 어깨에 손을 올렸다. 그의 가슴은 여전히 네르피온에게 꿰뚫려 있었다.

네르피온은 경악이 담긴 표정으로 스캇이 하는 작태를 바라봤다.

"지겨운 삶을 살았어. 힘과 명예, 그뿐이면 다라고 생각했겠지. 하지만……."

스캇의 부드러운 눈빛이 네르피온의 얼굴을 훑어 내려갔다. 네르피온의 얼굴이 순간 화끈하게 달아올랐다.

"그렇게 귀여운 얼굴로 연애도 한 번 못해봤다니, 과연 히스테리에 걸릴 만하다. 노처녀."

"닥쳐!"

푸확!

그녀는 스캇의 몸에 꽂은 검을 그대로 치켜들었다. 그의 머리가 정확히 두 동강이 나자 뒤에서 그 모습을 지켜보던 다리엔의 비명 소리가 터져 나왔다.

"꺄아아악!"

촤르륵!

하지만 환영이던가. 스캇의 몸은 물이 되어 흘러내렸고, 또 다른 스캇이 다리엔의 날개 뒤에서 걸어나왔다.

"괜찮소. 난 멀쩡하니까."

"그만, 그만 좀… 놀라게 해요……."

"음?"

다리엔은 불에 타서 너덜너덜한 스캇의 소매를 움켜잡았다. 그녀의 눈가엔 그렁그렁한 눈물이 맺혀 있었다.

"걱정했잖아요……."

스캇의 가슴속에서 뭔가 울컥하고 치솟아올랐다. 그는 당장이라도 다리엔을 껴안고 싶었다. 그녀가 도대체, 무엇 때문에, 자신을 이토록 마음에 담아두는지 몰라도 아무런 상관 없었다.

그저 저 불쌍한 사람을 품에 안고 다독여 주고 싶었다.

스캇의 눈에 들어온 그녀의 거대한 날개가 너무나도 애처로워 보였다.

"구해주겠소. 함께 갑시다."

네르피온과 라렛슈는 어느새 자세를 잡고 스캇을 노려보고 있었다. 당장이라도 상대를 난자해 버리겠다는 강렬한 살기와 함께.

스캇은 주머니에서 손을 뺐다. 어느새 삼문(三門)을 개문(開門)한 자신이다. 이들을 상대로 다리엔을 무사히 구출해 내는 것은 물론이요, 압도적인 실력 차로 그들을 누를 자신도 있었다.

하지만 다리엔은 정색을 하며 고개를 저었다.

"이러지 말아요. 싸울 필요 없어요."

"무슨 소리를 하는 게요?"

"싸울 필요 없다구요. 잊었어요? 난 제국의 사람이에요. 용무를 마쳤으니 제국으로 돌아가겠어요."

의외의 전개에 네르피온과 라렛슈도 적잖이 놀랐다. 안 그래도 그들은 스캇의 능력과 직접 부딪쳐 보곤 잔뜩 긴장해 있던 상황이었다.

이런 와중에 다리엔의 변심은 그들에겐 큰 이득이 될 수도 있었다.

"당신이 싫다고 해도 내가 억지로 데려가겠소."

"싫습니다. 아니, 당신은 그렇게 행동할 수 없어요."

"도대체 왜 싫다고 하는 거요?"

"전 제국에 빚이 남아 있는 몸입니다. 낳아주고 길러준 부모의 정이 있다면, 제게 그 부모는 제국입니다."

네르피온과 라렛슈는 그녀의 말이 맞다고 생각했다. 이미 죽어 있어야 할 다리엔을 거두어 고쳐 준 것은 다름 아닌 메르부였다.

아니, 정확히는 벨이었지만 메르부가 없었다면 다리엔은 이미 죽었을 것이라는 사실에는 변함이 없었다.

"제법 의리가 있군, 못된 년."

네르피온이 비아냥거리자 스캇이 고개를 돌려 그녀를 노려봤다. 그 싸늘한 눈길!

'뭐, 뭐야. 도대체!'

네르피온은 그의 눈길을 피할 수도, 맞받아칠 수도 없었다.

스캇의 무겁고 깊은 눈빛이 그녀의 심중을 꿰뚫고 있었다.

챙그랑!

자신도 모르는 사이 네르피온은 들고 있던 검을 떨궜다. 그것은 기사에게는 더없는 치욕과도 같았다.

그 사태의 중함과 자존심의 상처를 알기에, 앙숙인 라렛슈도 아무 말 없이 고개를 돌렸다. 도대체 어떤 자이기에 제국 최고의 기사라 불리는 자의 자존심을 꺾는단 말인가.

"두 번 다시 그 입에서 허튼소리가 나온다면, 다른 이에게 그 어떤 상처도 주지 못하는 몸으로 만들어주겠다."

스캇의 목소리에는 분노 대신 답답한 무게감이 자리 잡고 있었다. 그의 말 한마디 한마디마다 네르피온의 가슴속을 두들겼고, 그녀는 커다란 충격에 휩싸인 채 아무런 말도 할 수 없었다.

"역시, 당신이 오크들과 북유적의 주인이로군. 개들의 왕."

"자네와 대화할 시간이 아니라네. 기다려 주게나."

스캇은 라렛슈마저 무시하곤 다시 몸을 돌려 다리엔을 바라봤다. 아직도 그녀의 말이 이해가 가지 않는다는 표정이었다.

그녀의 목소리엔 스캇이 알 수 없는 감정이 담겨 있었다. 도대체?

"제가 제국으로부터 도망치려던 건, 아무것도 남은 것이 없기 때문이었어요. 어차피 이대로 죽을 바엔 더 이상 억눌려 살기 싫었으니까요. 하지만 지금은 다릅니다."

스캇은 알 수 없다는 표정을 지어 보였다.

"도대체, 도대체 뭐가 다르오……?"

"남은 것이 있습니다. 희망이 있습니다. 그래서 돌아가야 합니다. 그렇기에 돌아가서 모든 정과 은원을 깨끗하게 정리해야 합니다."

다리엔의 표정은 어둡지 않았다. 아니, 웃고 있었다. 스캇은 그제야 그 속내를 조금이나마 알 수 있었다.

스캇은 강하지 못한 눈빛으로 그녀를 바라봤다. 아무것도 모른 채 그녀를 내쳤던 못난 자신을 부끄러워하고, 또 미안함을 담고 있는 표정이었다.

다리엔은 모든 것을 다 알고, 또 이해한다는 얼굴이었다. 그녀의 눈빛은 아무런 원망도 없이, 그저 사랑을 담고 있었다.

"제 살고 싶다는 소망을, 그 간절한 마음을 아신다면 돌아가세요. 이 못난 여자는 자신 때문에 당신이 손끝 하나 다치는 것도 볼 수 없습니다."

그녀의 목소리에는 묘한 힘이 담겨 있었다. 분명 상대가 무슨 소리를 하건 데려올 생각이었건만, 지금의 스캇은 그 말을 거역할 수 없었다.

그를 위해 그토록 많은 아픔과 고난을 겪었던 사람이, 정작 자신 때문에 스캇이 다치는 모습은 조금도 볼 수 없다는 그 말이 그토록 스캇의 가슴에 남았다.

거듭되는 그녀의 말.

"돌아가세요."

스캇은 깊게 숨을 들이마시고는 몸을 돌렸다. 그녀의 깊은 뜻은 알 수 없었지만 한 가지는 확실했다.

그녀는 결코 포기하지 않았다는 사실을.

"그래, 돌아가지."

터벅, 터벅.

그의 발소리가 무척이나 무겁게 들려왔다.

다리엔은 그의 모든 행적들을 지켜봐 왔던 사람이다. 자신으로 인해 그의 신념이 꺾이는 것만큼은 용납할 수 없었다. 그녀 역시 스캇의 품에 안겨 이곳을 떠나고 싶었지만, 그건 자신의 이기적인 욕심일 뿐이다.

'나만을 위한 사람이 될 순 없지.'

적어도 그에게 짐이 되고 싶진 않았다. 가능하다면, 가능하다면 직접 모든 것을 정리하고 싶었다.

다리엔은 날개를 접으며 기운을 회수했다. 자신이 더 이상 반항하지 않는다면 해코지할 사람들은 아니다. 지옥과도 같은 곳이었지만 다시 돌아가기로 결정한 이상 미룰 이유는 없었다.

네르피온과 라렛슈는 영문을 모르겠다는 표정으로 스캇의 등을 바라봤다. 어찌 보면 그들의 사랑 싸움에 놀아난 셈이지만 당장은 주어진 임무와 관련해선 좋은 결과라고도 할 수 있었다.

그들을 등진 채 걸어가던 스캇은 몇 번이고 자리에 멈췄다. 그는 고개를 돌려 무언가를 말하려다가도 차마 꺼내지 못하고 다시 고개를 돌리기를 몇 번, 결국은 몸을 날려 허공으로 신형을 감췄다.

"네르피온, 넌 성녀님을 모시고 신속하게 제국으로 돌아가라."

"너는……?"

네르피온의 목소리에는 힘이 없었다. 본실력도 제대로 드러내지 못했던 그녀이지만 신과 같은 스캇의 능력 앞에서 더없이 무력했다. 그녀는 그 패배감을 아직 이겨내지 못하고 있었다.

라렛슈는 검을 움켜쥐곤 스캇이 사라진 방향을 바라봤다.

"저자와 구면이다. 용무가 있어."

"자, 잠깐."

다리엔은 라렛슈를 바라보며 손을 내저었다. 자신 때문에 그에게 방해가 되고 싶진 않았다. 라렛슈는 그 뜻을 알았는지 자신의 푸른 머리를 쓸어 넘기며 이야기했다.

"걱정 마십시오. 당신 때문이 아닙니다. 이건 제 개인적인 문제지요. 그럼."

라렛슈는 슬쩍 고개를 돌려 네르피온을 바라보곤 숲 속

을 향해 몸을 날렸다. 이전에 보인 적 없던 엄청난 쾌속이었다.

라렛슈가 사라지자 네르피온은 낙담한 표정으로 그 빈자리를 바라봤다.

"뭐야. 저 자식도 실력을 숨기고 있던 거야?"

제국 최고의 검사, 라렛슈.

하지만 그럼에도 항상 제국의 5번째 실력자라는 기대 이하의 평가를 받아왔다.

'내가 인정받을 수 있는 방법은 오직 힘, 힘뿐이다.'

전장에서 고아로 태어나 오직 살기 위해 살아왔다. 죽지 않기 위해 검을 휘두르다 보니 어느새 제국을 대표하는 검사가 되어 있었다.

들고 있는 검에는 더 이상 논할 가치도 없는 생존의 무게 대신 강함을 추구하는 검호의 명예가 걸려 있었다.

20살도 채 안 된 젊은 천재 검사는 그 목표에 자신의 인생을 걸고 있었다.

강함, 오직 강함.

'제대로 싸워보지도 않은 상대에게 꺾일 순 없다.'

라렛슈의 발이 숲의 축축한 대지를 박차고 달려나갔다. 그는 허공을 날아가고 있는 스캇의 뒤를 쫓고 있었다.

자신의 위에 있는 랭커 4명 중 3명이 여성이라는 사실은 라렛슈가 검호로서의 명예를 가지기 시작했을 때부터 그를 압박해 오던 사실이었다.

다 늙은 노파가 한 명, 수년째 제국 근처에도 오지 않는 꼬맹이가 한 명, 10용사의 영웅적 이미지를 위해 희생된 가짜 성녀가 한 명.

'도대체 내가 그들보다 못한 이유가 뭐란 말인가.'

다리엔에 대해 특별한 악감정은 없다 해도, 황태자의 지나친 애증이 그를 자극시켰음은 분명하다. 라렛슈는 자신도 모르는 사이 다리엔에게 평소 이상으로 과격한 언행을 했음을 내심 깨닫고 있었다.

'당장은 눈앞의 상대가 더 중요하다.'

파밧!

라렛슈는 상대와의 거리를 가늠한 후 쓰러져 있는 거목을 딛고 공중으로 몸을 날렸다.

지나칠 정도로 길고 얇은 검신이 달빛을 반사해 내며 은빛 신음을 토해냈다.

'가자, 게리휠드!'

키이이잉!

그 순간, 라렛슈가 자신의 뒤를 향해 휘두른 검에서 푸른색의 기운이 폭사되었다!

그제야 스캇은 뒤를 돌아 자신을 향해 다가오는 라렛슈를 바라봤다.

"보통 실력이 아니군. 내가 있는 곳까지 날아오다니."

"날아온 것이 아니라, 뛰어오른 거다!"

독수리를 잡겠다는 사자의 열망이다! 이 기회를 놓친다면 그대로 수십 미터 밑의 대지로 곤두박질칠 뿐!

라렛슈는 질풍과도 같은 검을 휘두르며 외쳤다.

"내가 정말 약한지, 우선 내 검을 상대한 후에 말해! 휠 오브 패션(Wheel of Passion)!"

그의 검세 뒤로 거대한 톱니바퀴가 떠올랐다. 라렛슈의 검세는 막을 수 없는 운명이 되어 스캇을 향해 다가왔다!

피할 수 없었다.

빠르고 느리고의 문제가 아니었다. 검호의 열정, 목표, 의지가 담긴 혼신의 일격이 스캇을 향해 다가오고 있었다.

거역할 수 없는 운명처럼!

"운명이라니, 내게 가장 가당찮은 존재가 아니던가."

스캇의 입가에 웃음이 걸렸지만 그것도 잠시였다. 자신이 명령하지도 않았음에도 현무의 갑주가 저절로 스캇의 몸을 감쌌다.

"의지(意志), 절대공간(絶對空間)!"

스캇은 그대로 허공에 주저앉았다. 반결가부좌의 편한 자세였다.

직사각형의 투명한 막이 스캇의 몸 주위를 감쌌고, 이어서 라렛슈의 검세가 그를 덮쳐들어 갔다!

딱.

"도대체……."

라렛슈가 예상했던 거대한 힘의 충돌과 달리 그의 검은 허공에 가로막혔다.

그는 지금 탈진 직전이었지만 스캇은 그윽한 눈길로 라렛슈를 바라보고 있었다. 그는 더 이상 인간의 범주나 상식으로 논할 상대가 아니었다.

라렛슈의 눈빛이 침묵하고 있는 입술 대신 질문을 던졌다.

'왜? 어째서?'

그러자 스캇의 입에서 낮은 목소리가 흘러나왔다.

"내겐 운명도 그저 메시지에 불과하다……. 내겐 힘도, 강함도 그저 한 가지 수단에 불과하다. 강함이라는 것은……."

스캇은 검에 매달려 허공에 걸려 있는 라렛슈의 머리를 톡톡 두들겼다.

"자네가 그렇게 목숨을 걸 만큼 중요한 문제는 아니지."

라렛슈는 서서히 밑으로 떨어져 내리기 시작했다.

그는 스캇의 표정을 바라봤다. 그것은 승리감이나 오만함을 담고 있는 것이 아니었다.

쓸쓸함, 그 눈빛에는 뭐라 형용할 수 없는 쓸쓸함이 담겨 있었다.

'검, 검은……?'

라렛슈는 본능적으로 검을 떠올렸다. 그에게 있어 목숨보다 소중한 유일한 존재.

하지만 검은 이미 그의 손을 벗어나 축축한 대지의 한구석에 나뒹굴고 있었다. 그가 추구하던 그 길도, 그 강함도 그의 손을 벗어나 대지를 뒹굴고 있었다.

라렛슈의 입에서 신음에 가까운 탄성이 터져 나왔다. 자신의 생명을 걸었던 그 검이 지금은 그저 쓸모없는 고철 조각처럼 보였다.

그렇게 라렛슈는 대지로 추락했다.

콰과광!

라렛슈는 정신을 차릴 수가 없었다. 하지만 분명한 것은 자신의 몸에는 큰 충격이 없었다는 사실이고, 그것이 스캇의 덕분이라는 것이었다.

그는 머리를 털며 주위를 둘러봤다. 그의 푸른 머릿결에서 흙과 낙엽이 떨어져 내렸다.

"담배 피우나?"

갑자기 그의 얼굴 앞으로 투박한 모양새의 손이 나타났다. 그 손에는 길고 지저분해 보이는 담배가 들려 있었다.

라렛슈는 대답 대신 고개를 저었다.

"후우… 담배도 이젠 별로 안 남았군."

스캇은 더 이상 옷이라고 부를 수 없을 만한 수준으로 너덜너덜해진 상의를 떼어냈다. 현무의 장갑은 어느새 원래의 모습으로 돌아가 있었다.

라렛슈는 한 나무에 몸을 기대곤 힘겹게 주저앉았다. 그는 스캇을 향해 물었다.

"왜 당신과 같은 실력자가 악의 길을 걷게 됐지?"

"푸하하핫! 악의 길이라, 10용사는 꽤 다양한 사람들이 존재하는군. 자네의 심계는 10번째 총각만 못한 것 같네. 내가 정말 악의 축이기 때문에 자네들을 대적하고 있다고 생각하는가?"

스캇은 자신이 걸어온 행로를 간략하게 설명했다. 그리고 앞으로 걸어갈 길도.

상대는 자신의 주적인 제국의 요인이다. 하지만 지금 스캇의 눈에는 그저 20살의 어린 청년으로만 보일 뿐이었다.

"웃기는군. 이상 국가라고? 정말 제국을 상대로 전쟁을 벌일 계획인가?"

"전쟁? 자네야말로 웃기는 소리를 하고 있군. 난 그런 것을 하겠다고 말한 적은 없는데."

"그렇다면 그 군대들은 뭐야? 그 수많은 마물들은 도대체 뭐란 말이지?"

'그저 평범한 백성이지.'

스캇은 마음속으로만 중얼거렸다. 그 누구의 눈에도 평범하게 보일 수 없겠지만 자신만은 그렇게 생각하고 싶었다.

그는 주머니를 뒤적이며 담배를 찾았다. 하지만 더 이상 남은 것은 없는 듯했다.

그는 지나가는 소리로 덤덤하게 이야기했다.

"우리나라를 지킬 수 있는 병력이 10만이면 제국의 병력이 쳐들어오겠지. 분명."

그것은 분명하다. 애초에 인간들이 못 잡아먹어서 안달인 마물들이 합세하여 일으킨 세력이라면 나라가 아니라 인간을 향한 쿠데타로 봐도 무방하다. 아니, 대륙의 명운을 가르는 초국가 전쟁으로 벌어질 확률도 크다.

"우리나라를 지킬 수 있는 병력이 50만이라면 10용사가 쳐들어오겠지. 분명."

다름 아닌 자신이 10용사다. 라렛슈는 그의 말을 인정했다. 자신들은 제국이 제국으로 존재할 수 있는 가장 중요한 이유이자 전장의 도구였으니까.

"그렇다면 제국을 포기하게 만들 방법이 뭘까, 도대체?"

"그걸 왜 나에게 묻는 거지? 당신은 적국의 왕이잖아."

스캇은 코웃음을 흘리며 고개를 저었다.

아무래도 라렛슈는 이런 쪽으로는 다소 거리가 먼 타입이 분명했다.

"뭐, 일단은 인용이지만 자주국방(自主國防)이라고 해두지. 나라를 위해 그 모든 것을 바칠 준비가 되어 있는 젊은 군사들이 가득하다, 나의 나라엔."

그의 목소리에는 확실한 경고의 메시지가 담겨 있었다. 전쟁을 일으킬 생각은 없지만 자신들의 안위를 위해서라면 상대가 제국이라도 맞서 싸울 준비가 되어 있다.

아니, 애초부터 상대를 제국이라 생각하고 있던 이들이다.

"10용사가 아니라 100용사가 쳐들어온다 해도 변함없다. 알고 있지 않나? 내 나라엔 벨과 같은 실력자가 수십 명이라네. 물론 마물들의 수장을 포함한 이야기지."

거짓말이다. 뻔히 속이 보이는 거짓말이다.

하지만 라렛슈는 눈을 휘둥그레 뜨며 스캇을 바라봤다. 그 정도로 마물들이 뭉쳤다면 제국이라고 해도 승산을 장담할 수 없었다.

스캇은 효과가 있다고 생각했는지 두 팔을 벌려가며 더욱 과장하며 이야기했다.

"대단하지 않나. 흑룡 마라드를 마음대로 부리는 벨과 같은 실력자들이라니. 레마라카의 리치들도, 북해의 해적들도 모두 나의 나라에 동참했지."

"그, 그 정도라면……."

라렛슈는 차마 뒷말을 하지 못했다.

"흠."

스캇은 갑자기 그의 머리를 향해 손을 휘둘렀다.

라렛슈는 방금 전까지 보여주고 있던 유약한 모습은 오간데 없이 날카로운 움직임으로 스캇의 손을 피했다.

"무슨?"

"자네는 여전히 힘과 대결에만 초점이 맞춰져 있군. 제국과 마물들이 왜 서로 싸워야 하는지에 대해선 고민해 볼 생각도 없고, 그저 누구에게 승산이 있는지만 관심을 두고 있어."

스캇은 자리에서 일어났다. 떨어진 담배가 그의 기분을 적잖이 불쾌하게 하고 있었다.

"확고한 목표나 뜻도 없이 명령에만 의지하는 제국의 정병들이, 스스로의 자유와 평화를 위해 투쟁하는 내 나라보다 강할 리 없지. 애초에 싸울 필요가 없다는 것을 잊지 마라."

"하지만 황태자님은 분명 공격을 지시할 거다."

"왜 황제가 아니라 황태자지?"

스캇은 의미심장한 표정으로 라렛슈를 바라봤다.

라렛슈는 당연하다는 표정으로 스캇에게 말했다.

"황제는 늙었어. 제국은 이미 황태자님의 것이다. 10용사들의 수장 역시 황태자님이지."

"메르부, 메르부 힐리안을 말하는 건가?"

라렛슈는 대답 대신 고개를 끄덕였다.

스캇은 처음 이 세계에 왔을 때 만났던 메르부의 모습을 기억했다. 그의 친절하고 부드러운 인상이 아직도 스캇의 머릿속에 남아 있었다.

'알 수 없군. 이 또한 운명인가.'

직접적으로 부딪친 건 아니지만 스캇은 그의 존재감을 일찍이 눈치 채고 있었다. 그리고 그야말로 자신의 운명의 결착점이 될 것이라는 것도 막연하게 느끼고 있었다.

"그래, 공격을 지시할 거라고. 그렇다면 이쪽이 먼저 가는 것도 좋겠지."

"당신, 순 억지 논리였군. 자주국방이니 평화니 뭐니 하면서 선공을 하겠다고?"

딱!

이번에 휘두른 스캇의 주먹은 그대로 라렛슈의 머리에 박혔다. 라렛슈는 어째서 자신이 피하지도 못했는지 납득할 수 없다는 표정으로 스캇을 바라봤다.

"공격하겠다고 한 적 없는데?"

스캇은 몸을 돌려서 걷기 시작했다. 그는 등 뒤로 나직하게 말했다.

"좋은 만남이었다. 황태자에게 안부 전해다오. 조만간에 찾아가겠다고."

"자, 잠깐. 가는 거야?"

스캇은 슬쩍 고개를 돌려 라렛슈를 바라봤다.

"왜? 더 이야기할 게 남았나?"

"아니, 그런 건 아니지만……."

"흐음, 뭐 대충은 알겠다만, 아쉽다는 거겠지. 나와의 만남이."

스캇은 이가 가득 드러나도록 웃어 보였다. 보는 사람도 기분이 좋아질 만한 그런 웃음이었다. 그는 라렛슈를 향해 말했다.

"만약 모든 일들이 좋은 방향으로 끝난다면, 너와 나도 좋은 관계가 될 수 있을 거다. 그땐 이념이니 뭐니 하는 개똥철학은 집어치우고 신나게 상대해 주지. 그래, 신나게."

스캇은 허공을 향해 주먹을 날리며 말했다.

라렛슈도 그의 말이 그리 싫진 않았는지 처음으로 소리를 내며 웃었다.

"풉."

스캇은 라렛슈를 향해 윙크를 날린 뒤 몸을 돌렸다.

팟!

그가 허공을 박차고 오르자 스캇의 몸이 공중을 향해 떠올랐다.

라렛슈가 고개를 들자 스캇의 허스키한 목소리가 다시 들려왔다.

"잊고 있었는데, 절대미성 바할레인에게도 안부 전해다오! 곧 찾아갈 테니 좋은 술자리 깔아놓고 기다리라고!"

라렛슈는 대답 대신 고개를 끄덕였다. 이미 날아오른 스캇이 바라볼 수도 없을 테지만.

"황성으로 직접 찾아오겠다고? 제국의 제1공적이?"

라렛슈는 자신도 모르는 사이 소리 내어 웃었다. 그것이 도대체 얼마 만에 찾아온 웃음인지 본인도 눈치 채지 못하고 있었다.

　배포도, 도량도 남다른 사내다. 그러니 그런 농담도 가능한 것일 거라고, 라렛슈는 그렇게 생각했다.

Chapter 31

스 캇 , 움 직 이 다

스캇은 폐허를 향해 돌아가며 또 다른 고민에 빠져 있었다.

'메르부가 내 적이라면 그건 상당히 곤란한 문제인데.'

그의 기억이 맞다면, 메르부는 손가락 하나로도 자신을 죽일 수 있는 유일한 존재였다. 스캇의 머릿속으로 메르부와의 옛 기억들이 떠오르기 시작했다.

"지겨워! 지겨워! 지겨워!"

스캇, 아니, 황운은 자신을 위해 마련된 책상 앞에 앉아 있었다. 산처럼 쌓인 책들은 보는 것만으로도 충분히 그에게 스트레스를 주고 있었다.

황운은 자리를 박차고 일어났다.

"10분간 휴식!"

"안 됩니다."

그의 등 뒤에서 들려오는 메르부의 목소리.

"아, 왜……?"

"수업 시작하신 지 30분도 안 되셨습니다. 이 정도 속도로 학습을 하신다면 손자를 볼 나이나 돼서야 훈련소 과정을 수료하게 될 겁니다."

"후우……."

황운은 다시 책상 앞에 힘없이 앉았다.

메르부는 그의 힘없이 쳐진 어깨가 안쓰러웠는지 황운의 어깨에 손을 올렸다.

"그럼, 잠깐 쉬었다 할까요? 그 대신 오늘 진도는 다 나가는 겁니다."

"고마워요!"

황운은 어디서 그런 힘이 났는지 책상을 밀어버리곤 서재 밖으로 뛰어나갔다. 따스한 햇살이 기다리고 있었다는 듯 황운을 반겼다.

"으으하아!"

황운이 오만가지 소리를 내며 기지개를 켜자 메르부는 소리없이 웃음을 지었다.

"차를 준비할까요?"

"시원한 걸로 부탁해요."

"그렇게 하겠습니다."

잠시 후 메르부는 간단한 간식거리와 음료가 담긴 쟁반을 들고 나타났다. 정원에서 혼자 구르고 있던 황운은 그가 나타나자마자 자리에서 번쩍 일어나며 먼저 테이블로 달려갔다.

"와우, 베이컨 샌드위치!"

"천천히, 그리고 적당히 드세요. 저녁에 또 식사가 있으니까요."

황운은 금세 음식을 우물거리며 고개를 끄덕였다.

메르부는 뜨거운 김이 올라오는 잔을 들어올리며 황운에게 물었다.

"어려우시지요?"

"네, 뭐가요?"

"뭐랄까, 완전한 새로운 삶을 다시 시작해야 한다는 것 말입니다. 저로선 전혀 엄두가 나지 않는데요. 이민자 분들은 그만한 사정이 있으신 거겠지요?"

황운은 대답 대신 코를 벌름벌름거리며 상대의 질문을 회피했다. 최소한 자신은 메르부가 생각하는 것처럼 그렇게 드라마틱한 상황은 아니었으니까.

"물론 어렵습니다. 하지만 이미 와버린 이상 돌아갈 길도 없잖아요."

"음… 돌아가고 싶으세요?"

순간, 황운의 귀에 들린 메르부의 목소리는 무척이나 매력적이었다. 그 목소리 자체가 매력적이었다는 것이 아니라 그 제안이 솔깃하다는 소리였다.

이미 황운은 지쳐 가고 있었고, 사실 돌아갈 방법이 있다면 돌아가고 싶은 마음이었다.

황운은 자신을 바라보고 있는 메르부를 지그시 바라봤다.

"어떻습니까. 돌아가고 싶지 않나요?"

황운은 이내 대답을 정한 듯 고개를 저었다.

"싫습니다."

"왜요?"

"비록 제가 집중력도 떨어지고 머리도 좀 나쁘지만, 그래도 목표는 있습니다."

"호오, 그래요?"

기특하다는 투였다. 황운은 조금 기분이 나빴지만 뭐, 지금까지 자신의 뒤치다꺼리를 도맡았던 메르부라면 그럴 만했다.

황운은 목소리를 가다듬곤 다시 말을 이었다.

"만약 다시 한 번, 한 번만 더 기회가 주어진다면 후회없는 삶을 살겠다고, 그런 다짐을 했었지요. 더 이상 세상이나 다른 이들을 탓하지 않겠다고, 그런 목표를 정했습니다."

"그래서 돌아가고 싶지 않은 건가요?"

"전 어쩔 수 없어서 온 게 아닙니다. 그쪽 세상이 쓸모없는 인간 하나를 버린 셈이지요. 돌아가면 또다시 빌어먹을 폐인으로 살아가게 될 겁니다. 그렇겐 못하지, 아암. 돌아가고 싶지 않습니다."

메르부는 미소를 지었다. 그가 손을 올리자 손등에 있는 커뮤니티 칩이 황운의 눈에 들어왔다. 메르부는 그것을 손으로 가리키며 말했다.

"만약 정말 진심으로 돌아가고 싶다 말했다면, 제가 이 칩을 이용해 황운님을 보내드렸을 겁니다."

"정말요?"

"네, 그 대신 원래의 차원이 아니라 다른 차원으로 가게 될수도 있고 뭐, 그것도 요행이지요. 대부분은 아공간으로 빠집니다."

그건 보내주는 게 아니라 죽이는 거잖아.

황운의 표정이 딱딱하게 굳어졌다. 말 한마디 잘못했다가 영영 아공간을 배회하게 될 수도 있었다는 소리인가. 그는 안도의 한숨을 내뱉으며 식은땀을 닦았다.

'조심해야겠네.'

"차원의 지배자들은 모두 황운님을 즉결 심판할 수 있는 권한을 가지고 있습니다. 이 세계에 오신 이상 그분들이 황운님의 생명을 쥐고 있지요. 그리고 한 명이 더 있습니다."

"그게… 메르부님?"

"그렇지요. 황운님의 담당관은 다름 아닌 저니까요. 제가 마음만 먹는다면 언제고 황운님을 차원 밖으로 밀어버릴 수 있다는 이야깁니다."

황운은 다시 흘러내리기 시작하는 식은땀을 느낄 수 있었다.

그는 그동안 자신이 메르부에게 막 굴었던 적은 없는지, 혹여나 실수한 것이 있지는 않은지 곰곰이 생각해 봤다.

'오늘 하루만 해도 짜증을 스무 번은 냈을 텐데…….'

황운이 메르부의 눈치를 조심스럽게 보자 그는 예의 부드러운 미소를 지으며 황운을 바라봤다.

"물론 그에 합당한 이유가 필요하지요. 제 개인적인 감정으로 그럴 순 없습니다."

나름 황운을 안심시키기 위한 메르부의 배려였지만, 황운의 귀에는 개인적인 감정으로 보낼 수 있었다면 진즉에 보내버렸을 거라는 소리로 들렸다.

"정말 괜찮은 겁니까?"

"더 궁금하신 내용이 있다면 오늘 진도를 모두 마친 후 말씀드리지요. 티타임치곤 시간이 좀 길었군요."

메르부는 자리에서 일어나 어질러진 테이블을 정리하기 시작했다. 황운이 어쩔 줄 모르고 주변을 서성이자 그는 자신의 금발을 쓸어 넘기며 말했다.

"들어가서 아까 읽고 있던 부분을 마저 끝내세요. 이것들을 치우고 난 후 바로 시험에 들어가겠습니다."

"시험이요?"

황운의 목소리에 두려움 아닌 두려움이 느껴지자 메르부는 피식 웃었다.

"제가 원하는 만큼 결과가 나오지 않는다면, 매일 손가락한 마디씩 아공간에 넣어버릴 겁니다."

"헉!"

황운은 자신의 손을 펼쳐 봤다. 아직은 손가락이 열 개였다.

"꽤 여유있어 보이시네요. 제가 생각하기엔 시간이 그다지 없을 텐데, 뭐 당장 시작할……."

"갑니다, 가요!"

황운은 서둘러 서재를 향해 뛰어갔다. 메르부는 쟁반에 담아둔 앞치마를 들어 두르기 시작했다. 그는 황운의 뒷모습을 보며 기분 좋은 미소를 지었다.

"위험해, 위험하다."

스캇이 다시 한 번 허공을 박차자 그의 눈에 폐허로 들어가는 입구가 보이기 시작했다. 적의 수장이 자신의 생명을 쥐고 있다는 것은 굉장히 위험한 변수다.

"제국의 황성이라, 폴든에겐 미안한 일이지만 모험을 할수밖에."

스캇은 나름대로 결론을 내렸다. 그는 라렛슈와 직접 상대한 후 10용사에 대한 중압감이 많이 가라앉아 있었다.

지금과 같은 상황이라면 싸워서 이길 수 없을지는 몰라도 최소한 제 몸 하나 빼내기엔 문제가 없을 거라고, 그런 확신이 들었다.

"좋아, 그럼 가볼까."

그는 폐허의 입구로 급하게 몸을 날렸다. 이제부터 할 일이 더 많아질 테니까.

회의장.

그렇게 좁지 않은 공간임에도 불구하고 빈 의자가 하나도 보이지 않을 정도로 많은 인원이 함께 모여 이야기를 나누고 있었다.

그 중심에 있는 것은 다름 아닌 스캇이었다.

"오빠 혼자서 가겠다구?"

· "그래."

벨이 정색을 하며 묻자 스캇이 대답했다. 그는 폐허로 돌아오자마자 중심 간부들과 측근들을 모두 소집했다. 지금 이 자리에는 게나홀라헬과 마리미도 함께 있었다.

"회장님 신변에 무슨 이상이라도 생기게 된다면 이 모든 계획들이 물거품이 된다지 않습니까."

"알고 있다네, 로뮤. 하지만 이 상태라면 상대는 우리에 대해서 적대감만 가지게 될 뿐이야. 이왕 노출된 것, 전쟁이 목적이 아니라는 것을 확실히 알려줄 생각이다. 그쪽은 이미 전쟁 준비를 시작했을 거야."

"벌써 준비를 시작했단 말입니까?"

스캇은 고개를 끄덕이며 말했다.

"나와 벨이 오크들을 움직이기 시작한 지도 꽤 상당한 시간이 지났네. 제국이라면 지금 당장이라도 쳐들어올 수 있을 거야. 그리고 방금 전에 10용사 중 한 명에게 내 세력에 관한 정보를 모두 전했으니 긴장감은 더 고조되겠지."

"뭐라고?"

"벨, 너도 알고 있는 사람이지. 라렛슈에게 과장까지 섞어 가며 말했지. 아마 그가 돌아가면 황성이 떠들썩할 게다."

벨은 어이없는 표정을 지어 보였다. 제국에게 세력을 노출시키지 않기 위해서 누구보다도 노력했던 것은 다름 아닌 벨이었다.

하지만 스캇이 그렇게 전력을 모두 말해 버렸다면 그간의 노력이 물거품이 된 것이 아닌가.

스캇은 미소를 지으며 말했다.

"과연 제국이 최종의 적일까? 그들을 이끄는 황제, 아니, 메르부가 나의 적일까? 내 생각은 조금 다른데."

"무슨 소릴 하고 싶은 거야, 오빠? 다른 나라들이라면 걱정할 필요 없이……."

"제국 정보국장."

스캇이 말을 자르자 벨의 두 눈이 크게 떠졌다. 스캇은 주위를 둘러보며 말했다.

"음, '열리지 않은 마을'에 관한 정보를 알려다오. 누구라도 좋다."

모두들 하나같이 고개를 저었다. 오랜 침묵을 깨고 말을 꺼낸 것은 다름 아닌 벨이었다.

"아무도 모를걸."

"넌 알고 있다는 것처럼 들리는데?"

"한때 내 라이벌이었으니까."

벨의 말이 끝나자 그 자리에 있던 모든 이들이 경악이 담긴 눈빛으로 그녀를 바라봤다. 이 자리에 있는 이들은 모두 벨의 정체를 알고 있었다.

그런데 그 흑룡 마라드의 화신이 라이벌로 생각했었단 말인가.

"No. 1, 올렛. 난 그 할망구와 싸워서 이겨본 적이 없어. 정보국장도 마찬가지야. 나보다 랭크는 낮지만 그자와도 승산을 논할 수 없다고. 그리고 메르부를 제외한다면 그들이 제국의 유일한 변수가 될걸?"

"변수라니, 무슨 말이지?"

"오빠나 내 실력이라면 그 '열리지 않은 마을' 출신들과 메르부를 제외하면 1:1로 상대해서 질 리 없다는 말이야. 이건 확신이지."

스캇은 고개를 끄덕였다. 북유적에서 처음 만났을 때만 해도 그 경지조차 가늠할 수 없었던 라렛슈이지만, 오늘의 만남으로 인해 더 이상 그에게 위협적인 존재가 아니라는 사실을 확인한 터였다.

"올렛은 피해야 해. 나보다 강하다면 결론은 두 가지거든."

"두 가지?"

"뻔하잖아? 드래곤이거나, 그도 아니라면 그보다 강한 존재겠지."

웅성거리고 있던 주위가 다시 침묵에 빠져들었다.

스캇은 턱을 괴곤 자신의 까칠한 수염을 연신 긁어댔다.

"흑룡보다 강한 존재라……."

"아무튼 조심하는 게 좋아. 그리고 내 기억에는 메르부가 오빠의 담당관이었……."

"아니, 그 이야기는 넘어가지. 아무튼 이야기를 마무리하자. 나는 지금부터 제국의 황성으로 직접 가겠다. 그것이 동맹의 결과가 될지, 전쟁의 시작이 될지는 모르겠지만 모두들 각오해야겠지."

스캇은 자리에 일어났다. 아무도 그가 하는 말에 토를 다는 이가 없었다.

"철도 확장은 우선 동맹을 맺은 레마라카 유적과 북해 신전의 루트를 확보한다. 여기서 영토까진 이미 이어져 있는 상태일 테니 게나홀라헬은 준비가 되는 대로 바로 출발해 줬으면 좋겠군."

"알겠소."

"조금이라도 더 많은 백성들이 빠른 시일 내에 영토로 모일 수 있도록 그 기반을 마련하는 것이 제국 철도 회사가 할 일이다. 알겠나?"

모두들 고개를 끄덕였다. 스캇은 벨을 바라봤다.

"이 시간부로 나는 개별적으로 행동하겠다. 그동안 모든 지휘 권한을 흑룡 마라드에게 맡기지."

벨은 그가 하는 말의 의미를 깨달았다. 아무리 같은 목적을 가진 이들이 모였다 해도 확실한 체계가 잡히지 않는다면, 단합은커녕 내분만 잔뜩 일어날 것이 분명했다.

하지만 흑룡 마라드라는 절대적 존재가 배후에 있다면 스캇이 자리를 비웠다 하더라도 충분히 그들을 규합할 수 있을 것이다.

벨은 영악한 눈빛으로 스캇을 바라봤다.

"그렇게 전할게."

"만약 내 신변에 무슨 이상이 생기더라도 주저할 것 없다. 여러분은 내가 해왔던 것처럼 자신이 가지고 있는 목표와 그 뜻을 향한 열정을 가지고 앞으로 나아가다오. 그래야 그런 여러분들을 믿고 내가 앞으로 힘차게 전진할 수 있지 않겠나."

그의 말에 담긴 부정적 의미 때문이었는지 모두의 표정이 좋질 않았다. 스캇은 힘있게 자신의 가슴을 두드리며 말했다.

"여러분의 왕은 흑룡 마라드와도 대등하게 싸운 존재다. 내가 제국 황성의 지붕 위에서 호탕하게 웃는 모습이 상상되지 않는가. 나는 승산도 없으면서 무작정 찾아갈 정도로 무모한 사람은 아니다."

스캇의 자신감 담긴 호언이 끝나자 그제야 모두들 안심하는 눈치였다. 그는 아무리 10용사라 해도 쉽게 상대할 수 없는 강자가 아니던가.

그는 한 명씩 돌아가면서 인사를 나눴다. 가능하다면 바로 출발할 참이었다.

"게나홀라헬, 함께하자고 해놓고 이렇게 바로 떠나게 되니 미안하군."

"괜찮소. 우리의 시간은 당신과는 다르지. 수십 년이라도 기다릴 수 있소."

"고맙네. 그리고 마리미를 부탁하겠다."

스캇은 마리미를 번쩍 들어 껴안았다. 그녀는 아무 말 없이 스캇의 목을 꼬옥 안았다. 한참을 안고 있던 스캇은 그녀를 게나홀라헬에게 넘겨주곤 자리를 옮겼다.

"로뮤 사장, 주어진 시일에 비해 다소 무리가 있는 부탁이 아닌지 모르겠네."

"회장님이 항상 무리한 요구를 해왔다는 것쯤은 진즉에 들어 알고 있었습니다. 벨을 다룰 정도의 역량이면 말 다한 것

아니겠습니까."

로뮤의 말은 항상 부드러운 뉘앙스를 담고 있어 그것이 진 담이라 해도 반쯤은 농담처럼 들려왔다. 스캇은 로뮤의 어깨를 두드리며 말했다.

"더 이상 라쥬마쥬에게 약은 먹이지 말게나. 내가 다리엔을 기필코 다시 데려올 테니 그때까진 최대한 조심하게."

"가장 기대되는 소식이군요. 말씀대로 하겠습니다."

다음은 아직 자신들의 거처로 돌아가지 않은 파웬 료징과 라이나델타였다. 그전까진 스캇 쪽에서도 고개를 숙여 예를 취했지만, 지금은 자신의 백성일 뿐이다.

스캇은 거침없이 파웬 료징의 손을 잡으며 말했다.

"료징, 가능하다면 함께 술 한잔 놓고 천하를 논하고 싶지만 상황이 부적절한 것을 이해해 주시게."

"나 역시 십만 전사의 영혼을 흔들었다는 왕의 패도를 보고 싶다. 내 동료들과 함께 나후리 광야에서 기다리지."

"라이나델타, 고아하고 현명한 사제님. 해왕 셰라프에게 이 스캇이 꼭 보자 한다고 전해주시오."

라이나델타는 다소 실망스러운 얼굴로 스캇을 바라봤다.

"제게 하고 싶은 말씀은 없으신가요? 서운하군요."

"나는 천하를 담을 그릇은 될지 몰라도 미인을 담을 그릇은 되지 못한다오. 하지만 바다의 남자들을 사로잡는 그 매력만큼은 굳이 말하지 않아도 알 수 있다오."

"아예 숙맥은 아니시로군요. 좋아요, 나후리 광야에서 뵙겠습니다. 해왕과 해적들을 설득시키지 못한다면 나 혼자라도 가겠어요."

스캇은 미소를 지으며 고개를 끄덕이곤 입구 쪽으로 향했다. 그곳엔 벨과 페루가 기다리고 있었다.

벨은 스캇을 보자마자 달려들며 안겼다. 어느새 스캇 앞에선 투정을 부리는 어린아이가 되어버리는 그녀였다.

"벨, 무거운 책임을 지게 해서 미안해."

"허이고, 죽으러 가는 사람처럼 말하시네. 누가 눈 하나 깜박할 줄 알고? 가서 죽어버리면 가만 안 둘 줄 알아."

"흠, 그래?"

"아공간까지 쫓아가서 자근자근 씹어줄 테다. 오빠, 내 이빨 기억나지? 크르릉!'

벨은 스캇의 귀 바로 옆에서 으르릉거리는 흉내를 냈다.

"그래, 그래. 기억하지."

스캇은 장난치는 벨을 옆에 내려놓곤 허리를 숙인 채 앉아 있는 페루의 손등을 쳤다.

"페루."

"그래."

스캇은 무슨 말을 해야 할지 한참 고민했다. 하고 싶은 이야기는 많았지만 페루의 든든한 얼굴을 보고 있자니 그 어떤 말도 쉽게 생각나지 않았다.

결국 그는 짧게 내던지듯 말했다.

"갈게."

"몸조심해라."

그 깊은 뜻을 안 것일까. 페루 역시 짧고, 굵게 말했다. 스캇은 고개를 끄덕이곤 몸을 돌렸다.

스캇이 걸음을 옮기자 그의 등 뒤로 페루의 밝은 목소리가 들려왔다.

"혼자 오려면 아예 오질 말고, 그 멋진 아가씨도 꼭 데려와라. 독한 녀석을 통으로 준비해 두지."

스캇은 어깨 너머로 두 손가락을 펴 보였다.

"두고 보라고."

Chapter 32

선전포고

제국의 수도 입실론.

이 거대한 도시의 북쪽 지역에는 단 하나의 거대한 성이 자리 잡고 있었다. 바로 제국의 황성인 '도그위부치' 성.

황실 치안대의 부단장을 맡고 있는 레크만 경은 성문 곁에 마련되어 있는 치안대 막사에서 창밖을 바라보고 있었다.

'오늘 입구 통제를 하는 위병들은 꽤 군기가 잡혀 있군. 좋은 자세다.'

그의 눈은 황성으로 들어갈 수 있는 입구를 지키고 있는 위병들을 지켜보고 있었다. 하인들이나 외부인들이 보통 이용할 수 있는 통행로는 따로 있고, 지금 그가 바라보고 있는 입구는 황성의 정문으로서 초대받은 귀빈들이나 이용할 수 있는 곳이었다.

황실 위병들은 자신의 키를 훨씬 상회하는 거대한 핼버드를 들고 텅 빈 입구의 좌우에 정렬해 있었다. 레크만 경은 상당히 무더운 날씨에도 불구하고 고개 한 번 움직이지 않는 그들의 모습을 보며 만족스러운 표정을 지었다.

'누구지?'

그때, 한 신사가 그들의 앞으로 걸어오는 모습이 보였다. 레크만 경은 그의 행동을 유심히 지켜봤다. 그는 걷는 모습만 봐도 상대의 직분이나 계급을 알 수 있는 식견을 가지고 있었다. 하지만 행동거지나 옷차림은 귀족의 것이 분명한데 뭔가 미심쩍은 점이 한두 가지가 아니었다.

'왜 마차나 수하도 없이 혼자 온 거지?'

그는 손에 들고 있던 찻잔을 내려놓고 서둘러 입구를 향해 뛰어나갔다. 레크만 경이 성문 앞에 도착하자 위병들은 이미 원래 자리로 돌아가 있었고, 그는 유유한 걸음걸이로 황성으로 들어가고 있었다.

'신기한 일이로고. 지금껏 황성으로 홀로 걸어 들어갔던 귀족이 있었던가.'

혹시 산책을 나온 황족이나 특수 고관의 신분인 것은 아닐까. 그렇다면 저렇게 홀로 들여보내는 것 또한 실례가 된다. 레크만 경은 한 위병을 향해 다가가 서둘러 물었다.

"위병, 방금 들어간 분의 신분이 어떻게 되는가?"

"부단장님, 저분은 자신을 스캇이라 밝혔습니다."

스캇? 그게 누구지? 이름만으로 제국 황성 도그위부치의 정문으로 출입할 수 있는 이가 몇이나 있던가. 그중에 자신이 모르는 사람이 있었던가.

레크만 경은 부끄러움을 무릅쓰고 다시 물었다.

"스캇님이 누구신지 나는 잘 모르겠군."

"저도 누군지 모르겠습니다. 그냥 황제 폐하를 뵙기 위해 왔다는 말만 했습니다."

레크만 경은 두 눈을 부릅뜨고 위병을 노려봤다. 정신이 나가기라도 했단 말인가. 신분도 확인되지 않는 이를 황성의 정문으로 출입시켰다고? 그는 당장이라도 노성을 터뜨리며 그를 꾸짖으려 했지만 우선은 수습이 문제였다.

그는 황성의 로비를 느긋하게 걷고 있는 사내에게 달려갔다.

"잠시만 멈춰주시겠습니까!"

그 사내가 천천히 몸을 돌려 레크만 경을 바라봤다. 푸른색의 예복에 한쪽 어깨를 감싸 안은 흑색의 갑주, 그리고 흑색의 망토가 그가 보통 신분이 아니라는 것을 은연중에 밝히고 있었다.

레크만 경은 내심 긴장했지만, 그래도 당당한 표정으로 그에게 물었다.

"신분을 확인할 수 있겠습니까?"

"…왕이라네."

낮고 허스키한 목소리가 그의 입에서 흘러나왔다. 거칠고 짧은 머리는 바람에 날리듯 뒤로 넘겨져 있었고, 굵은 턱 선과 짧은 수염들이 그의 강인한 이미지를 더욱 강조하고 있었다.

레크만 경은 자신이 뭔가 커다란 실수를 했을지도 모른다는 생각이 들기 시작했다. 그가 한참을 말이 없자 상대가 다시 말을 꺼냈다.

"가도… 되겠는가."

"제, 제가 식견이 좁아 어느 곳의 왕이신지 알 길이 없습니다."

그는 다시 한 번 용기를 냈다. 자신이 실례를 범하는 것은 몇 번이라도 할 수 있지만 자신이 맡은 책임만큼은 분명히 완수해야 했다.

그는 무릎을 꿇고서라도 사죄할 각오를 하곤 상대의 눈을 바라봤다.

"내 나라는 이름이 없지."

스캇은 쓸쓸한 미소를 지었다. 그는 위병들에게 했던 것처럼 레크만 경의 눈을 지그시 바라봤다.

"들어가겠네. 나는 그래도 되는 사람이야."

스캇은 말을 마친 후 몸을 돌려 다시 황성의 정중앙으로 걸어가기 시작했다. 분명 그 길의 끝에는 황제 폐하가 계신 황전이 있었다.

레크만 경은 아무런 말도 하지 못한 채 그의 뒷모습을 바라봤다. 스캇의 말에는 거역할 수 없는 힘이 담겨져 있었다. 아니, 거역할 생각조차 하지 못했다.

그의 말이 옳다. 그는 그래도 되는 사람이다.

레크만 경의 마음속에서 그런 목소리가 계속 들려오고 있었다.

"느껴진다, 늙은 사자의 숨소리가."

스캇은 숨을 내뱉듯 작은 목소리로 혼잣말을 중얼거렸다. 지금 이 황성의 복도까지 오는 동안 수많은 위병들이나 기사들의 검문이 있었지만 스캇은 자신의 능력을 이용해 그들을 통과했다.

그의 능력은 마치 숙련된 피아니스트의 연주처럼 다른 이들의 마음을 움직였고, 그는 상대가 어떠한 의심도 하지 못할 정도로 교묘하게 그들을 벗어났다.

스캇이 길고 높은 복도의 끝까지 걸어가자 복도를 가로막는 거대한 문이 드러났다. 실내용이라고는 생각되기 어려울 정도로 거대하고 단단해 보이는 문이었다. 그 앞에는 은색 갑주로 무장한 세 명의 기사가 서 있었다.

그중 한 명은 스캇이 익히 아는 얼굴이었다.

그는 먼저 말을 꺼냈다.

"네르피온, 잘 지냈나? 마지막으로 본 것이 아마 세 달 전쯤이군. 그렇지?"

통로의 정중앙에서 오만하고 단단한 표정으로 서 있던 네르피온은 낯선 남자의 목소리가 자신을 향하자 적잖이 놀랐다.

'도대체 누구지? 복장으로 보아 최소한 황족 이상의 고관이 분명한데… 내가 모르는 사람도 있던가?'

"아무래도 기억하지 못하는 것 같군. 그래, 다리엔, 아니, 성녀는 잘 지내고 있는가?"

그제야 네르피온의 기억 속에서 스캇이 떠오르기 시작했다. 기사단장이며 제국 최고의 기사라고 불리던 자신을 이렇게 호위 임무의 천직으로 내려앉게 만들어준 그 원흉이 아니던가.

"스캇!"

"그래도 일국의 왕인데, 제국의 기사는 예의라는 기본 소양도 갖추질 못한 건가? 아무튼 난 황제 폐하를 만나야겠으니 비켜주시게."

스캇은 당연하다는 듯 문을 열고 안으로 들어가려 했다. 하지만 네르피온은 검을 뽑으며 그의 앞을 막아섰다.

"그 누가 허락했다 하더라도 내가 허락하지 않겠다!"

주위에 있던 두 명의 기사도 알 수 없는 긴장감을 느끼곤 그녀를 따라 검을 뽑아 들며 스캇을 겨눴다.

스캇은 부드러운 미소를 지으며 네르피온의 검을 톡톡 두들겼다.

"그건 날 상대할 실력이 있을 때의 이야기겠지."

스캇은 그들의 곁을 지나쳐 거대한 문을 열고 그 안으로 걸어 들어갔다. 기사들은 아무런 명령도 내리지 않는 자신의 상관을 바라봤다.

네르피온의 붉은 입술은 굳게 물린 채 한 가닥 선혈이 흐르고 있었고, 그녀의 검끝은 사시나무처럼 떨리고 있었다.

"황제 폐하, 안녕하십니까."

스캇은 거침없이 황전의 중앙을 걸어나갔다. 직선으로 넓게 깔려 있는 붉은 카펫의 끝에는 거대한 금색의 의자가 놓여 있었고, 그곳에 늙은 사자가 있었다.

습, 습.

스캇이 걸을 때마다 그의 망토가 카펫을 쓸어 내리며 소리를 냈다. 그 작은 소리가 사방으로 울려 퍼질 정도로 이곳은 고요했다.

좌우에 수십의 기사들이 도열해 있었지만 아무도 스캇을 적이라 판단하거나 제지하는 이가 없었고, 황제와 그 주위에 서 있는 시녀들마저 아무렇지 않은 표정으로 스캇을 바라보고 있었다.

스캇은 황제의 다섯 걸음 앞까지 다가가 그 앞에 멈춰 섰다. 황제 외엔 그 누구도 밟아본 적이 없는 땅이었다.

마치 조각처럼 굳어 있는 것만 같던 늙은 황제의 입에서 목소리가 흘러나왔다.

"그대는… 누군가?"

"스캇, 개들의 왕이라 합니다."

"푸후……."

황제의 입에서 한숨인지 웃음인지 구분이 가질 않는 숨소리가 터져 나왔다.

"그래, 사자가 늙으니 개가 기어오르는군. 날 죽이러 왔나?"

"천만의 말씀입니다. 나, 개들의 왕은 제국의 황제에게 권유를 하러 왔습니다."

권유라… 황제의 표정이 묘하게 일그러졌다.

평생 그런 말을 들어본 적이 있던가. 그럴 만한 위치에 있었던가. 대륙의 반을 가지고 있는 자신에게 과연 그런 소리를 할 수 있는 존재가 있었던가.

스캇은 아무런 거리낌도 없이 당돌한 어투로 계속 말했다.

"전 세간에서 왕이라고 불리는 것처럼 실제로 작은 나라를 하나 가지고 있는데, 아무도 살지 않던 척박한 땅을 깎아 살곳으로 만들고 있습니다. 그곳이 바로 나후리 광야지요. 그런데 제국에서 이렇게 이빨을 드러내고 적의를 보이시니 제 백성들이 매일 잠도 제대로 이루질 못한다지 뭡니까."

"자네가… 쿨럭! 오크들과 마물들을 모으고 있다는 그 작자로군."

"병력은 이미 수십만, 그리고 대륙 안에 존재하는 대부분의 마물들이 속속 제 나라로 모여들고 있습니다. 하지만 저희는 전쟁을 일으킬 생각은 조금도 없습니다. 다만, 살고 싶어 하는 저희들이기에 살 곳을 마련하는 것뿐입니다."

황제의 두 눈동자는 탁한 회색 막으로 덮여 있었다. 그는 비웃음을 담아 말했다.

"마물 따위가 살고 싶어 한다고 말했는가. 너희들은 애초부터 짓밟히기 위해 태어난 존재야."

황제의 말이 끝나자 이야기를 듣고 있던 스캇의 하얀 이빨들이 소리없이 드러났다.

"당장 짐의 앞에서 사라지거라! 짐은 모든 병력을 동원해서라도 너희들을……."

"그런 늙은이의 말은 들을 필요가 없습니다, 스캇님."

"뭐라!"

입구에서 맑고 낭랑한 목소리가 들려왔다. 그 익숙한 느낌에 스캇이 등을 돌리자 금발의 청년이 붉은 망토를 휘날리며 자신을 향해 걸어오고 있었다.

그 부드러운 미소, 부드러운 눈빛은 여전했다. 스캇의 입에서 반가운 목소리가 흘러나왔다.

"메르부."

"많이 변하셨을 거라 생각했는데, 여전하시군요. 잠은 잘 주무시는지 궁금합니다."

메르부가 걸어온 길의 뒤에서 한 사람씩 나타나기 시작했다. 그 묵직한 존재감이나 기운은 고도의 능력을 가지고 있는 스캇이 아니라 평범한 사람이더라도 알 수 있는 것이었다.

제국 10용사, 그들이 집결하고 있었다.

"당신이 준 약을 먹은 이후로 딱 한 번 잠들어봤지. 꽤 달콤했다."

"그랬군요. 스캇님, 잠시 실례하겠습니다. 라이닌, 지원. 처리해라."

"예."

그들의 목소리가 스캇의 바로 뒤에서 들려왔다. 스캇은 자신을 공격하라는 지시라고 생각했지만 굳이 뒤를 돌아보진 않았다. 여유와 자신감이었다.

푸드득.

이상한 기분에 스캇이 발밑을 바라보자 검붉은 피가 바닥을 적시고 있었다. 그가 몸을 돌렸을 때, 목을 잃은 황제의 몸에서 검붉은 피가 터져 나오고 있는 것이 그의 눈에 들어왔다.

그 옆에는 황제의 머리를 들고 있는 복면인이 서 있었다.

"이게 무슨……."

비이이잉.

이번에는 허공에서 검은색의 원반이 나타나 황제의 몸과 흘러내린 피를 흡수하기 시작했다. 복면인은 그 원반 속으로 머리를 던져 놓고는 다시 사라져 버렸다.

스캇은 이제야 그들이 무슨 짓을 벌인 것인지 이해할 수 있었다. 원반의 뒤에서 걸어나온 것은 망령의 마술사, 라이닌 백작이었다.

"오랜만입니다, 스캇님."

스캇은 고개를 끄덕이곤 다시 몸을 돌려 메르부를 바라봤다. 그는 스캇과 어느 정도 거리를 두고 멈춰 서 있었다.

모든 흔적을 제거한 라이닌 백작은 원반의 뒤로 다시 사라졌고, 원반 역시 나타났던 것처럼 소리없이 사라졌다.

"갑자기 황성에 나타난 개들의 왕이 황제를 시해했다. 이런 전개인가?"

스캇의 추리가 맞는지 메르부는 고개를 끄덕여 대답을 대신했다.

스캇이 주위를 둘러봤지만 그 누구도 방금 전의 상황 때문에 동요하는 이가 없었다. 시녀들도, 기사들도 묵묵히 그 광경을 지켜보고 있을 뿐이었다.

'이미 모든 준비가 끝나 있었군.'

"어떤 용무로 오셨는지 능히 짐작이 갑니다. 하지만 제국의 황태자, 메르부 힐리안은 황제 폐하를 죽인 당신에게 복수를 갚기 위해 급히 황위에 오를 것이고, 제국군을 모아 전쟁을 일으키게 될 겁니다."

메르부는 공손하게 두 손을 앞으로 모아 쥐곤 부드러운 목소리로 말했다. 그의 손등에 달려 있는 커뮤니티 칩이 유독 스캇의 눈에 띄었다.

"지금 이 자리에서 그 누가 날 이길 수 있겠는가."

"오만하시군요. 설마 제가 누군지 잊은 건 아니시겠지요."

메르부 앞에선 그저 허세일 뿐이다. 스캇은 그의 적의를 느낄 수 있었다. 그가 왜 자신을 미워하는지도.

"다리엔은 어디 있지? 지금 몸은 괜찮은가?"

그 순간, 스캇은 메르부의 두 눈에서 붉은빛이 스쳐 지나가는 것을 느꼈다. 메르부는 얼굴빛 하나 안 바꾸고 태연한 목소리로 말했다.

"당신이 그녀에 대해서 얼마나 안다고 그런 소릴 하는 건지 모르겠군요. 다리엔은 지금 죽어가고 있습니다. 바로 당신 때문에."

스캇은 고개를 저었다. 그럴 리 없었다.

"내가 데려가겠다."

"하, 웃기지 마십시오. 제국 최고의 의료진에게 치료를 받고 있어도 생사를 확신할 수 없는 상황입니다. 당신이 그녀를 살릴 수 있습니까? 그녀가 누구 덕분에 가짜 젊음을 빌미로 자신의 생명을 버렸다고 생각하는 겁니까?"

스캇은 막연하게나마 그녀의 상태를 알고 있었지만, 이렇게 독기를 품은 메르부에게 듣고 나니 견딜 수가 없었다.

왜, 나 따위 사람을 위해서 그렇게까지 하는 건지.

"애초부터 당신을 좇아 이 세계에 온 그녀입니다. 그것도 10년이나 먼저. 하지만 얼마 남지 않은 생명 때문에 당신을 기다릴 수 없었고, 그녀는 당신처럼 MK에 의지하며 살아가게 된 겁니다. 하지만 무능력이라는 가당치 않은 이유를 가지고 MK를 복용했던 스캇님과는 비교할 수 없지요. 그녀는 생존을 위해서였으니까. 그 생존조차도 당신을 만나기 위해서였으니까."

"그런데… 그런데 왜 그 능력을 버린 거지?"

"사랑하는 남자의 앞에 다 늙은 모습으로 나타날 순 없었던 거지요. 다리엔이 마신 MK-6의 부작용은 그녀를 늙은이로 만들어 버렸으니까. 그녀는 당신이 이 세계에 온 후에도 당신을 만나지 못했습니다. 하지만 결국 돌이킬 수 없는 실수를 저질렀지요. 자신의 능력을 모두 버리고 약간의 젊음을 얻는 대신, 그 속은 썩어 문드러져 당장이라도……."

"그만, 그만!"

스캇은 절규에 가까운 외침을 질렀다! 그의 얼굴은 일그러져 있었다.

그런 그녀에게 자신이 무슨 짓을 했던가. 그녀가 감당해 왔던 세월을, 그녀가 짊어지고 온 그 삶의 무게를 조금이라도 알아준 적이 있던가.

메르부 역시 울분이 담긴 눈으로 스캇을 바라보고 있었다. 결코 용서할 수 없는 남자였다. 그는 당장이라도 커뮤니티 칩을 놀려 스캇을 아공간으로 던져 버리고 싶었다. 하지만 그럴 수 없었다.

그에 합당한 이유가 없기 때문이다.

"지금 당장 당신을 죽일 수도 있습니다. 하지만 그렇게 해 버린다면 벨이 너무 불쌍해지겠군요. 그리고 당신이라는 작자를 희망이라 생각하고 있는 수많은 백성들도 마찬가지겠지요."

메르부는 분명 스캇의 밑에서 이야기하고 있었지만, 스캇에게는 그가 마치 자신의 머리 꼭대기에서 자신을 내려다보고 있는 것처럼 느껴졌다.

하지만 스캇은 피식 웃으며 고개를 털었다. 지금 메르부가 보여주고 있는 모습들이, 그 생각들이 전부라면 제국은 그의 생각 이상의 적은 아니었다.

"날 죽이겠다고. 전쟁을 일으키겠다고. 음, 뭐랄까. 이봐, 메르부."

스캇은 자신의 관자놀이를 손가락으로 긁적이며 말했다. 그의 표정은 영 못마땅한 표정이었다.

메르부가 스캇을 바라보자 그는 미간을 찌푸렸다.

"뭔가 잘 모르고 있는 것 같은데, 내가 가지고 있는 능력은

'의사 자각' 이야. 난 자네의 속마음을 읽고 있다. 그런데 자네를 무서워할 리가 있겠나."

스캇의 말이 끝나자 연신 여유있는 미소를 띠고 있던 메르부의 얼굴이 싸늘하게 식었다. 아무리 포커페이스라 해도 어디까지나 겉모습일 뿐, 스캇은 그의 마음속이 훤하게 보였다.

스캇은 무겁게 입을 닫고 있는 메르부를 향해 한 걸음씩 걸어 내려오기 시작했다.

그러자 메르부의 뒤에서 말없이 도열해 있던 10용사들이 스캇을 향해 경계심을 드러냈다.

"이 사람들아, 정신 차리게. 이 몸과 싸우고 싶어서 제 아비를 죽이는 전쟁광의 밑에 있으면서 용사라고 대접받는 꼬락서니하고는."

스캇은 등에 걸친 망토와 어깨의 장식들을 떼어내 옆으로 던져 버렸다. 거추장스러운 예복도 마저 벗어 던졌다.

"기억해 두시게. 내 나라의 백성들은 그저 행복하고, 평화롭게 살고 싶어 하는 이들일 뿐이라네. 자네들이 쳐들어온다면 어쩌겠는가, 죽을 각오로 막아내야지. 하지만 당신들이 이해해 준다면 우리는 조용하고 행복하게 살겠다, 애초에 이 말을 하고 싶어서 온 거라네."

"미쳤군요. 단단히 미쳤어요."

메르부는 그를 바로 앞에 두고도 실소를 흘리며 비웃었다. 그 공손해 보이는 표정과 억양 속에 담겨 있는 빈정거림이 스캇에게 무척이나 껄끄럽게 들려왔다.

"스캇님이 지금 하고 있는 행태가 제국을 상대로 전쟁을 벌일 계획이 아니라면 도대체 뭐란 말입니까. 먼저 준비해 왔던 것도 스캇님 아닙니까."

"누가 닭이다, 달걀이다, 이런 이야기는 하지 말게나. 어차피 쳐들어올 생각이잖나. 우린 정말 싸울 생각이 없어. 그래, 동맹. 동맹을 맺으면 어떨까? 상호불가침조약!"

스캇은 침을 튀겨가며 소리를 질러댔다. 자신이 말해놓고도 꽤나 그럴 듯하다는 표정이었다.

하지만 메르부는 싸늘한 표정으로 대꾸했다.

"당신이 왕이라는 사실만으로도 전쟁의 이유는 충분합니다."

"그렇게 해서라도 전쟁을 막을 수 있다면 당장이라도 이 자리에서 물러나겠네."

스캇은 진심으로 이야기했지만 메르부는 고개를 저었다.

"빈말을 하시는군요. 대륙의 존망이 걸린 문제입니다. 오크와 북유적의 마물들이 손을 잡았습니다. 거기에 흑룡 마라드의 대행자까지 껴 있고, 그만한 규모가 유지될 수 있는 조직력까지 갖추고 있단 말이지요."

메르부, 그 정도밖에 모르는 건가?

스캇은 의아한 기색을 드러내지 않고 넌지시 메르부의 감정을 살펴봤다. 뒤에 서 있는 10용사들을 살펴보니 과연, 열리지 않은 마을 출신의 사람들은 없는 듯했다.

제국 정보국장이나 아직 만나본 적이 없는 No. 1, 올렛은 이 자리에 없었다.

'엔트라헬이나 그 이후의 일들에 대해선 아직 모르고 있는 것 같군.'

스캇은 더욱 마음이 편해졌다. 만약 그들이 제국과 별개의 움직임을 보인다면 해가 될 수도 혹여 득이 될 수도 있었지만, 스캇은 제국과 그들이 같은 편이 아닐 수도 있다는 막연한 가능성을 느낄 수 있었다.

"좋아, 자네들은 전쟁을 준비하게. 나는 축제를 준비하지. 그럼!"

파지지짓!

스캇이 서 있던 자리에서 뛰어오르자 그의 모습이 사라지며 그 자리에 전류들이 남았다. 황전에 있던 모든 이들이 갑작스러운 그의 행동에 놀라 주위를 둘러봤지만 그 어느 곳에서도 그를 발견할 수 없었다.

"뭘 당황하는 거냐! 10용사라는 것들이 마땅한 대처 하나 제대로 못하고!"

메르부가 그들을 나무라며 두 손을 펼치자 그의 손바닥에서 여러 개의 빛의 구들이 떠올랐다.

"관찰탄[Sighting Shot]! 찾아라!"

피싯!

그의 주문이 끝나자마자 빛의 구들이 황전의 곳곳으로 쏘아져 나갔다. 이윽고 빛의 구들이 모두 한 지점으로 모여 그 주위를 돌기 시작했다.

그곳은 바로 황제가 앉아 있던 의자였다.

"잘 찾는군."

마치 안개가 걷히듯 스캇의 몸이 서서히 나타났다. 그가 오른손을 펼치자 그의 주위를 돌고 있던 빛의 구들이 그의 손바닥 안으로 모여들었다.

이윽고 스캇이 주먹을 움켜쥐자 빛의 구들은 섬광을 터뜨리며 소멸되었다.

스캇은 비스듬히 의자에 기대어 다리를 꼬았다.

"좋아, 제국의 어르신들. 좋은 소식을 알려주겠네. 지금 이 시간부로 나, '개들의 왕' 스캇은 제국에게 선전포고를 하겠네. 어디 한번 쳐들어와 보게나. 애초에 당신들을 상대로 적당히 끝날 수 있을 것이라고 생각한 게 문제였군."

그 오만한 작태에 몇몇 이들이 끓어오르는 분노를 겉으로 표출했다. 하지만 메르부는 손 하나로 그들을 제지하곤 직접 말했다.

"정말 제국을 상대로 이길 수 있다고 생각하는 겁니까? 핏방울만 보여도 겁에 질리던 왕이 과연 뭘 할 수 있을까요."

"지키는 것."

"한 명의 희생자도 생기지 않으면 좋겠지요? 아무도 죽지 않게 할 거라 생각하고 있으시지요?"

"물론 그렇다네."

메르부는 고개를 저으며 들리지 않을 정도의 목소리로 '병신'이라고 중얼댔다.

스캇은 그 이야기를 들었는지 못 들었는지, 여전히 자신감 넘치는 표정을 짓고 있었다.

"그렇다면 여기서 좀 더 근성을 발휘해서 절 설득해 보시지요. 만약에 제가 기분이라도 내서 동맹 조약이라도 걸어드린다면, 스캇님의 모든 백성들이 평화롭게 살 수 있지 않겠습니까."

"자네의 속마음을 안다고 하지 않았나. 능구렁이가 어림잡아 5천 마리는 보이는군. 내가 가장 싫어하는 부류의 인간이지. 내가 자네에게 비는 모습을 보여주는 것은 어렵지 않지만, 더 이상 가능성이 없다고 판단한 부분에 대해서 헛수고할 생각은 없다네."

메르부는 냉정을 유지하며 애써 자조적인 미소를 띠었다.

스캇은 손가락을 까닥거리며 10용사들을 가리켰다.

"자네들 중에서 내게 손끝 하나라도 댈 수 있는 사람은 아무도 없어. 어디 한번 시험해 보겠나? 뇌체(雷體), 속보(速步)."

파지짓.

그 말이 끝나기도 전에 자리에서 사라진 스캇은 바로 메르부의 등 뒤에서 나타났다.

"위험해!'

"황태자님, 명령을!'

10용사들은 하나같이 무기를 꺼내 들며 스캇에게 달려들기세였다. 그가 만약 메르부를 인질로 잡는다면 상황이 곤란해진다.

스캇은 여유를 잃지 않은 채 주머니에 손을 찔러 넣었다. 그는 슥— 주위를 한 번 둘러보곤 낮은 목소리로 중얼거렸다.

"절대공간(絕對空間)."

텅!

그의 몸 주위로 직사각형의 막이 생기자 메르부를 비롯한 몇몇 사람들이 막의 밖으로 튕겨져 나갔다. 거칠게 밀려난 그들은 하나같이 스캇을 노려봤다.

특히나 주춤거리며 균형을 잃던 메르부는 결국 여태껏 참아왔던 분노를 드러냈다.

"죽여!'

콰과과광!

피이이잉!

그의 명령과 함께 10용사들의 거센 공격이 스캇을 향해 쏟아져 내렸다!

비록 올렛과 다리엔이 없었지만 제국의 핵심 전력이다. 10만의 정병을 우습게 죽일 수 있는 영웅들이 한곳을 향해 공격을 날리니 그 기세가 보통이 아니었다.

다른 기사들과 시녀들은 이미 황전을 떠난 후였다.

'가능성이 없군.'

라렛슈는 그 와중에 공격을 멈추고 뒤로 물러났다. 이미 스캇의 능력을 경험해 본 적이 있는 그였다. 스캇은 손가락 하나 움직이지 않고도 자신을 제압할 수 있는 자였다.

다른 용사들도 뭔가 이상하다고 느꼈는지 하나둘씩 공격을 멈추기 시작했다.

공격의 여파가 사라지고 먼지가 걷혀지자 그 중심에 있던 스캇의 모습이 서서히 드러났다.

스캇은 멀쩡했다. 옷깃 하나 찢어진 곳이 없을 정도로 완벽한 모습이었다. 편한 자세로 주머니에 손을 찔러놓고 서 있는 그의 입에서 낮은 목소리가 흘러나왔다.

"이해가 안 가시겠지. 세상에 존재하는 공식이라면 오직 힘뿐이라고 생각하겠지. A라는 영웅은 80점의 힘을 가지고 있고, B라는 영웅은 90점의 힘을 가지고 있다. A와 B가 맞붙으면 10점만큼의 여유를 가지고 B의 승리. 뭐, 다들 그렇게 생각하겠지. 그럼 난 몇 점일까. 100점의 힘? 150점의 힘? 100점짜리 용사들이 8명이나 달려들었으니 800점이라고 해야 할까?"

모두 어이가 없다는 표정을 짓고 있었다. 스캇은 천천히 앞으로 걸어나왔다. 분명 그를 감싸고 있던 막이 사라졌지만 아무도 그를 공격할 엄두도 내지 못했다.

"이 세계의 그런 공식이 싫은 거라네. 난 강한 사람도 아니고, 강해지고 싶은 사람도 아닌데, 왜 대륙을 반으로 갈라놓을 수도 있을 당신들의 공격으로부터 나는 자유로운 걸까?"

스캇은 그 뒷이야기를 더 하려다 애써 마음을 정리했다. 10용사들의 표정은 망연자실, 그 이상의 것이었다.

그들이 잘못된 것은 아니다. 단지 주어진 환경에서 자신이 정의라고 생각하는 길을 따라가며 노력해 온 정말 선량한 영웅들도 있을 터였다. 스캇은 그들에게 이 이상의 실망감을 주는 일은 해선 안 될 짓이라고, 그렇게 생각했다.

"뭐, 아무튼 이놈의 작자는 사람이 아니라고 생각하시게. 이왕이면 1,000년 만에 강림한 마왕 정도라고 생각해 줬으면 좋겠군. 그렇다고 해서 날 죽이기 위해 노력하진 말게, 제발. 난 정말 누구 한 명 다치는 것도 못 봐줄 선량한 마왕이란 말일세."

스캇은 자신의 손등으로 몸에 묻은 먼지를 털어내며 말했다.

"오크와 북유적이 전부라고 생각하지 말게. 그건 얼추 몇 년 전 이야기라네. 그동안 내가 놀고만 있던 건 아니지 않겠는가. 알다시피 흑룡 마라드가 내 수하로 있고, 메라리투 라헬이나 해왕 셰라프가 내 뜻에 동참할 의사를 표명했네. 하지만 이것 모두가 빙산의 일각이지. 병력으로도 이미 제국 이상이고, 10용사를 상대할 수 있는 핵심 전력도 충분히 있다네. 그럼에도 불구하고 찾아오시겠다면……."

스캇은 말을 멈추고 어깨를 으쓱여 보였다.

그 자리에 있던 메르부와 10용사들은 경악에 가까운 표정을 짓고 있었다. 스캇은 그들을 향해 싱긋 웃었다.

"환하게 웃으면서 환영해 드리지."

그 누구도 아무 말도 할 수 없었다. 메르부는 지금 이 상황이 스캇이 만들어놓은 교묘한 상황이라는 것을 깨달았다. 적절한 타이밍에, 적절한 무력 행사와 허장성세가 포함되어 있다는 것도.

하지만 그 역시 아무 말도 꺼낼 수 없었다. 자신의 속마음을 알고 있는 상대에게 무슨 수작을 부리겠는가. 이젠 차라리 뒷수습이라도 할 수 있게끔 그가 빨리 떠나줬으면 하는 마음뿐이었다.

"그래, 가겠네. 이거 오랜만에 뵌 분들도 많은데 인사도 제대로 못하고 가게 되니 섭섭하군."

스캇은 던져 놓았던 망토와 갑주를 챙겨 들며 슬쩍 눈인사를 했다.

라이닝 백작이나 라렛슈 같은 이들은 무표정으로 일관했고, 바할레인은 내심 반가운 표정을 지으며 아는 체를 해왔다.

'다리엔, 좋은 인연들을 가지고 있었구나. 그래, 사람이 문

제가 아니라 세상이 문제인 거지.'

스캇은 한때, 이 세상에 불만을 가질 때 느꼈던 10용사에 대한 분노는 잘못된 것이었다는 것을 뒤늦게 느꼈다. 결국 원죄는 누구에게도 없었다.

다만 자신의 눈에 드러난 세상의 굴곡이 그런 식으로 보여졌을 뿐.

"다음에 볼 땐 좀 더 기분 좋게 만났으면 좋겠군. 그럼……."

스캇은 뇌체에 은신을 활용하여 그 자리에서 조용히 사라졌다. 아마도 자신의 능력을 알고 있는 메르부가 10용사들에게 설명해 주게 되겠지만, 그전까진 스캇을 인간 이상의 존재로 생각하고 있을 것이 분명했다.

애초에 몰래 들어오지 않고 예복을 갖춰 입고 당당하게 정문으로 등장한 것부터 모두 계획에서 나온 행동이었다.

진즉에 수도에 도착한 스캇은 오랜 시간을 투자하여 어떻게 움직일 것인지 미리 계획을 짜뒀었다.

능력을 이용한 퍼포먼스와 허장성세까지. 물론 모든 것이 마음먹은 대로 이루어지진 않았지만 10용사와 메르부에게 심리적인 압박감을 주기엔 충분했다. 이제 그의 존재감은 흑룡 마라드보다 훨씬 더 무겁게 느껴질 것이다.

하지만 쉬운 상황은 아니었다. 10용사들의 공격은 자신의 상상 이상의 위력을 가지고 있었으며, 조금만 늦었더라면 그의 집중력이 무너져 절대공간도 깨졌을 것이다. 하나 그런 좁은 공간에서 뭉쳐진 다수라는 것이 그에겐 꽤나 커다란 이점으로 작용했고, 그것 역시 스캇이 염두에 둔 부분이었다.

스캇은 서둘러 몸을 움직였다. 황성을 떠나기 전에 들를 곳이 있었다.

'여기로군.'

이윽고 어느 방 앞에 도착한 스캇은 망토와 갑주를 다시 착용하곤 옷매무새를 가다듬은 뒤 방문을 두드렸다.

똑, 똑.

잠시 후 하얀 가운을 입은 여인이 문을 열고 스캇을 바라봤다.

"어찌 오셨습니까?"

"성녀님을 뵈러 왔소."

"죄송합니다만, 외부인은 출입 금지……."

스캇은 여인의 눈을 지그시 응시했다. 스캇의 능력으로 그녀의 마음을 움직이는 것은 그렇게 어려운 일이 아니었다.

"아, 제가 몰라 뵈었습니다. 들어오시지요."

"괜찮소."

스캇은 여인의 인도를 받아 방 안으로 들어갔다. 과연 메르부가 신경을 써준 덕분인지 환자를 위한 최적의 공간이 마련되어 있었고, 몇 명의 사람들이 소리없이 조용히 움직이고 있었다.

침대에 누워 있는 이가 다리엔인 듯했다. 침대는 투명한 막으로 보호되고 있었다. 마법적인 장치가 그녀를 지켜주고 있음이 분명했다.

스캇은 그 바로 곁까지 다가가 그녀의 얼굴을 바라봤다.

'다리엔!'

그녀는 숨을 쉬는 것조차 쉽지 않은 듯 미간에 어두운 기운이 가득 뭉쳐 있었다. 혼절한 것인지, 잠을 자고 있는 것인지 알 수는 없었지만 보통 상황이 아닌 것만은 분명했다.

그는 자신의 곁에 서 있던 여인에게 조심스럽게 물었다.

"···상태는?"

"제 기능을 하고 있는 신체 기관이 없습니다. 얼마 전까지 밖에서 홀로 돌아다니셨다고 하는데, 전혀 이해가 가지 않습니다. 그런 행동조차 애초에 불가능했던 몸입니다."

그 이야기를 듣고 있는 스캇의 목구멍에서 뭔가 울컥, 올라오는 것이 느껴졌다. 그는 붉어진 두 눈으로 다리엔을 응시했다. 막 때문에 자세히 보이진 않았지만 마지막으로 봤을 때보다 20년은 더 나이가 들어 보였다.

"방법이 없소?"

"찾고 있습니다. 황태자님께서 성녀님을 위해 제국의 국고를 모조리 열어두신 상태입니다. 매일 수많은 마법사들과 성직자들이 모여 의식을 벌이고 있고, 과학자들과 의사들은 전담 연구팀을 마련하여 방도를 찾고 있습니다. 하지만 그 방법을 찾는 동안 성녀님께서 과연 버텨주실지⋯⋯."

여인은 말을 미처 끝내지 못하고 고개를 숙였다. 스캇 역시 답답한 침묵을 유지한 채 몇 번이고 다리엔과 여인을 번갈아 쳐다봤다.

그녀에게 하고 싶은 말이 굴뚝처럼 많았는데, 스캇은 속이 타 들어가는 것만 같았다. 그는 무의식중에 주머니를 뒤지며 담배를 찾다가 정신을 차리곤 속으로 욕지기를 내뱉었다.

'빌어먹을 놈.'

그는 한참을 고민하다가 주머니를 뒤적여 작은 종이쪽지 하나를 꺼냈다. 그리고 그것을 여인에게 건넸다.

"부탁이 있소. 만약 그녀가 정신이 들거든 이걸 그녀에게 주시오. 물론 다른 이들에겐 비밀로 해야 하오."

"황태자님께도 말입니까?"

여인은 적잖이 놀란 눈치였다. 스캇은 그녀의 눈을 응시하며 고개를 끄덕였다.

"그녀를 사랑하는 남자가 줬다고 하면 알 것이오. 꼭 낫길 바라더라고, 평생이라도 기다리겠다고⋯ 아니, 됐소."

스캇은 차마 말을 끝까지 하지 못한 채 몸을 돌렸다. 여인은 그의 투박한 표현에 되레 감동을 받은 눈치였다. 그녀는 고개를 끄덕이며 소중한 보물이라도 되듯 쪽지를 두 손에 꼬옥 쥐었다.

'그래, 나 같은 녀석이 데려가는 것보다야 이곳에서 치료

를 받는 것이 그녀에게 도움이 될 것이다.'

스캇은 그녀를 안아 들고 이곳을 벗어나고 싶은 마음을 이겨내고 그녀를 두고 떠나기로 했다. 분명 그것이 옳은 결정이었다.

그는 메르부를 떠올렸다. 메르부가 다리엔에게 가지고 있는 감정은 단순한 사랑 이상의 것이었다. 도대체 어떤 인연이 있었는지 모르지만 그의 애증은 편집증과도 같았다.

그런 그의 곁에 다리엔을 두고 싶진 않지만, 지금은 그의 능력이 다리엔에게 도움이 될 것이다. 자신 같은 사람보다 훨씬 더.

"그럼."

스캇은 작은 목소리로 인사를 하곤 방 밖으로 나왔다. 그의 얼굴은 당장이라도 울음을 터뜨릴 듯 잔뜩 일그러져 있었다.

그는 왼손을 들어 두 손가락으로 눈물샘을 짓눌렀다.

"크흑……!"

결국 그의 입에서 오열이 터져 나왔다.

왜, 왜!

왜 그녀를 그대로 보냈는지, 왜 그녀가 이 지경이 되도록 자신은 아무것도 몰랐는지, 아니, 알면서도 아무것도 할 수 없는지 스캇의 마음은 번민으로 가득했다.

'그녀가 건강해질 수만 있다면…….'

그의 머릿속으로 오만 가지 생각이 떠올랐다. 그는 당장이

라도 그녀를 낫게 해줄 방법을 찾아 세상을 돌아다니고 싶었
지만, 그럴 수는 없는 일이었다.

스캇은 흔들리는 마음을 다시 잡았다.

'그래, 나는 왕이다. 하고 싶은 일을 할 때가 아니라 해야
할 일을 할 때다.'

꼭 깨문 어금니 사이로 핏물이 터져 나오는 것이 느껴졌다.
하지만 스캇은 더 이상 흔들릴 수 없었다.

휘리릭!

망토가 휘날리고 다시 그의 신형이 사라졌다.

'우선 베른으로 돌아가서 폴든과 만나야겠다. 이제 제국이
움직이기 시작할 거야.'

스캇의 몸이 거대 도시의 상공으로 떠올랐다. 그의 발끝에
선 수많은 종류의 메시지들이 서로 부딪치며 거대한 에너지
를 방출하고 있었다.

흔들리는 스캇의 마음속과는 달리 그의 몸은 마치 혜성처
럼 곧게 저녁노을을 가로질렀다.

Chapter 33

열리지 않은 마을

"어떤 걸로 드릴까요, 손님?"

"시원한 음료라면 어떤 것이든 괜찮소."

스캇은 바(Bar)를 위해 만들어진 기다란 의자를 끌어당겨 그 위에 걸터앉았다. 스캇의 몸은 시원한 것을 요구한 말과는 어울리지 않게 아직 녹지 않은 눈들로 쌓여 흠뻑 젖어 있었다.

그는 자신의 어깨를 손으로 털어내며 바텐더를 주의 깊게 바라봤다. 하지만 그의 예상과는 달리 그 어떤 이상한 점도 찾아볼 수 없었다.

"한 가지 물어봐도 되겠소?"

"물어보는 건 상관없지요. 제가 대답할지 안 할지는 별개의 문제지만요."

한창 자신의 일에 몰두하고 있는 바텐더는 뒤도 돌아보지 않은 채 대답했다. 그가 능숙한 솜씨로 병마개를 따자 경쾌한 소리가 텅 빈 주점을 울렸다.

"어떻게 이런 외진 곳에 마을이 있는 거요?"

"제가 더 궁금하군요. 어떻게 이렇게 외진 곳까지 찾아오신 겁니까?"

스캇은 미간을 살짝 찌푸리며 관자놀이를 긁었다.

그는 제국의 수도인 입실론을 떠나 베른으로 향하기 위해 최단 코스를 선택했다. 그것은 바로 회색산맥을 가로지르는 것이었다.

자신이 있었던 회색산맥의 차원 적응 훈련소는 산맥의 남단, 그러니까 비교적 낮은 지대에 위치해 있었다. 하나 그가 넘어가려는 곳은 만년설이 뒤덮인 거대한 산맥이었다.

그 명성에 걸맞은 회색 눈발이 모든 생명을 뒤덮고 있는 대륙 유일의 고지였지만 스캇은 자신의 능력으로 충분히 넘어갈 수 있다 생각했고, 또 그것이 사실이었다.

문제는 그것이 아니었다. 결국 회색산맥을 넘어간 그는 최대한 빠른 속도로 산맥을 벗어나려 했지만 만년설의 한가운데 떡하니 서 있는 마을을 발견한 것이다.

'뭔가 이상해. 아니, 수상하다.'

거칠게 휘몰아치는 눈발 사이로 각각의 가옥들이 선명하게 내뿜는 불빛들. 그것은 마치 자신에게 보내는 수신호처럼 느껴졌다. 결국 스캇은 의문 섞인 충동을 참지 못한 채 마을에 들어섰고, 버젓이 영업을 하고 있는 주점에 들어온 것이다.

"지금 밖에는 눈발이 미친 듯 휘몰아치고 있소. 알고 계신 거요?"

"그렇겠지요. 항상 그래 왔으니까."

퉁!

바텐더는 태연하게 대꾸하며 완성된 잔을 스캇의 앞에 내려놨다.

붉은색의 액체, 그도 잘 알고 있는 녀석이었다. 스캇은 마치 신음처럼 혼잣말을 내뱉었다.

"…드래곤의 헤드샷."

"잘 알고 계시는군요. 저희 집에서 가장 시원한 녀석입니다."

스캇은 일단 잔을 붙잡긴 했지만 선뜻 들어올릴 엄두가 나질 않았다. 그는 손이 빈 바텐더를 향해 다시 물었다.

"이 마을은 이곳에 있을 곳이 아니오. 그렇잖소?"

"손님께서 그렇게 생각하신다면 그런 것이겠지요."

"당신의 복장이나 건물들의 양식, 하나같이 이런 배경에는 어울리지 않아. 아니, 이런 곳에 마을이 있다는 것 자체가 넌

센스라고 생각하오."

바텐더는 눈썹을 치켜올리며 그의 말에 장난스럽게 수긍했다.

"네, 그럴 겁니다. 일단은 갈증부터 해소하시지요. 이곳은 주점이 아닙니까."

바텐더는 스캇을 남겨둔 채 홀을 향해 걸어나갔다. 그는 마른 걸레를 들고 천천히 테이블을 닦기 시작했다.

"음."

스캇은 '드래곤의 헤드샷'을 단번에 들이키며 얼굴에 한가득 인상을 썼다. 그는 내려놓은 잔을 조금 뒤로 밀어놓고는 바텐더가 하는 양을 지켜봤다.

바텐더는 자신의 일에 열중한 채 지나가는 목소리로 이야기했다.

"시간은 무한합니다. 그리고 단 한 번도 멈춘 적이 없지요. 당신이 아무리 급하게 움직여도, 혹은 멈추고 싶어도 시간은 항상 같은 모습입니다. 그렇지 않나요?"

"이런 외딴 산간의 바텐더치곤 꽤 의미있는 말을 하는군."

스캇은 은근히 그의 성질을 건드려 볼 의중으로 말을 던졌다. 하지만 그는 예의 덤덤한 말투로 응수했다.

"딱히 장소나 순서가 중요한 것은 아닙니다. 당신이 의문을 던져도 항상 즉각 답변이 나오지 않는 것처럼 말입니다. 아, 모든 의문 뒤에 바로바로 해답이 나온다면 그 얼마나 재

미없는 세상입니까."

"당신과 비슷한 말투의 남자를 한 번 만난 적이 있지."

"정말입니까? 놀라도 되겠군요."

스캇은 잔에 남아 있는 음료를 단번에 들이켰다. 그 강렬함에 얕은 신음을 흘린 스캇은 만족스러운 표정으로 말했다.

"그래, 이곳은 '열리지 않은 마을' 이겠군. 내가 오고 싶어서 온 것이 아냐. 당신 말대로 '답변' 이 날 찾아온 거지."

"호오~"

테이블을 닦던 손이 멈추고, 그가 고개를 돌려 스캇을 바라봤다. 눈동자가 반도 보이지 않을 정도로 얕게 뜬 그 눈이 형형한 빛을 띠며 스캇을 응시했다.

"정답입니다."

화악!

그가 말과 동시에 벽에 걸려 있는 커튼을 젖히자 창밖이 한눈에 들어왔다.

스캇은 놀란 표정으로 창밖을 바라봤다.

"놀랍군."

스캇은 자리에서 일어나 천천히 창문을 향해 다가갔다. 바텐더는 팔짱을 낀 채 스캇을 바라봤다.

"여긴 도대체……."

"대답할 수 없습니다. 당신을 찾아온 '답변' 은 제가 아니니까요."

창밖에는 눈으로 뒤덮인 설원 대신 따스한 정경의 마을이 자리 잡고 있었다.

스캇은 믿을 수 없다는 표정을 지으며 고개를 저었고, 의심이 가시지 않은 그는 문을 열어 밖을 직접 확인했다.

"정말 마을이 통째로 옮겨간 듯하군."

혼잣말처럼 뇌까리는 그의 말에 수긍하듯 바텐더의 표정이 미묘하게 변했다.

"그래, 답변은 어디에 있소?"

"저희 마을 촌장님이 직접 운영하시는 고서점이 있지요. 희귀하고 드문 책들이 많아 항상 여행자들이 즐겨 찾는 곳입니다."

"서점이라."

스캇은 문 손잡이를 잡은 채 몸을 돌려 바텐더를 바라봤다.

그는 더 이상 할 말이 없다는 듯 몸을 돌려 원래의 위치로 돌아가기 시작했다.

스캇은 그의 등을 향해 살짝 고개를 숙인 뒤 경쾌한 몸짓으로 주점을 떠났다.

"꺄르르륵!"

"기다려!"

마을 공터에선 아이들이 뛰어놀고 있었고, 멀리 보이는 산 사이로 걸린 노을이 마을을 황금빛으로 물들이고 있었다.

스캇은 자신도 모르게 헛웃음을 터뜨리며 주위를 둘러봤

다. 조금도 의심스러운 것이 없는 고즈넉한 시골 마을의 정경, 그 자체였다.

"지독한 얼음 지옥보단 한결 좋군."

어쩌겠는가. 그는 보다 긍정적인 생각으로 현재를 즐기기로 했다. 무엇보다 자신의 의문을 해결해 줄 남자가 자신을 바라보고 있지 않은가.

"당신인가."

스캇의 눈에 한 청년이 들어왔다. 꽤나 멀리서 자신을 지켜보고 있던 그 청년은 스캇과 눈이 마주치자 몸을 돌려 건물 안으로 들어갔다.

스캇은 마치 따라 들어오라는 듯한 그 행동에 이끌려 어느새 자신도 모르게 걸음을 재촉하기 시작했다.

"실례하겠소."

끼이익, 끼이익.

이윽고 건물의 앞에 도착한 그가 안으로 들어서자 낡은 목조 마루가 짓눌리며 얇은 소리를 냈다.

스캇이 주위를 둘러보자 온통 낡은 책들과 책장이 건물 안을 뒤덮고 있었다. 서점이라기보단 창고에 가까운 분위기였다.

"이쪽으로 오시겠습니까."

책장 너머에서 청년의 목소리가 들려왔다. 스캇은 그 목소리가 무척이나 따뜻하게 느껴졌다. 그는 천천히 주위를 둘러보며 안쪽으로 전진했다.

"여깁니다."

목소리는 위쪽에서 들려왔다. 스캇이 주위를 둘러보자 과
연 책장들 사이로 위층으로 올라갈 수 있는 사다리가 있었다.
거대한 크기의 책장들을 관리하기 위한 복층형 구조에 어울
리는 이동 수단이었다.

"흠."

스캇은 가볍게 몸을 날려 바람처럼 사다리를 타고 올라갔
다. 그리고 책장들 사이로 나타난 좁은 통로를 따라가자 작은
테라스가 그의 앞에 나타났다.

그리고 그 청년,

"번거롭게 해드려서 죄송합니다."

"괜찮소."

스캇은 자리에서 일어나려는 청년을 제지한 채 그의 곁으
로 다가갔다. 청년은 준비된 의자를 끌어 스캇에게 자리를 권
했다. 그의 은빛 안경이 노을을 받아 은은하게 빛나고 있었
다.

스캇은 그가 권해준 의자에 앉으며 물었다.

"당신이 촌장이오?"

"너무 어려서 이상한가요?"

스캇은 긍정의 의미로 억지 미소를 띠었다. 청년은 헤벌쭉
웃으며 검지를 허공에 흔들었다.

"스캇님은 저보다 젊지 않습니까. 그러면서 한 나라의 왕을 자처하고 계시지요."

스캇 역시 미소를 지으며 맞장구쳤다.

"하지만 수십 년간 제국 공적 1위로 명성을 드높이고 있는 촌장님과는 격이 다릅니다."

"요새는 그 자리마저도 당신께 위협받고 있는 입장이라서요."

이 사람, 한마디도 지질 않는다.

스캇은 더 이상 말을 잇지 않고 멋쩍은 표정으로 주변에 펼쳐진 정경을 둘러봤다. 어느새 해가 저물어 어둠이 깔리고 있었다.

"아시다시피 당신이 저희 마을에 올 수 있던 것은 제가 초대했기 때문입니다."

"왜?"

스캇은 여유는 버려둔 채 짧고 간결하게 물었다. 지지부진하게 시간을 끌고 싶지도 않았고, 제국을 뒤흔들고 온 터라 마음이 급하기도 했다.

"급하시네요."

"내 시간은 유한하잖소."

청년은 그저 웃기만 했다. 스캇은 대뜸 자리에서 일어나며 한숨을 내쉬었다. 그들이 하는 양에 따라갈 생각은 없었다.

"다시 한 번 말하지만, 나는 급하오."

"아, 죄송합니다. 그럼 바로 용무로 들어가지요."

청년은 검지를 들어 허공을 휘저었다.

샤르르르륵.

그의 손끝에서 별무리를 닮은 빛줄기가 뻗어져 나왔고, 그것은 글씨가 되어갔다.

"마틴 캘리캑(Martin Kallikak)."

"네, 제 이름입니다. 꽤 멋지지 않습니까?"

스캇은 천천히 고개를 저었지만 마틴은 대수롭지 않은 표정으로 다시 한 번 검지를 허공에 휘저었다.

"나타나라, 얍!"

그의 다소 우스꽝스러운 주문이 끝나자 그들의 앞에 커다란 구체가 생기기 시작했고, 스캇은 내심 긴장한 채 그의 행동을 지켜봤다.

"걱정하실 것 없습니다. 이건 일종의 멀티비젼(Multi—Vision) 이지요. 보시겠습니까?"

스캇은 다소 생소한 용어에 당황했지만 그 속내를 드러내진 않은 채 구체를 자세히 살펴봤다.

그의 말대로 구체의 표면에는 수많은 영상들이 띄워져 있었다. 일일이 설명하기 힘들 정도로 다양한 모습들이었다.

"당신은 신을 믿습니까?"

구체에서 갑자기 목소리가 흘러나왔다. 그것은 마틴의 목소리와 닮았고, 스캇을 향하고 있었다. 스캇은 그 갑작스러운 질문에 선뜻 대답하질 못했다.

"신?"

"네, 절대적 존재."

그의 질문에 대답한 것은 구체가 아닌 마틴이었다. 그는 구체의 옆에 바로 선 채 스캇을 응시했다. 대답을 기다리는 듯.

스캇은 잠시 고민하다 어렵지 않게 대답했다.

"믿지 않소."

"그 존재를 부정하시는 겁니까?"

"아니, 신이라는 게 있건 없건 전혀 내게 중요한 문제가 아니지. '믿는다' 는 의미가 정확히 어떤 것인지 모르겠지만 나는 절대적 존재에게 무엇을 바라거나 기대하지도 않고, 그의 존재를 필요로 하지도 않소. 그러니 믿는다고 말하긴 힘들지."

"과연……."

마틴은 고개를 끄덕이며 수긍했다. 그는 다시 말을 꺼냈다.

"그렇다면 차원의 지배자에 관한 이야기를 들어보신 적은 있으시겠지요?"

스캇은 대답 대신 마틴을 바라봤다. 그는 낮은 목소리로 태연하게 말했다.

"그게 당신이로군."

"눈치가 빠르시네요."

스캇은 그의 곁으로 한 걸음 다가가 마틴을 자세히 살펴봤다. 아무리 바라봐도 한 차원의 신이라 불려질 만한 신격이 느껴지진 않았다.

"전혀 신 같지 않군."

"제가 앞서 질문을 한 이유가 있지요. 전 결코 신이 아닙니다. 차원을 지배하는 이가 저 하나뿐인 것도 아니지요."

"혹여 이 마을 사람들이 전부 다 차원의 지배자인 이야기를 할 생각이라면 그만두시오. 서너 살짜리 아이들도 있던 걸."

마틴은 피식 웃음을 흘렸다. 그는 테라스 너머로 보이는 마을과 드문드문 지나가는 사람들을 가리켰다.

"하나씩 설명해 드리겠습니다. 우선 아이들에 대한 설명은 넘어가지요."

마틴이 구체를 향해 손을 휘젓자 구체에서 영상이 떠오르기 시작했다.

그리고 그 영상과 함께 그의 이야기가 시작했다.

"최초의 차원 이민자들이 있었습니다. 그들이 이 차원에 온 것은 전혀 계획된 일이 아니었지요. 조난에 조난을 거쳐서 우연히 도착하게 된 것입니다."

배, 그것은 거대한 함선이었다. 온통 어두컴컴한 우주 공간 속을 나아가고 있는 거대한 기계 함선의 모습이 구체에 나타났다. 스캇은 말없이 그 영상을 지켜봤다.

"도저히 이겨낼 수 없었던 재앙을 피해 떠난 그들에게 '이민'은 또 다른 재앙이었습니다. 감당할 수 없는 긴 여행 덕분에 소수의 생존자만 남게 되었고, 그런 와중에 도착하게 된 곳이 바로 이 행성, 라나파즈리입니다."

영상은 한 푸른빛의 행성을 비추기 시작했다. 그 모습은 지구와 비슷해 보이기도 했고, 또 전혀 다른 느낌으로 보이기도 했다.

"우리는 신의 축복이라며 모두 기뻐했지요. 그리곤 이 행성에 발을 내렸습니다. 기존의 주인들과 발전된 문명이 있었지만 그들의 것을 빼앗거나 해칠 생각은 없었습니다. 그냥 아무도 없는 곳을 찾아 그곳에서 새로운 삶을 시작하고 싶었지요."

마틴의 목소리는 그 내용과는 달리 힘이 없었다. 스캇은 그 목소리를 들으며 그들의 불안했던 미래를 막연하게나마 예측할 수 있었다.

"혹시 패러렐 월드라는 것을 아십니까? 평행 차원이라고들 하죠."

마틴이 갑자기 이야기를 중단하고 질문을 던지자 스캇은 자신의 알고 있던 것을 그대로 말했다.

"다수의 차원이 같은 곳에서 존재하지만 서로에게 영향을 끼치지는 않는다던가… 이런 이야기 말이오?"

"비슷합니다. 우리가 처음 이 행성에 도착했을 때, 우리는 이 행성에 존재하는 그 어떤 물질에게도 영향을 끼칠 수 없다는 사실을 발견했습니다. 행성이 우리를 거부한 것이지요. 우리는 존재하되 존재하지 않는 이들이었습니다. 마치 유령과 같다고 해야 할까요."

그의 설명과 함께 영상이 급격히 변하기 시작했다. 구체에 비취고 있는 곳은 다름 아닌 이 마을의 모습이었다. 같은 정경, 같은 모습이었지만 뭔가 조금 달랐다.

"우리는 결국 올바른 정착 방법 대신 이 행성에 기생하는 것을 선택했습니다."

"기생?"

"네, 기생입니다. 라나파즈리의 주위를 공전하는 유일한 행성 헤르메스. 당신들이 달이라 부르는 그것은 사실 저희들의 기함입니다."

스캇은 이해할 수 없다는 표정을 지으며 영상을 뚫어져라 쳐다봤다. 영상은 여전히 마을의 곳곳을 비추고 있었다.

"물론 헤르메스 자체는 자연 행성이었습니다. 원래부터 있었던 것이지요. 하나 저희들의 함선은 헤르메스에 뿌리를 내리고 그것을 하나의 거대한 에너지원으로써 흡수하기 시작한 것입니다."

스캇에 눈에 거대한 기계 조직들이 산처럼 쌓아올려져 있는 광경이 눈에 들어왔다. 그것은 마치 종말을 예고하는 바벨론 탑처럼 끝도 없이 어두컴컴한 우주 공간을 향해 치솟아 있었다.

"이 모든 것은 우리의 생존을 위해 선택한 방법이었지만, 상상할 수도 없는 결과가 찾아왔습니다. 자, 보시겠습니까."

마틴의 말이 끝나자 구체는 다른 영상을 비췄다. 그것은 고요하고 잔잔한 바다였다. 끝없이 펼쳐진 망망대해.

스캇이 의아해하며 마틴을 바라보자 그는 주머니에서 동전을 하나 꺼내 들었다.

"잘 보세요. 이 영상은 실제로 라나파즈리의 한 바다를 비추고 있는 것입니다."

팅!

마틴이 말을 마침과 동시에 동전을 하늘을 향해 던지자 그것은 경쾌한 소리를 내며 허공에서 뭔가와 부딪쳤다.

그리고 약간의 정적. 마틴은 굳은 얼굴로 구체의 영상을 지켜봤고, 스캇은 마틴의 눈치를 살피다 그의 눈을 좇아 함께 영상을 바라봤다.

"설마……."

스캇은 영상을 지켜보며 입을 다물 수 없었다. 고요하고 잔잔했던 바다는 어느 순간 광풍과 함께 거센 파도를 일으키기 시작했다. 그 가운데 거대한 소용돌이가 요동치기 시작했으며, 하늘은 검푸른 색의 뇌운으로 뒤덮이기 시작했다.

"이것이 현실이고, 그 동전을 던진 탓이란 말이오?"

"라나파즈리와 헤르메스는 당신이 상상할 수 있는 것 이상의 유대 관계를 가지고 있습니다. 그들은 같은 운명체로서, 또한 각각의 행성으로서 이 차원 안에서 존재합니다. 우리는 양차원의 라나파즈리에게 거절당했지만, 음차원의 헤르메스의 승낙은 얻어냈지요."

마틴은 구체를 향해 손을 뻗었다.

그 순간, 요동치던 바다가 급격하게 진정되기 시작했다. 스캇은 믿을 수 없다는 표정을 지으며 고개를 저었다.

"우리는 이 사실을 어떻게 다뤄야 할지 오랫동안 고심했습니다. 이곳에서의 재채기 덕분에 라나파즈리의 멀쩡한 한 나라가 망해 버릴 수도 있고, 또 실제로 그와 유사한 일이 여러 차례 일어났지요."

바다는 이제 본래의 모습으로 완전히 돌아가 있었다. 마틴이 자판을 두드리듯 허공에 손가락을 놀리자 그들을 둘러싸고 있던 주위 정경이 바뀌기 시작했다.

"우리는 시스템을 구축하기 시작했습니다. 라나파즈리와 헤르메스가 서로에게 끼치는 영향력을 데이터화시키고, 그것을 우리가 직접 관리할 수 있도록 프로그래밍했습니다. 그 덕분에 지금 헤르메스의 15%는 기계 덩어리가 되었지만요."

마을을 뒤덮은 하늘은 스캇이 평소에 알고 있던 하늘이 아니었다. 무척이나 가깝게 보이는 수많은 행성들, 그리고 하늘의 절반은 차지하고 있는 듯 거대하게 자리 잡고 있는 푸른 행성.

그것은 분명 라나파즈리였다.

"그리고 이곳은 헤르메스……."

스캇이 혼잣말로 중얼거리자 마틴은 옅은 미소를 지으며 다시 손가락을 놀렸다.

디디딕, 디디디딕.

그 순간 수많은 선들이 그들의 주위를, 마을을 뒤덮기 시작했다. 푸른색의 겹선들은 마치 바둑판처럼 사방에 펼쳐지기 시작했고, 그것은 스캇과 마틴의 몸을 투과하며 지나갔다.

스캇은 한 가지 사실을 깨달을 수 있었다.

이것은 결코 처음 본 광경이 아니었다.

"문의 숲, 문의 숲과는 무슨 관계지?"

"게이트 말이군요. 그곳은 말 그대로 문입니다. 라나파즈리와 헤르메스를 연결해 주는, 그리고 다른 차원과 이곳을 연결해 주는 곳이죠. 당신도 그곳을 통해 들어왔습니다."

수많은 글자들이 허공에 새겨지고 있었고, 점선들과 도형들이 사방에서 춤추고 있었다. 스캇에게 이곳은 말 그대로 거대한 프로그램 속처럼 보이고 있었다.

"결국 우리는 무사히 서버를 구축할 수 있었지요. 만약 성공하지 못했더라면 헤르메스에 있던 우리들의 존재로 인해 라나파즈리가 통째로 파괴될 뻔했습니다. 차원 이민자가 차원 파괴자가 될 뻔했지요."

스캇의 눈에는 마틴이 그저 평범한 청년처럼 보였다. 하다 못해 폴든이나 네파드 수준의 존재감도 가지고 있지 않은 이 평범한 청년이 행성 전체의 운명을 관장하고 있는 이라는 사실이 쉽사리 믿겨지지 않았다.

"서버가 자리를 잡기까지 꽤 많은 일들이 있었습니다만, 라나파즈리의 사람들은 그것을 '신들의 전쟁' 이라 부르며 신격화시켰습니다. 뭐, 그들의 문명이 그다지 발전하지 못했던 것은 저희에게 꽤나 다행스러운 일이라 해야 할까요."

"잠깐, 그건 최소한 천 년 이상은 된 이야기라 알고 있소만?"

"우리가 이곳에 처음 도착한 것은 그보다 훨씬 오래됩니다."

스캇은 자신의 머릿속에 떠오른 생각을 주저없이 내던졌다.

"이곳은, 그러니까 당신들은 시간에 구속을 받지 않는군?"

"우리의 시간은 흐르고 있지만 당신들과 반대로 무한합니다. 하지만 우리의 존재는 항상 그 모습, 그대로이지요. 마을에서 뛰어놀던 그 아이들도 천 년이 넘도록 항상 그 모습 그대로이고, 저 역시 마찬가집니다. 파릇파릇한 청년 그대로지요. 물론 겉모습뿐만이 아닙니다. 우리에겐 변화, 성장, 노화 같은 것이 없습니다. 시간은 우리를 지나쳐 흘러가고 있지요."

"부럽다고 해야 할지, 불쌍하다고 해야 할지 모르겠군."

"우리는 그런 대로 만족하고 살고 있습니다. 저 드넓은 우주의 티끌이 되어 죽지도 않았고, 애꿎은 이 행성을 파괴하지도 않았지요. 우리는 나름대로 중도를 걷고 있습니다."

스캇은 마틴이 하는 이야기에 더욱 많은 관심이 생겼다. 아직 그가 풀지 못한 의문점들이 그의 머릿속에서 떠오르기 시작했다.

"다음 이야기를 해주시오. 아직 끝이 아닌 듯한데."

"원래 일반 차원 이민자들에게 이만한 이야기를 설명해 준 전례는 없지만, 당신만은 예외군요. 당신에겐 이번이 세 번째입니다."

"세 번째?"

또다시 이해할 수 없는 말이 마틴의 입에서 흘러나왔다. 스캇이 마틴을 향해 되묻자 그는 손사래를 치며 말을 돌렸다.

"천천히 알려드리지요. 다음은 이 세계에 차원 이민자들을 들여오기 시작했습니다. 그것은 모두 우리가 진행했지요. 은하계 이민국과 계약, 교섭을 진행하고 그 모든 루트를 만드는 일까지."

영상은 은하계 이민국을 비추기 시작했다. 스캇도 익히 알고 있는 광경이었다.

마틴은 영상과 스캇을 번갈아 보며 계속 이야기했다.

"서버가 기동되기 위해선 에너지가 필요합니다. 우리는 그것을 헤르메스의 내부에 있는 음극 에너지로 대체할 수 있다고 생각했지만, 그것은 무척이나 어려운 일이었습니다. 결국 우리는 오랜 조사에 걸쳐서 에너지원을 찾아냈고, 그것을 발견했지요."

"그것이 우리들, 차원 이민자라는 이야기인가?"

"정확히 말하자면 차원 이민자들의 행동이지요. 헤르메스의 패러럴 주민인 저희들의 행동이 라나파즈리에 영향을 끼치는 것처럼, 라나파즈리의 패러럴 주민인 당신들의 행동 하나하나가 헤르메스에 영향을 끼치게 되는 것입니다. 그리고 그것이 서버를 기동하는, 그러니까 이 행성을 지켜주는 에너지원이 되는 것이지요."

차원 이민자 덕분에 이 세계가 존재하고 있다고?

스캇은 아무런 반응도 보이지 않은 채 마틴의 이야기를 곱씹었다.

마틴은 잠시 그를 바라보다가 다시 이야기를 이었다.

"처음엔 저희들이 직접 라나파즈리에서 연구하며 에너지원을 채취하기 시작했습니다. 하지만 너무나 적은 저희들만으론 한계가 있었지요. 결국 모든 에너지원을 당신들로 대체한 후로 라나파즈리엔 마스터라 불리는 다섯 명의 주민만이 남게 되었습니다. 그 모두가 당신이 익히 알고 있는 존재들이지요."

"내가 알고 있는 '열리지 않은 마을'의 출신은 세 명. 나머지 둘은 누구지?"

"직접 찾아보시면 어떨까요. 모든 것들을 알아버린다면 흥미가 떨어지지요. 우리는 당신이 우리들에게 지속적인 관심을 보여주길 원한답니다. 힌트를 드리자면, 나머지 둘도 당신이 잘 알고 있는 존재랍니다."

마틴의 얄궂은 미소가 스캇의 속을 긁었다. 스캇은 애써 태연한 표정을 지었다.

"그래, 그 다음은?"

"차원 이민자들의 모든 행동이 에너지원이 되진 않습니다. 에너지원이 될 수 있는 행동에는 몇 가지 규칙이 있지요. 열망, 분노, 애증, 뭐… 일일이 설명하기 힘듭니다만, 우리는 라나파즈리에서 찾아낼 수 있는 거대한 엔트로피를 지닌 물질들을 가지고 은하계와 거래를 하기 시작했습니다. 그리고 그 중 유독 재능이 있는 대상들을 선별해 특별히 관리했지요. 우리들이 그들을 '플랜 아이템'이라 부릅니다."

"그렇다면 나 역시 플랜 아이템이겠군. 그만한 가치가 있으니 이곳까지 부른 거겠지."

마틴은 길쭉한 미소를 지으며 한 손으로 동그라미를 표시했다.

"오만 명이 넘는 차원 이민자들 중 당신은 상위 0.01%에 랭크되는 중요 자원입니다. 뭐, 실제로 그만한 일을 벌이고 있으니 충분히 납득이 갑니다만."

"내 생각이 맞는다면, 난 좋은 일로 불려온 것은 아니겠군. 내가 당신들 마음에 들게 잘 움직이고 있다면 이렇게 불러올 이유는 없지. 안 그러오, 차원의 지배자 양반?"

"뭐, 말하자면 그렇습니다."

마틴이 무덤덤한 표정으로 고개를 끄덕이자 스캇은 다음 말을 재촉했다.

"그럼 이야기해 보시오. 내가 무슨 잘못을 하고 있는지."

"당신의 그 목표 자체가 문제겠지요."

"목표?"

스캇이 되묻자 마틴은 점점 표정을 굳혀갔다.

"당신이 만들려 하는 세상이란 지나치게 혁신적입니다. 만에 하나 절대적인 평화가 찾아오게 된다면 에너지원은 급속도로 고갈되겠지요. 전쟁이나 난세야말로 우리가 가장 필요로 하는 도구입니다. 에너지원을 채취하기 위한 양식장 같은 곳이지요."

라나파즈리의 전쟁을 양식장이라는 표현으로 쓰는 그 센스를 보며 스캇은 그제야 마틴에게서 차원의 지배자다운 면모를 느낄 수 있었다.

하지만 치밀어 오르는 분노는 더 이상 감출 수 없었다.

"웃기는 소리를 하는군. 양식장이라 했소?"

"당신은 제게 있어 꽤 믿을 만한 우량 생선이라고 할 수 있겠군요."

스캇은 그의 격한 도발을 듣고는 되레 냉정을 되찾았다. 현실을 냉정히 인지해야 했다.

"그래서 내가 하고 있는 일들을 그만두란 말인가?"

"경고입니다. 이것 역시 세 번째군요. 무엇을 하시든 그것은 스캇님의 자유입니다만, 우리는 항상 이 행성의 존망을 가장 우선으로 움직이고 있습니다."

"도대체 세 번째라는 것이 무슨 의미인지 알 수가 없군. 설명해 주시오."

마틴은 고개를 끄덕이며 그의 말을 받았다.

"다소 위험한 일이지만 우리는 서버의 백업본을 불러내어 라나파즈리의 시간을 강제로 되돌릴 수 있습니다. 아니, 그냥 위험하다고 표현하기 어려울 정도로 모험을 걸어야 하는 일입니다. 하지만 꽤 자주 하고 있는 일이기도 하지요. 최근엔 양날의 검 같은 당신의 존재 덕분에 꽤나 여러 차례 사용해 왔습니다. 당신이 이곳에 와서 제 이야기를 듣는 것은 이번이 세 번째입니다. 이미 두 번의 시간을 되돌렸었지요."

스캇은 허탈한 표정을 지으며 고개를 저었다.

"하하… 아냐, 그럴 리 없소."

"믿어도 자유, 안 믿어도 자유입니다. 신이라 불릴 생각은 없습니다만, 나름대로 그에 준하는 권한과 능력을 가지고 있다고 생각합니다. 제가 마음만 먹는다면 이런 진실들을 당신의 머릿속에 강제적으로 넣는 것도 가능하지요."

"그러니까… 지금 내가 하는 모든 행동들이 세 번째란 말인가?"

"뭐, 세세한 부분을 따지자면 매번의 삶이 전혀 다른 모습을 띠었습니다만, 한 가지는 확실하게 말할 수 있겠네요. 당신은 왕의 운명을 가지고 있는 사람입니다. 프로그래머라는 사람이 운명이라는 말을 하긴 뭣하지만, 확실한 사실이지요. 당신은 항상 왕의 길을 걸어왔습니다. 지금도 그렇지 않습니까?"

스캇은 말없이 천천히 고개를 숙였다. 마틴의 말들을 사실로 인정하기엔 자신이 이겨내야 할 과제가 너무도 많았다. 하지만 믿을 수밖에 없는 그 이야기를 들으며 스캇은 최대한 긍정적으로 상황을 정리하기 시작했다.

그럴 수밖에 없었다.

"우리는 여전히 당신에게 많은 기대를 걸고 있습니다. 어쩌면 당신을 통해 전혀 새로운 에너지원을 찾을 수 있게 될 수도 있지요. 하지만 반대로 당신이 해왔던 두 번의 실패처럼 행성을 위험으로 빠뜨리는 결과가 태어날 수도 있습니다. 그렇기 때문에 지금 이렇게 경고를 하는 것입니다. 우리는 지금 당신이 가지고 있는 미래상보단 다른 것을 기대합니다. 그들의 문명이 쓸데없이 발전해서 우리가 그들을 관리하는 것이 곤란해지지 않길 원해요. 무슨 뜻인지 아시겠지요?"

스캇은 단호하고 냉정한 목소리로 대답했다.

"나는 내 신념을 굽힐 생각이 없소. 내가 추구하는 목표가 변할 리도 없고."

"그 신념 때문에 행성이 멸망한다고 해도?"

"당신 말대로라면, 내 생각에는 우리의 변화가 꼭 행성의 멸망으로 이어질 것처럼 보이진 않는군. 그 어떤 세상이 된다 하더라도 열망, 분노, 애증 같은 것들은 여전히 존재하지 않겠는가."

"역시 제 설명이 부족했군요."

"아니, 당신들은 용기가 부족한 것 같군. 역시 시간의 흐름에서 벗어나 있기 때문일까. 긍정적인 변화의 가능성을 조금도 인정하지 못하고 있잖소."

마틴은 미소를 지우지 않은 채 스캇에게 말했다.

"이전에도, 그 이전에도 같은 대화였지요. 하지만 항상 이 논쟁에선 제가 이겼습니다. 또 같은 방법으로 당신을 설득해야겠지요. 당신은 제가 어떤 존재인지 아직 잘 모르는 것 같습니다."

스캇은 그의 협박 아닌 협박을 들으며 두 눈을 크게 부릅떴다.

"무슨 짓을 하려는가!"

"제가 손가락 하나만 움직여도 차원 이민자 한두 명의 운명이 달라질 수 있다는 것을 아시는지? 예를 들면 다리엔 씨의 생명을 뺏는다던가……."

"그만!"

"아하, 왜 그러십니까. 말만 했을 뿐인데. 반대로 지엔님을 살리는 일도 가능하지요. 이 헤르메스에선 말입니다."

지엔. 그 단어를 듣자 스캇의 동공이 커다랗게 확대되었다.

지금 이 남자는 무슨 이야기를 하고 있는 거지?

스캇은 그의 말에 급격히 흔들리기 시작했고, 냉정은커녕 제대로 된 사고도 쉽사리 할 수 없었다.

"어떻습니까. 원하시는 분들을 모두 살려드릴까요?"

"아니, 괜찮소. 당신 같은 사람이 그들의 생사를 관장하고 있다는 사실에 조금 기분이 나빠지는군."

"아공간으로 보내지는 것만 아니라면 재프로그래밍이 가능하니까요. 이런 식의 협박은 어떻겠습니까?"

마틴은 갑자기 거칠게 손을 휘저으며 구체를 쓰다듬기 시작했다. 그것은 빠른 속도로 회전하며 바람을 일으키기 시작했다.

"무슨 짓을……!"

"묻지 않아도 지켜보면 다 아실 겁니다."

구체 속엔 수도 없이 많은 영상들이 떠오르기 시작했다. 그리고 그것들은 비디오의 '빨리 감기' 기능처럼 엄청난 속도로 변해갔다.

스캇은 그 모습을 바라보며 한 가지 사실을 깨달을 수 있었다.

지금 이 남자는 시간을 강제로 움직이고 있는 것이다!

"그만! 그만둬!"

"아참, 당신의 시간은 유한하지요. 갈 길이 바쁘신 몸이라 들었습니다만."

스캇은 스스로의 분노를 견디지 못하고 숨을 몰아쉬고 있었다. 그는 마틴을 바라보며 물었다.

"얼마나 움직였소?"

"한, 일 년쯤?"

조소를 담고 있는 그의 목소리가 차갑게 들려왔다. 이 모든 상황이 진실이라면 자신은 지금 마틴의, 아니, 신의 손바닥 안에서 춤을 추고 있는 것이다.

"빌어먹을! 제국은……! 다리엔은?! 다들 어떻게 변한 거야!"

덜컹!

자신의 자리에서 뛰어 일어난 스캇은 그대로 마틴의 목을 움켜잡았다. 하지만 마틴은 여전히 싸늘한 표정으로 대꾸했다.

"지금, 무척이나 많은 에너지원이 서버에 전해졌습니다. 참 반가운 소식이지요. 이 손을 놓지 않는다면 좀 더 곤란한 일을 당하게 될 겁니다."

"이 자식……!"

스캇이 손을 놓을 생각이 없어 보이자 마틴은 다시 한 번 손을 휘저었다.

그리고 또다시 구체가 회전하기 시작했다.

"그만!"

파악!

스캇은 두려움을 이기지 못하고 그를 밀쳐 냈다. 스캇은 재빨리 자신이 있던 자리로 돌아가 앉았다.

그리고 겁에 질린 눈으로 마틴을 바라봤다.

자, 당신 말대로 했소. 그러니 제발 그만두시오!

"좋습니다. 마음에 드는군요."

마틴의 얼굴에 만족스러운 미소가 떠오르자 구체도 동시에 멈췄다.

그는 무척이나 여유있는 목소리로 이야기했다.

"시간이 2년이나 지나 버리긴 했지만 당신이 우려했던 일들은 일어나지 않았네요. 전쟁도, 누군가의 죽음도 말입니다."

그의 이야기 뒤에는 묘한 여운이 남았다. 스캇은 기진맥진한 표정으로 마틴을 바라봤다. 몇 분 안 되는 시간 동안 수년은 늙어버린 듯한 기분이었다.

"경고했습니다. 선택은 물론 당신이 하는 겁니다. 하지만 당신의 선택 덕분에 행성 전체를 또다시 위험으로 몰아가지 마세요. 이미 당신은 두 번이나 실패했던 몸이지요. 다음 기회는 없을 겁니다."

스캇은 혼이 빠진 표정으로 천천히 고개를 끄덕였다.

더 이상 시간을 움직일 기색이 없는 마틴의 태도가 그나마 그에게 큰 위안거리가 되었다.

"제 용무는 끝났습니다. 이제 돌아가시면 됩니다. 그사이에 2년이나 흘렀다고 해서 너무 우울해하지 마시고, 나름대로 긍정적으로 생각하셨으면 좋겠군요."

스캇은 아무런 말도 하지 않은 채 자리에서 천천히 일어났다. 밤바람에 거칠게 흔들리는 그의 머리 사이로 희끗희끗한 색이 보였다.

그가 천천히 몸을 돌리려 하자 아직 할 말이 남은 듯 마틴의 목소리가 들려왔다.

"이대로 보내드리긴 조금 섭섭하니 선물이라도 하나 드릴까요?"

스캇이 지친 기색으로 돌아보자 마틴은 밝은 목소리로 말했다.

"자고 싶지 않습니까? 제가 해결해 드릴 수 있거든요."

고개만 돌렸던 스캇의 몸이 완전히 마틴을 향했다.

잠, 잠이라고?

스캇은 떨리는 목소리로 천천히 말을 꺼냈다.

"정, 정말이오?"

"라나파즈리에선 흔히 MK—시리즈라 불리지요. 그 물약들은 마스터들이 라나파즈리에서 서버와 이민자들을 관리하고, 또 에너지원을 채취하기 위해 만들어낸 일종의 유틸리티(Utility)입니다. 제가 직접 만들었지요. 마틴 캘리캑(Martin Kallikak), M, K."

마틴의 얼굴에서 내심 자부심이 담긴 미소가 피어올랐다. 스캇이 한참 대답이 없자 그가 되물었다.

"싫으신가요, 잠?"

"…미안하지만, 지금은 받을 수 없소."

일분일초가 급하다.

당장에라도 잠들 수 있다면 그것은 분명 신의 축복일터. 하지만 그에겐 잠드는 행복보다 더 중요한 과제가, 더 중요한 할 일이 있었다.

잠들지 못하는 밤이야말로 지금의 그에게 진정한 축복임을 스캇은 잊지 않고 있었다.

마틴은 그의 심중을 깨닫곤 더 이상 권유하지 않았다.

"또 이곳에 오게 될 일은 없을 겁니다. 행성과 당신이 둘 다 공존하게 되든가, 아니면 행성만 공존하게 되겠지요. 다른 '플랜 아이템'에 의해."

"부디 끝까지 지켜봐 주시오. 그리고 내 방법이 썩 괜찮다면, 그렇다면……."

스캇은 잠시 말을 중단했다. 그리고 그의 깊고 처연한 눈빛이 마틴의 눈을 응시했다.

"그땐 제발 우리를 좀 내버려 두시오."

스캇은 천천히 몸을 돌렸다. 그는 다 늙은 노인처럼 터덜거리며 자리를 벗어났다.

Chapter 34

제국의 결단

제국의 황성 '도그위부치'.

이미 늦은 밤이기에 드문드문 돌아다니는 위병들 외에는 인적이 없을 만한 복도, 그 정중앙을 한 남자가 걷고 있었다.

드문드문 붉은빛이 섞여 있는 금발, 그의 신분을 말해주는 붉은색의 화려한 예복, 젊고 패기 넘치는 제국의 새로운 황제.

힐리안 3세.

"폐, 폐하!"

철컥!

지나가던 위병들이 그의 등장에 놀라 허리를 숙이며 예를 표했지만 그는 신경도 쓰지 않은 채 그들의 앞을 지나쳐 갔다.

"흠."

메르부의 발길이 멈춘 곳은 왕립 가무단장, 바할레인의 거처였다. 그의 거처는 늦은 밤임에도 불구하고 시끄러운 음악 소리와 환한 불빛이 가득했다.

메르부는 잠시 문 앞에 서서 고민을 한 뒤, 노크없이 문을 열어젖혔다.

끼이이익.

"으하하하하핫! 더 마시라구, 내 음악이 멈추는 일은 없을 테니까!"

거실이 아닌 무대장이라도 해도 될 만큼 상당한 크기의 거실, 그 가운데 몇 명의 사람들이 모여 거나한 술판을 벌이고 있었다. 그리고 바할레인은 그 가운데서 류트를 뜯고 있었다.

그 시끄러운 분위기 탓일까. 아무도 제국 황제의 등장을 눈치 채지 못한 분위기였다. 메르부는 굳이 기척을 드러내지 않은 채 천천히 그들을 향해 걸어갔다.

그의 얼굴엔 옅은 미소가 걸려 있었다.

따각, 따각, 따각.

결국 그들 중 한 명이 메르부를 발견했고, 갑자기 싸늘해진 분위기는 급속도로 확산되었다. 연주 덕분에 정신이 없던 바할레인이 마지막으로 메르부의 존재를 발견하자 신나게 이어

지던 음악이 끊겼다.

그리고 정적.

"화, 황제 폐하……!"

그들이 어쩔 줄 모르고 수습을 하려 하자 메르부는 손사래를 치며 말했다.

"가끔은 이런 것도 필요하지. 나도 끼고 싶군."

"하나 폐하……."

바할레인이 거듭 송구스러운 표정을 지으며 허리를 숙이자 메르부는 다소 짜증이 섞인 눈빛으로 그를 바라봤다.

"그놈의 폐하 소리 좀 듣지 않으려고 왔는데 자네까지 이러긴가, 바할레인."

바할레인과 메르부는 소년 시절부터 막역하게 지내온 사이였다. 품위, 무게 일색인 황성의 고관들 사이에서 유달리 자유분방한 바할레인과 메르부는 유난히 짝이 잘 맞는 사이였다.

메르부는 황제의 자리에 오른 후로 알게 모르게 많은 스트레스를 받고 있었고, 그것을 조금이라도 해소하고자 오랜 친구의 거처에 이렇게 직접 찾아온 것이다.

바할레인은 그제야 메르부의 뜻을 알아채곤 싱글벙글 웃으며 자신의 옆 자리를 비웠다.

"에헤헤헤, 내가 생각이 짧았군. 이리 와서 앉아. 뭘 준비해 줄까?"

제국의 황제를 향해 거침없이 말을 놓는 바할레인.

아무리 친구 관계라 해도 어찌 황제에게 저런 망발을 일삼는단 말인가.

주변에 있던 다른 이들의 두 눈이 경악에 휩싸이며 황제의 눈치를 살폈다. 하지만 메르부는 아무렇지도 않다는 표정이었다.

"역시, 이 황성 안에서 자네만이 내 마음을 알아주는군. 독한 녀석으로 주게, 가장 독한 녀석."

메르부가 자신의 옷깃을 풀어헤치며 바할레인의 옆에 걸터앉자 다른 이들은 움찔거리며 그 자리에서 뛰어 일어났다. 어찌 자신과 같은 이들이 황제와 동석을 할 수 있겠느냐는 의미였다.

메르부는 내심 못마땅하다는 표정으로 그들을 둘러봤다.

"마음에 드는 도량은 하나도 없군. 모두 돌아가라."

황제의 말이 끝나자 그들은 그 말을 기다리고 있었던 듯 황급하게 자신의 옷가지를 추스르곤 그 방을 떠났다.

메르부는 그들이 떠난 빈자리를 바라봤다. 그럴듯한 술상이 따끈따끈하게 채워져 있었다.

"빈자리가 아쉽군. 지원."

"부르셨습니까."

어느새 메르부의 바로 뒤에서 복면인이 부복을 한 채 대답했다. 옆에서 술을 따르던 바할레인은 깜짝 놀라서 들고 있던

병을 떨어뜨릴 뻔했다.

"지, 지원님의 실력은 알고 있지만 아무리 봐도 적응이 안 되는구먼."

박지원, 제국 최고의 암살자이며 메르부가 직접 키워낸 차원 이민자. 암살자답게 그의 존재감은 10용사 중 제일 밑에 있다 할 수 있었으나, 실력만큼은 라렛슈와도 우열을 가릴 수 없는 강자였다.

그는 항상 메르부를 호위하는 역할을 맡고 있었으니, 그의 곁에서 조금도 벗어나지 않는다 할 수 있었다.

메르부는 그를 향해 나직하고 부드러운 목소리로 말했다.

"다른 10용사들을 모두 불러와. 긴급 소집이다. 그리고 다리엔은 네가 직접 데려와. 무슨 의미인지 알겠지?"

"예."

지원은 알아보기 힘들 정도로 살짝 고개를 숙인 뒤 신형을 날려 그 자리에서 사라졌다. '긴급 소집'은 상대하기 힘든 적이 나타났을 때나 사용하는 드문 명령이었다.

황제는 술자리의 빈자리를 채우기 위해 그 명령을 사용한 것이다.

"둘이 있을 땐 괜찮은데… 다른 사람들이 오면 내가 좀 불편해지는걸."

"걱정 마. 그들도 그렇게 하라고 시키지 뭐."

"크하하핫! 좋은데!"

능청스러운 메르부의 이야기가 마음에 들었는지 바할레인이 호탕하게 웃었다. 그는 넘치도록 가득 채운 잔을 메르부에게 넘겼다.

메르부는 그 잔을 받아들자마자 거침없이 들이키고는 다시 빈 잔을 바할레인에게 바로 넘겼다.

"한 잔 더."

"좋지!"

그들이 몇 마디 대화를 나누는 사이 용사들이 신속하게 도착하기 시작했다. 그리고 메르부가 두 번째 술잔을 넘기고 나자, 마지막으로 지원이 다리엔을 조심스럽게 부축하며 들어왔다.

제국 10용사의 총집결이었다.

"자, 모두들 사양 말고 앉게나."

독한 술기운에 메르부의 하얀 피부가 조금 홍조를 띠었다. 아직 상황을 미처 파악하지 못한 10용사들이 머뭇거리자 메르부가 다시 한 번 또박또박 말했다.

"황제의 명령이네."

타닷!

그들이 모두 자리에 앉은 것은 그야말로 일순간, 그 무거운 분위기 덕분에 바할레인은 귀까지 걸려 있던 미소를 조금씩 잃어갔다.

메르부는 답답한 표정을 지으며 말했다.

"회식이네. 이유를 군이 들자면 개전의 기념이라고나 할까. 그렇지, 바할레인?"

올 것이 왔다. 바할레인의 표정이 잔뜩 굳어졌다.

메르부의 기대에 부응하지 못한다면 이런 자리는 두 번 다시 없을지도 모른다. 바할레인은 자신이 얼마나 막중한 임무를 부여받았는지 깨달았다.

그는 심호흡을 하곤 약간 억지스러울 정도로 과장된 웃음소리를 터뜨리며 외쳤다.

"으하하하핫! 그래, 메르부! 오늘은 회식이지!"

10용사들 중 나이가 지긋한 몇몇은 표정이 싸늘하게 식어 갔고, 젊은이들은 그 의미를 조금이나마 깨달을 수 있었다.

오늘, 이 자리에서 메르부는 황제와 부하의 관계로 만나고 싶은 것이 아니다.

하지만 그 기대에 선뜻 부응하는 것도 바할레인 정도나 가능한 일, 모두가 조금씩 주저하고 있었다.

이 젊은 황제의 장단에 맞춰주는 일을 누가 할 수 있을 것인가. 그 정적을 무너뜨리고 먼저 일어난 것은 다름 아닌 No. 1, 올렛이었다.

"그래, 메르부. 그토록 젊은 나이에 제국을 이끄는 것은 결코 쉬운 일이 아니지. 그동안 쌓인 스트레스도 상당했을 텐데… 오늘은 조카의 뜻에 따라볼까."

기품이 넘치는 60대의 노부인은 능숙하게 분위기를 이끌었다. 그녀의 목소리는 은연중에 다른 이들의 마음을 움직이고 있었다.

"제 마음을 알아주시니 고맙군요, 이모님."

"시중은 내가 들도록 하마. 아무래도 난 천직이 메이드니까."

올렛 부인은 나긋한 품세로 자리에서 일어나 빈 잔과 술병을 주위에 돌리기 시작했다.

어찌 보면 그녀의 위치에 전혀 맞지 않는 행동들이었지만 이미 황성의 식구들에겐 익히 알려져 있고, 또 익숙한 정경이었다.

분위기가 점점 부드러워지자 네르피온의 밝은 목소리가 메르부를 향했다.

"메르부 오빠, 이제 전쟁을 시작할 거예요?"

"그래, 넬피. 이렇게 10용사도 모두 있고, 제국 정병들도 모두 준비가 되었으니까."

올렛은 성직자인 칼말에겐 술잔 대신 찻잔을 건넸다. 초로의 성직자는 올렛 부인을 향해 공손하게 고개를 숙이며 말없이 감사의 뜻을 표했다.

네르피온은 다소 격앙된 톤으로 중얼거렸다.

"그 녀석에게 복수할 수 있어……."

그녀의 말과 함께 그 자리에 있던 모든 사람들의 머릿속에 한 사람이 떠올랐다.

스캇, 개들의 왕. 10용사에게 굴욕 아닌 굴욕감을 던져 준 적군의 수장. 그들은 하나같이 전의를 드러냈다.

다만 단 두 사람은 다른 사람들이 알아보기 힘들 정도로 미묘한 표정을 지었을 뿐.

"넬피, 그런 마음가짐은 좋지 않아. 우리는 엄연히 이 세계의 정의를 대표하는 자들이라는 것을 잊으면 안 된다. 사사로운 감정은 접어둬야지."

올렛 부인의 인자한 목소리가 네르피온의 곁에서 속삭이자 그녀는 고개를 살짝 숙이며 얼굴을 붉혔다.

"죄송합니다……."

"우후훗, 제국에서 가장 날카로운 검과 굳센 방패를 가지고 있는 네르피온 양의 활약이 기대되는걸."

올렛 부인은 네르피온의 어깨를 가볍게 두드리곤 자신의 자리에 돌아갔다.

메르부는 기분 좋은 웃음을 지우지 않은 채 곁에 앉은 바할레인에게 말을 건넸다.

"오랜만에 듣고 싶은데."

"좋지. 마성검 휠그라임과 바할레인의 합작! 노세, 노세, 젊어서 노세!"

바할레인은 언제 준비했는지 테이블 밑에서 마성검 휠그라임을 꺼내 들었다. 제국에서도 손가락에 꼽히는 마검을 이런 용도로 사용해 왔단 말인가.

그가 노래를 시작하려 하자 메르부의 손가락이 바할레인을 제지했다.

"응?"

"노래 빼고, 연주만."

그제야 다른 이들도 안도의 한숨을 쉬었다. 바할레인의 노래를 듣고 있는 것은 결코 쉬운 일이 아니다. 하지만 그 연주 실력만큼은 분명 제국 제일.

제국 제일 음유시인, 바할레인의 신나고 경쾌한 선율이 흘러나오기 시작하자 분위기는 점점 더 고조되기 시작했다.

"라렛슈, 안 마시는 거야?"

"신경 쓰지 마. 그보다 구석에서 궁상맞게 앉아 있는 지원이나 신경 쓰는 건 어때? 라이닌, 저쪽만 분위기가 무겁잖아."

라렛슈가 넌지시 가리킨 곳에는 지원이 굳은 표정으로 앉아 있었다. 아니, 복면으로 얼굴을 가리고 있으니 굳은 표정이랄 것도 없이 그 음침한 분위기가 사방으로 꿈틀거리며 퍼져 나오고 있는 듯했다.

지원은 그들의 이야기에도 아랑곳하지 않고 굳건히 앉아 있었지만, 네르피온은 그런 것을 두고 볼 위인이 아니었다.

그녀는 자신의 잔을 들고 자리에서 일어나 지원을 향해 다가갔다. 그리고 지원의 옆에 바싹 붙어 앉았다.

지원은 흠칫 놀라며 애써 분위기를 유지하려 했으나 긴장한 듯 어쩔 줄 몰라 했다.

"흐응, 전부터 지원님의 얼굴이 궁금했는데 말이죠."

"제, 제가 맡고 있는 직책 때문에 어쩔 수 없습니다."

"아아, 너무 딱딱하게 굴지 말라구요."

네르피온은 지원의 팔에 매달렸다. 평소의 그녀로선 상상
도 할 수 없는 행동이었지만, 모두들 딱딱하고 무거운 직책에
충분히 지칠 만한 상황이었다.

이런 자리를 가장 환영하고 있는 것은 다름 아닌 네르피온
과 같은 젊은이들이었다.

그녀는 빈틈을 노려 지원의 복면을 향해 손을 뻗었다.

"에잇!"

하지만 상대로 말할 것 같으면 제국 제일의 암살자, 기척을
눈치 채지 못할 리가 없었다. 그들은 잔뜩 밀착한 상태로 몇
수를 주고받았고, 다른 이들은 모두 즐거운 표정으로 그들의
행동을 지켜봤다.

"후우, 이거 쉽지 않은데?"

먼저 행동을 멈춘 것은 네르피온이었다. 그녀는 다시 달려
들 기세로 지원의 눈을 노려봤다. 지원은 애써 그녀의 눈길을
피했지만 조금도 양보할 생각은 없는 듯했다.

그때 지원의 반대편에 다른 사람이 앉았다. 지원은 두 눈을
크게 떴다.

"저도 궁금한데요."

"서, 성녀님……."

"황제 폐하의 명령을 잊으셨군요. 그냥 다리엔이라고 불러주세요."

백발의 긴 생머리, 그리고 하얀 눈썹과 우윳빛 피부는 그녀를 이 세상과 동떨어진 사람처럼 보이게 만들었다. 사실은 건강 덕분에 그런 창백함을 유지하고 있는 것이지만 다리엔의 외모는 그녀의 신비한 분위기를 더욱 돋보이게 했다.

네르피온은 자신의 미인계도 먹히지 않은 지원이 다리엔에겐 전혀 다른 태도를 보이는 것을 보며 기분이 상했지만, 그녀의 입장에서도 한 수 접고 갈 정도로 다리엔의 분위기는 굉장했다.

최근 병상에서 간신히 일어나 걷게 되었지만 그녀의 그 신비함만큼은 예나 지금이나 변함이 없었다.

다리엔은 부드러운 미소를 지은 채 지원을 바라봤다.

"제 눈에는 지원님의 복면 속이 훤히 보여요."

"서, 설마요."

지원은 다시 한 번 흠칫거리며 놀랐다. 그럴 리 없을 거라 생각했지만 상대는 성녀라 불리는 자신보다 높은 랭커다. 충분히 그럴 수도 있겠다는 생각이 지원의 머릿속을 스쳐 지나갔다.

"그 가면, 벗지… 않으시겠어요?"

다리엔은 그윽한 눈길로 지원을 바라봤다. 다리엔의 장난기를 익히 알고 있는 메르부는 소리없이 웃음을 흘렸다.

그때 기회를 노리고 있던 네르피온의 손이 결국 지원의 복면을 낚아챘다.

다리엔과 네르피온은 동시에 환호성을 질렀다.

"좋아!"

"성공이다!"

지원은 본능에 따라 반격을 하려다 자신의 상황을 깨닫곤 고개를 숙이며 두 손으로 얼굴을 가렸다. 모든 이들의 시선이 지원을 향해 있었다.

지원이 고개를 들 기색을 보이지 않자 네르피온은 걱정스러운 눈초리로 그에게 물었다.

"괜… 찮아요?"

"…돌려주세요."

하지만 돌려줄 생각이 있을 리 없었다. 네르피온이 다리엔을 바라보자 그녀는 고개를 끄덕였다.

"이런 자리가 여러 번 있을 것도 아닌데, 지원님과 더 친해지고 싶어서 그래요. 너무 불편하게 생각하지 마세요."

다리엔의 목소리는 과연 효과가 있었다. 지원은 한참을 머뭇거리다가 결국 그녀의 설득을 이기지 못하곤 조심스럽게 고개를 들었다.

"아……!"

"와아아……."

지원의 얼굴을 본 사람들은 저마다 입에서 탄성을 내뱉었다. 그의 얼굴과 그 콤플렉스를 알고 있던 메르부만 알게 모르게 옅은 미소를 흘릴 뿐.

가장 곁에서 보고 있던 네르피온이 가장 먼저 소감을 말했다.

"정말… 정말… 예쁘시네요."

"그러게……."

옆에서 다리엔도 그녀의 말에 맞장구를 쳤다. 분명 목소리는 굵직한 남자의 목소리였지만, 지원은 그와 조금도 어울리지 않는 아름다운 외모를 가지고 있었다. 잘생겼다는 표현이 어울리지 않을 정도로 무척이나 여성스러웠다.

"이렇게 예쁘게 생기셨을 줄은 몰랐어요."

다리엔은 나름대로 칭찬이었지만 그것이 콤플렉스인 지원은 그런 소리가 불편했다. 그는 다리엔을 향해 되물었다.

"하지만 다리엔님께선 제 복면 속 얼굴을 아신다고……."

"아, 네? 제가요? 글쎄요. 으흐홋."

다리엔은 멋쩍은 표정을 지으며 자리를 피해 그녀가 원래 있던 곳으로 돌아갔다. 지원은 그녀에게 다시 뭐라 말하려 했으나 곁에서 자신을 뚫어져라 쳐다보고 있는 네르피온 덕분에 그마저도 하지 못하게 되었다.

음악과 함께 사람들의 목소리도 점점 떠들썩해져 갔다. 모두들 전쟁을 앞두고 많은 부담감을 가지고 있었기에, 그런 답답한 마음을 너 나 할 것 없이 풀어냈다.

더군다나 그들은 제국의 선봉에 서야 하는 10용사들이다. 메르부는 그들의 모습을 바라보며 무척이나 안타까웠고, 한편으로 고마움을 느꼈다.

그는 술잔을 들고 자리에서 일어났다. 이들에게 해줄 이야기가 있었다.

"여러분."

메르부의 목소리와 함께 정적이 찾아왔다. 시끌벅적하게 떠들고 있었던 용사들은 모두 입을 다물곤 메르부를 향해 집중했다.

그는 미소를 흘리며 고개를 털었다.

"내 친구, 가족, 선배님, 당신들은 모두 제 소중한 사람들입니다. 10용사와 황제라는 그런 관계보다 훨씬 중요하지요."

그들은 메르부를 향해 굳은 신뢰를 보내고 있었다. 메르부는 거침없이 말을 이었다.

"나는 내 아버지를 죽인 패륜아입니다. 하지만 그런 결단을 내릴 수밖에 없었던 그 상황과 제 위치를 여러분은 아실 겁니다."

모두들 무거운 표정으로 고개를 끄덕였다. 온전한 정의를 위해, 제국의 미래를 위해 결단을 내려야 했던 젊은 패자를 따른 것은 다름 아닌 그들이 아닌가.

"우리의 정의는 제국의 미래를 위해, 인류의 안녕을 위해 처단해야 할 적들을 처단하는 것입니다."

그의 목소리가 정적을 뒤덮었다. 메르부는 표현의 완화없이 생각하고 있는 바를 그대로 말했다.

"혹자들은 당신들을 잔혹한 살상병기라 부를지도 모릅니다. 평화를 원하는 마물들을 죽여 나간 냉혈한으로 묘사할 이들도 있겠지요. 하지만 적들이 제아무리 말도 안 되는 철학으로 무장하고 있다 해도, 태생은 마물. 그 존재 자체가 악을 위해 태어난 이들입니다. 우리는 이제 제국의 이름으로 검을 들게 됩니다. 그것도 가장 선봉에 서서."

그의 목소리는 황제답지 않은 부드러움을 가지고 있었다. 공식 석상에선 조금도 보여준 적이 없었던 그런 목소리였다.

10용사들은 하나같이 그의 마음을 느낄 수 있었다.

"우리 중 몇 명은 다시 돌아올 수 없는 강을 건너게 될 수도 있겠지요. 그 작자처럼 아무도 죽지 않게 하겠다는 말도 안 되는 희망을 가지진 않을 겁니다. 하지만 우리는 우리의 희생이 있다는 것을 알기에, 더욱 주저함없이 전진할 것입니다."

죽음, 그 누가 두려워하지 않겠는가.

모두들 굳은 결의가 담긴 표정으로 메르부를 바라봤다. 다만 다리엔, 다리엔만큼은 그 속내를 드러내지 않은 채 무표정한 얼굴로 앉아 있을 뿐.

"자, 우리 이제 건배합시다. 내일부터는 강철의 심장을 가슴속에 담고 기계가, 병기가 됩시다. 그리고 대륙을 위협하는 그 모든 마물들을 처단한 뒤, 그 위에 영원한 평화의 제국을 세웁시다. 진정한 평화의 제국을! 건배!"

"건배!"

팅!

그들의 잔이 부딪치며 하나가 되었다. 다리엔은 마지못해 잔을 들었지만 메르부는 그녀의 그런 모습을 놓치지 않았다.

'당신은 이곳에서 벗어날 수 없어. 그것이 당신의 운명이야.'

메르부는 술을 넘기며 얇고 날카로운 눈빛을 빛냈다. 그의 깊은 눈 속에는 끝없는 애증이 꿈틀거리고 있었다.

하나같이 거나하게 취할 정도로 술이 돌고 나서야 급조된 회식 자리가 정리되기 시작했다. 메르부가 먼저 자리를 떠난 뒤 하나둘씩 각자의 거처로 돌아갔고, 쓰러진 바할레인을 뒤로한 채 올렛 부인과 다리엔이 끝까지 남아 뒷정리를 했다.

모두들 다리엔이 일하는 것을 만류하는 분위기였지만, 괜히 제국의 성녀라 불리는 인품이 아니다. 결국 그녀의 고집에 밀려 다들 아쉬운 표정으로 자리를 떠났다.

"고생하셨어요. 돌아가 보겠습니다."

"셋째야말로 고생했어. 그럼 내일 보자꾸나."

"네."

모든 정리를 마친 후 바할레인의 거처에서 나온 그녀들은 각자의 방을 향해 헤어졌다. 다리엔은 제대로 가누지도 못하는 연약한 육신을 힘겹게 놀리며 자신의 방으로 걸어갔다.

간혹 지나가는 위병들이 그녀를 돕고자 했지만 그녀는 번번이 고개를 저으며 정중하게 거절했다.

'내일이 출진이구나.'

그동안 증강시켰던 제국의 전 병력이 내일 입실론에 집결한다. 아니, 이미 입실론의 주변 평야에 주둔지를 구축하고 개전대회를 기다리고 있었다.

그들은 내일 개전대회가 끝난 후 대륙 최강이라 불리는 제국 전함을 타고 해상 경로를 통해 나후리 광야를 공격할 1군들이었다. 베른으로 진격하기 위한 2군은 현재 다리아렌 왕국에서 집결하고 있었다.

그녀는 전쟁이 무섭도록 두려웠지만, 한편으로는 기대가 되기도 했다.

그것은 오직 한 사람에 대한 믿음이 있기 때문이었다.

'그 사람이라면……'

스캇.

그가 뭘 어떻게 할 수 있을지 혹은 할 것인지에 대해선 조금도 알 수 없었다. 하지만 그에 대한 믿음이 은연중에 스스로를 안심시키고 있었다.

'분명 그 사람이라면 전쟁이 일어나게끔 얌전히 두고 보진 않을 거야.'

그리고 다시 만날 수 있다면, 다시 만나게 된다면 하고 싶은 이야기가 너무나 많았다. 다리엔이 병상에서 정신을 차린 뒤 가장 먼저 받은 것은 낡은 쪽지였다.

'한 신사 분께서 주셨습니다. 사랑한다고, 기다리겠다고 전해주셨어요.'

그녀는 가쁜 숨을 몰아쉬며 한 손으로 자신의 가슴을 지그시 눌렀다. 심장의 두근거림은 결코 육체적인 피로 때문만은 아니리라.

다리엔은 그의 모습을 떠올렸다. 그 목소리, 얼굴, 하나하나가 2년이 지난 지금도 생생했다. 하지만…

'2년 동안 아무런 소식도 없었어. 심지어 적군에서도 아무런 움직임도 발견할 수 없었고… 나를 걱정하셨더라면 분명 한 번쯤은 연락이라도 있을 법한데…….'

다리엔이 걱정하는 것은 그의 변심이 아니었다. 혹시나 스캇의 안위에 무슨 문제라도 생기지 않았을까 걱정된 것이다. 무엇보다 아우리미로 그의 움직임을 감지할 수 없게 된 것은 그녀의 불안함을 더욱 증폭시키고 있었다.

아우리미는 이 대륙 어느 곳에서도 그를 발견할 수 없었다.

'사정이 있으신 거겠지.'

그 믿음만큼은 변하지 않았다. 무엇보다 지금 자신이 신경 써야 할 문제는 다른 것이 아니었다. 조금이라도 건강을 회복하는 것, 그것이야말로 스캇의 사랑에 대한 가장 큰 보답일 것이라고 다리엔은 그렇게 확신하고 있었다.

하지만 그녀의 표정은 그렇게 밝지 않았다.

그녀는 알고 있었다. 자신의 건강이 더 이상 손보기 힘든 수준이라는 것을, 지금도 하루하루 간신히 생을 이어가고 있음을.

다리엔은 고개를 흔들며 애써 정신을 차렸다.

'무슨 생각을 하는 거야? 분명 방법은 있어. 이런 세상이라면 어딘가에 분명 치료 방법이 있을 거야. 분명히.'

힘겹게 앞으로 걸어가며 수많은 생각을 반복하던 다리엔은 어느새 자신의 방 앞에 도착했다. 다리엔의 거처는 옆에 있는 황제의 침실과 더불어 황성에서 가장 견고하고 안전한 곳이었다.

그녀를 가까운 곳에서 지켜보기 위한 메르부의 관심과 배려였다. 아니, 감시라고 해야 할까.

다리엔은 자신의 방문을 지키고 있는 위병들을 향해 살짝 목례를 한 뒤 방 안으로 들어가려고 했다. 그런데 그때, 메르부의 침실 쪽에서 비명 소리가 들려왔다.

"크아아아악!"

다리엔은 위병들을 돌아봤다. 분명 들려온 목소리는 메르부의 것이었다. 하나, 메르부의 침실 앞에 서 있는 위병들은 굳건히 자신의 자리를 지키고 있을 뿐이었다.

그녀는 메르부의 침실 앞으로 달려가 위병들에게 다급히 물었다.

"방금 그 소리를 듣지 못하셨나요?"

"들었습니다, 성녀님."

"황제 폐하에게 무슨 일이 생겼을지도 모르는데 왜 그렇게 자리를 지키고 계신가요?"

대답한 위병은 자신을 노려보는 다리엔의 노여운 눈길에도 꿋꿋이 무표정을 지킨 채 대답했다.

"황제 폐하께서 안에서 무슨 일이 있어도 들어오지 말라 하셨습니다."

"정말 위험한 상황이면 어떻게 하려고 해요!"

"죄송합니다, 성녀님. 하나 명령입니……."

"그럼 내가 들어가겠어요."

다리엔은 그를 지나쳐 방 안으로 들어가려고 했다. 그러나 위병은 검집을 세우며 그녀를 가로막았다.

다리엔은 격앙된 목소리로 외쳤다.

"이게 무슨 짓입니까!"

제국의 성녀, 그 위압감은 만만한 것이 아니다. 위병은 식은땀까지 흘려가며 애써 표정을 유지했다.

"황제 폐하께서 그 누구도 들이지 말라 하셨습니다."

"난 그 누가 아닙니다! 내부의 상황을 알고 있는 성녀라구요! 폐하가 위험해요!"

그녀는 위병의 검집을 밀어젖혔다.

위병은 어찌할 줄 모르고 그녀를 지켜봤다. 다리엔은 문을 열려 했지만 거대한 문은 꿈쩍도 하지 않았다. 안에선 여전히 메르부의 신음 소리가 들려오고 있었다.

그녀는 다시 위병을 돌아보며 외쳤다.

"열쇠 줘요!"

"하지만……."

"줘요! 당장!"

이토록 꽉 막힌 사람이라니!

다리엔은 참을 수 없는 답답함을 느끼면서 계속 위병을 재촉했다. 하지만 위병은 굳은 표정으로 고개를 저었고, 참을 수 없을 정도로 화가 난 그녀는 무력행사라도 감행하겠다는 생각이 들기 시작했다.

그때, 문 안에서 메르부의 목소리가 들려왔다.

"그녀를 들이라."

"옛!"

명령이 하달되자마자 위병은 신속한 몸놀림으로 열쇠를 꺼내 문을 열었다. 그 역시 진즉에 이런 상황을 바랐던 것 같다.

다리엔은 위병을 한 번 노려본 뒤 거침없이 문을 열고 방

안으로 뛰어 들어갔다.

문 안에는 또 다른 실내 정원이 펼쳐져 있었다. 거대한 방 안에 펼쳐진 작은 숲, 그것은 메르부의 취향이었다. 숲 한가운데엔 작은 통나무집이 있었고, 그 길까지 향하는 길을 가로등들이 은은하게 비추고 있었다.

다리엔은 당장 그 통나무집을 향해 뛰어갔다.

"무슨 일이에요!"

"역시… 당신은 다른 사람이 아파하는 것을 견디지 못하는군. 그렇지?"

자신의 침대 위에서 상체를 벗은 채 주저앉아 있는 메르부의 모습은 무척이나 힘겨워 보였다. 그녀는 메르부의 나신에도 아랑곳하지 않고 그를 향해 다가갔다.

메르부가 어린 꼬마였을 때부터 동생처럼 곁에서 지켜온 그녀다. 그에게 특별한 감정이 있을 리 없었다.

"이게 도대체… 무슨 짓입니까?"

그녀가 손을 내뻗자 소매에서 아우리미의 덩굴이 뻗어 나와 메르부의 몸을 훑기 시작했다. 메르부의 드러난 가슴엔 수많은 문신들이 꿈틀거리며 요동치고 있었다.

"상관없다. 수련 중이었어."

"이건 단순한 수련이 아닐 텐데요?"

다리엔의 목소리는 마치 따지듯 메르부를 몰아붙였다. 그녀가 마법이나 주문에 관해 알고 있는 상식은 일반 마법사들의 것 이상이었다.

메르부의 가슴에 있는 문신들은 부적절한 방법으로 획득한 마력의 저주가 분명했다.

"난 지난 2년간 전쟁 준비를 해왔다. 지금의 우리는 역사상 최강의 전력을 가지고 있지. 숫자나 질을 따져 봐도 역대 최강이야… 크흐윽!"

아직 정리되지 않은 마력들이 역류하는 듯 그의 가슴이 심하게 꿈틀거렸다. 다리엔은 덩굴을 놀려 그의 마력을 진정시키기에 여념이 없었다.

메르부는 그런 고통 가운데서도 계속 말을 이었다.

"하지만 알고 있어. 이 정도로 벨을 이기는 것은… 이 정도로 스캇을 누르는 것은 불가능하다고."

그 순간, 다리엔의 눈이 메르부를 노려봤다. 그녀는 이미 자신의 마음을 몇 번이고 메르부에게 말했었다. 떠나고 싶다는 말까지도.

하지만 메르부는 그녀의 모든 자유 의지를 억눌렀고, 지금은 반강제로 그의 곁에 남아 있게 된 것이다. 물론 여전히 그의 보호와 제국 최고의 의료진들에게 치료를 받고 있었다.

그런 그녀라도 메르부가 밉지만은 않았다. 그 어쩔 수 없는 운명을 걷고 있는 메르부를 안타까워한 적은 있어도…….

"나는 왜 이렇게 불행할까. 내가 가장 아끼는 친구는 적의 부하가 되었고, 내가 사랑하는 여자는 그에게 마음을 줬지.

그러면서도 그들은 말하네, 싸울 필요가 없다고. 그래? 정말?"

처연했다. 애달팠다. 그는 분명 대의와 명분을 가지고 있는 대륙 최고의 권력자였지만, 무엇 하나 얻을 수 있는 것이 없었다.

다리엔은 그를 안쓰러운 눈길로 바라봤다. 하나 메르부는 그것조차 허락하지 않았다.

"치워. 두 번 다시 그런 눈으로 날 바라보지 마. 난 아직 지지 않았어. 시작조차 안 했단 말이다!"

메르부의 가슴에 그려진 문신들은 마치 악마의 형상처럼 기괴하게 꿈틀거렸다. 다리엔으로서도 그것을 쉽사리 진정시킬 수 없었다.

메르부는 고통을 짓누르며 허공을 노려봤다. 마치 그곳에 자신의 적이 있다는 착각에 빠져 있는 듯했다.

파악!

그는 거칠게 다리엔의 소매를 잡아당겼다. 그리곤 그녀를 자신의 가슴에 안았다.

다리엔은 당황하지 않은 채 싸늘하게 말했다.

"놔, 메르부."

메르부는 자신의 시선을 거두지 않은 채 고개를 저었다. 그의 굳센 팔은 조금도 다리엔을 놓을 생각이 없었다.

다리엔은 다시 한 번 냉정하고 차가운 목소리로 말했다.

"뇨. 이래선 아무 소용 없다는 걸 알잖니."

그녀의 목소리는 마치 친누나가 어린 동생을 꾸짖는 듯한 말투였다. 메르부는 그 목소리를 들으며 더욱 지독한 분노에 치를 떨어야 했다.

"내, 악마와 계약을 해서라도 그놈의 나라를, 그놈의 모든 꿈을 짓밟고야 말겠다!"

"그땐 널 가만두지 않겠어."

감정을 억누르던 다리엔의 목소리에도 떨림이 섞이기 시작했다. 그녀는 힘없이 안긴 채 아랫입술을 깨물고 있었다.

메르부는 광오한 웃음을 터뜨렸다.

"크하핫… 크하하하하핫! 잊지 마. 나는 당신과 그놈의 생명을 언제든지 죽일 수 있는 사람이야. 아니, 죽지도 못하게 만들 수 있는 사람이라고! 크하하하핫!"

평소의 부드럽고 선량해 보이던 메르부는 오간 데 없고, 오직 애증과 질투에 눈이 먼 짐승과도 같은 한 남자만 남아 있었다.

다리엔의 커다란 눈망울에 금방이라도 떨어질 듯한 눈물이 맺히기 시작했다.

그녀는 숨소리조차 죽인 채 울음을 참으며 속으로 그의 이름을 되뇌었다.

'스캇… 스캇……'

팍!

그녀는 마지막 힘을 쥐어 짜내 메르부를 밀어냈다. 다리엔은 더 이상 움직일 기력조차 없었다. 그녀는 숨을 쉬는 것조차도 힘겨웠다.

방 한구석에 주저앉은 그녀는 힘겹게 숨을 몰아쉬며 메르부를 노려봤다.

그는 어느새 마력이 진정된 듯 싸늘한 표정으로 다리엔을 바라보고 있었다.

"어떤 일을 생각하건, 무슨 짓을 하려고 하건, 너희들 마음대로는 안 될 거야. 내가 가질 수 없다면 죽어서도 맺어질 수 없는 인연으로 만들어주겠다."

다리엔은 그 목소리를 들으며 아무런 반박도 할 수 없었다. 말 한마디를 하는 것조차 힘겨웠다. 대신 그녀는 남아 있는 힘을 그 자리에서 일어나는 데 사용했다.

굉장히 오랜 시간이 걸려서야 그녀는 자리에서 몸을 일으킬 수 있었고, 메르부는 말없이 그녀의 행동을 지켜봤다.

다리엔은 자신의 호흡을 한참 가다듬은 뒤 천천히 말했다.

"메르부, 후우… 후우… 네가… 무슨 소리를 해도……."

그녀는 당장이라도 끊어질 것 같은 의식의 끈을 붙잡고 반쯤 감긴 눈으로 호흡을 가다듬으며 한마디씩 계속 말했다.

"난… 혼자가 아냐."

그가 있어, 그가 있다고. 결코 난 혼자가 아냐. 네 맘대로는 안 될 거야.

그 뒷말을 입 밖으로 꺼냈는지 아닌지 인지할 겨를도 없이, 그녀는 그렇게 의식의 끈을 놓쳤다. 다리엔은 파도에 쓸린 모래성처럼 힘없이 무너져 내렸다.

그녀가 다시 눈을 뜬 것은 다음날 오전이었다. 평소와 같이 주위를 둘러싼 의료진들과 마법 기구들이 다리엔의 눈에 들어왔다.

다리엔은 힘겹게 상체를 일으키곤 한 손을 들어 가까운 곳에서 자신을 지켜보고 있던 여인에게 말을 건넸다.

"라비, 내 몸 상태는 어때?"

"여전히 최고시지요. 나가서 아이들과 뛰어노셔도 되겠는데요?"

그녀의 농담 아닌 농담에 다리엔은 힘없이 미소를 지었다. 항상 다리엔의 곁에서 그녀를 독려해 주는 친절한 친구였다.

다리엔은 라비가 건네준 따뜻한 물을 받아 들곤 그녀에게 물었다.

"내가 어떻게 돌아왔는지 상황을 설명해 줘."

"지난 새벽에 황제 폐하께서 직접 성녀님을 안고 오셨어요. 저희는 그것밖에 몰라요."

그렇군, 그랬겠군.

"폐하께선?"

"개전대회 때문에 지금 행사장으로 가셨을 거예요."

아, 개전대회가 있었지.

그녀가 물어보려던 것은 메르부의 몸 상태였다. 하나 라비의 반응으로 보아 메르부의 몸 상태는 다리엔 본인 외에는 아무도 모르는 듯했다.

다리엔은 컵을 내려놓고 라비에게 말했다.

"휠체어를 준비해 줘. 몸이 이래도 행사장에는 나가야지. 분명 병사들이 기다리고 있을 거야."

"폐하께선 괜찮다고 하셨는데……."

"라비, 내가 언제 메르부 말 듣는 거 봤어?"

라비의 눈에 비친 다리엔은 무척이나 명랑한 소녀처럼 보였다. 그녀는 제국 원수를 아무렇지도 않게 부르는 다리엔의 태도에 기겁하며 급히 고개를 숙이고 대답했다.

"네, 당장 준비할게요."

의료진들과 시녀들의 도움을 받아 나갈 채비를 전부 마친 다리엔은 휠체어에 올랐다. 라비가 휠체어를 끌고 밖으로 나가자 대기하고 있던 기사가 다리엔을 바라보며 정중하게 고개를 숙였다.

"오래 기다리셨지요?"

"신, 라술만. 성녀님을 뵙습니다."

철컹.

기사가 한쪽 무릎을 굽히며 인사를 올리자 다리엔은 손을 저으며 기사를 일으켰다.

"자, 그럼 나는 멋진 기사님의 에스코트를 받아볼까. 라비, 나중에 봐."

"네, 조금이라도 몸이 불편하시면 주저 말고 불러주세요."

다리엔은 부드러운 미소를 지으며 고개를 끄덕였다.

라비에게서 휠체어 뒷자리를 받은 기사는 천천히, 그리고 조심스럽게 다리엔을 행사장으로 인도했다.

"저 오늘 몸 상태 좋아요. 걷기 귀찮아서 부른 거니까 너무 부담 가지지 마세요."

"네? 아, 네! 죄송합니다."

뭐가 죄송하다는 걸까. 다리엔은 피식 웃음을 흘리며 고개를 까닥였다.

성녀는 언제나 제국인들의 귀감이며 신격 대상이었다. 정작 그녀를 알고 있는 측근들은 그녀가 얼마나 인간적이고, 따뜻한 사람인지 알고 있지만 세간에 알려진 성녀는 마치 신의 대행자와 같이 신격화되어 있었고, 동경하지만 가까이 다가가기엔 어려운 대상이었다.

이 기사 역시 자신을 잘 모르는 사람이리라. 다리엔은 자꾸 농담을 걸며 잔뜩 긴장하고 있는 기사의 부담감을 조금씩 풀어줬다.

"웃으니까 더 보기 좋으신데요."

"네, 그럼 계속 웃겠습니다!"

"아니, 뭐… 으흐흐, 그럴 필요까지야……."

잔뜩 근육을 경직시킨 채 억지 미소를 띠고 있는 기사를 바라보며 다리엔은 웃음을 참느라 혼났다. 다리엔에겐 웃는 것도 무척 힘든 일이지만 그녀는 누구 앞에서 웃음을 가린 일이 없었다.

그녀와 기사가 상당히 친해졌을 무렵에서야 그들은 행사장에 도착할 수 있었고, 기사는 조심스럽게 대기실로 그녀를 인도했다.

대기실은 개전대회에서 대회 석상에 설 최고 권력들이 대기하는 자리였다. 제국의 황제인 메르부 역시 그곳에 있었다.

"쉬라고 했을 텐데."

"병사들을 위해서 나왔습니다. 제 건강보다 병사들의 사기가 우선이지요."

대기실 정 가운데 앉아 있던 메르부가 그녀를 향해 말하자 다리엔은 덤덤한 목소리로 대답했다.

제국의 다른 요인들도 있는 중요한 자리, 그녀는 공과 사를 확실히 구별할 줄 알았다.

"몸은?"

"걱정해 주신 덕분에 많이 좋아졌습니다."

메르부는 그녀의 따뜻해 보이는 목소리 사이사이로 싸늘함을 느낄 수 있었다. 그는 더 이상 묻지 않았다. 지금은 다리엔에 대해서 신경 쓸 때가 아니었다.

"폐하, 시간이 됐습니다."

"그런가. 나가지."

한 고관이 시간이 임박했음을 알리자 메르부는 거침없이 망토를 휘날리며 식장으로 걸어나갔다.

한없이 조용했지만 수십만의 정병이 내뿜는 기세만큼은 쉽사리 숨길 수 없었다. 메르부의 뒤를 좇아 나가는 다리엔에게도 그것이 느껴졌다.

그들이 도착한 곳은 황성의 정면이었다. 광장이 한눈에 들어오는 곳이기에 보통 황제가 연설을 할 때 곧잘 이용하는 곳이었다.

'대단해!'

다리엔은 놀라움을 금치 못했다. 광장에는 수만의 기사들이 정확한 간격으로 도열해 있었다. 그들은 태초부터 그 자리에 존재하였던 듯 바위처럼, 산처럼 자신의 자세를 굳건히 지키고 있었다.

수만이 모여 있음에도 불구하고 약간의 소리도 나지 않았다. 고요, 그 자체였다. 다리엔은 그것을 보면서 알 수 없는 두려움을 느꼈다.

그녀가 고개를 들자 성벽 너머 평야를 뒤덮은 검은색의 물결이 눈에 들어왔다. 수도에 들어오지 못한 나머지 제국 정병들이었다. 그들 역시 황성을 향해 일제히 도열해 있었으며, 그 엄숙함을 이렇게 멀리 떨어진 황성에서도 알 수 있었다.

자신의 허리에 양손을 올린 채 만족스러운 표정으로 그들을 내려다보던 메르부는 한 손을 뻗어 올렸다. 그는 이제 이야기를 시작할 생각이었다.

"지금 내 눈앞에 있는 것이 정녕 사람인가! 정녕 이것이 우리 군의 병사란 말인가!"

마력이 실린 그의 목소리가 온 수도를 뒤덮었다. 광장은 물론 입실론 밖에 있는 병사들에게도 들릴 기세였다. 그는 제국 제일의 마법사였다.

"아니다. 이것이 전설이로구나. 이것이야말로 신화로구나!"

그의 감탄사는 모든 병사들과 기사들의 전의를, 자부심을 고취시키고 있었다.

"우리가 이기지 못할 적이 무어가 있단 말이냐! 제국에 대한 충성과 진정한 정의를 알고 있는 제군들의 앞에 쓰러지지 않을 적이 과연 그 누가 있단 말이냐!"

그 누구도 입을 여는 병사가 없었다. 하지만 그들의 기세는 하나가 되어 치솟아 하늘을 찌를 듯했다. 그들은 모두 대륙의 존망을 위협하는 마물의 퇴치를 위해 모인 제국 최고의 용사들이었다.

"우리는 오늘 전설을 만들기 위해 전진한다! 이 대륙을 사악한 악의 구렁텅이로 몰아가기 위해, 음습한 음모를 꾸미고 있는 마군들을 처치하기 위해 대륙 최고의 함선을 타고 바다를 가를 것이다!"

스캇의 나라, 그것에 대한 명칭은 이미 '마군'으로 통일되어 있었다. 마물들의 군대, 그들에겐 더할 나위 없이 적절한 표현이리라. 그리고 스캇은 그 자신이 원했던 대로 마왕이라 불리우고 있었다.

대륙의 정의를 대표하는 제국 10용사들을 상대할 자로 걸맞은 칭호였다.

"우리는! 수십만의 오크들과 마물들을 상대로 싸워야 한다! 우리는! 그 흉포한 흑룡을 상대로 싸워야 한다! 우리는! 그 사악한 개들의 왕, 스캇과 싸워야 한다! 더 중요한 것은 싸워서 이겨야 한다는 것이다!"

여전히 광장은 고요가 뒤덮고 있었지만 전혀 다른 기세가 수만의 기사들로부터 뻗어져 나오기 시작했다.

전의! 그것이 광장을, 이 도시를 뒤덮고 있었다.

"천하의 모든 정의가 이곳에서 시작된다! 천하의 모든 정의가 우리의 검끝에서 시작된다! 수천 년간 우리를 괴롭혀 온 마물들과의 전쟁을 종식하기 위해! 나, 힐리안 3세는 지금부터 개전을 명한다! 시작하자! 전쟁을!"

고요하기만 했던 광장 사이로 철커덩거리는 소리가 들려오기 시작했다. 전의를 숨기지 못하고 동요하고 있는 이들의 것이었다.

당장이라도 폭발할 것 같은 그 긴장감이 모두의 숨을 죄여오고 있었다.

메르부는 그럼에도 침묵을 지키고 있는 제국군을 보며 실로 만족스러운 표정을 지었다.

이젠 그들을 해방시킬 차례였다.

"외치라! 우리들의 승리를! 외치라!"

"우와아아아아아아!"

우레와 같은 함성 소리가 일제히 터져 나오기 시작했다!

그것은 광장에서 시작해서 평야를 뒤덮고 있는 모든 병사들에게까지 이어졌다. 지축이 흔들리고 흙먼지가 일어나기 시작했다.

오직 함성, 함성만으로 대륙이 흔들리고 있는 것이다!

메르부가 두 손을 펼쳐 들자 그의 검은색 망토가 거칠게 휘날렸다.

"제국군이여! 가자! 정의를 향해!"

운명의 수레바퀴가 구르기 시작했다. 더 이상 멈출 수 없는 그것이.

Chapter 35

움직임

　황야, 그것도 깎아지른 듯한 절벽 꼭대기에서 두 남녀가 서 있었다. 그들은 누군가를 기다리는 듯 올라오는 길을 바라보며 시간을 자꾸 확인했다.

　"네슈르, 정말 여기서 보기로 한 거 맞아?"

　"그럼요, 브랜더스. 공간 이동 좌표까지 전부 확인했어요. 무엇보다 그녀는 약속을 어길 사람이 아니죠."

　그들의 외모는 빼어나기보단 평범한 축에 속하는 편이었다. 그리고 옷차림 역시 지극히 평민에 가까운 차림이었다.

　하지만 그 어투만큼은 이상하리 만치 기품이 넘쳐흘렀다. 그들은 서로 담소를 나누며 또 다른 누군가를 기다렸다.

오래지 않아 한 소녀가 길을 따라 달려왔고, 그들은 환한 미소를 지으며 그녀를 반겼다.

"왔군요."

"저 소녀가 벨인가?"

"맞는 것 같네요."

순식간에 달려온 벨은 지치지도 않는 듯 여유있는 표정으로 그들을 향해 손을 흔들었다. 그녀 역시 평소의 차림 그대로였다.

"잘들 왔어! 이쪽 언니가 네슈르고, 오빠가 브랜더스, 맞지?"

그들은 따뜻한 미소를 지으며 고개를 끄덕였다.

벨은 그들의 손을 잡으며 천진한 미소를 지었다.

"내가 먼저 연락을 하긴 했지만 이렇게 빨리 와줄 것이라곤 생각도 못했어. 알다시피 벨은 좀 많이 바빠서⋯ 지금도 정신없이 일을 하다 왔거든."

"일이라면⋯ 저것 말인가요?"

네슈르가 절벽 아래를 가리켰다. 벨과 브랜더스가 그녀의 손을 따라 절벽 너머를 바라보자 엄청난 크기의 공사 현장이 펼쳐져 있었다.

"응, 저거 맞아."

"도대체 무슨 일을 벌이는 거지?"

브랜더스가 조금 걱정스러운 표정으로 묻자 벨은 그들의

손을 잡아끌었다.

"일단 가자. 천천히 소개해 줄게."

그녀가 그들을 데려간 곳은 바로 절벽 밑으로 펼쳐진 거대한 현장이었다. 이미 엄청난 크기의 도시가 세워질 것을 예상할 수 있었고, 완성된 건물도 상당했다.

그들은 적잖이 놀라며 벨에게 물었다.

"도시를 만들고 있는 건가요?"

"응. 이미 도시로 지정된 구역 내의 수도 시설과 도로 공사는 거의 끝난 상태고, 건물들도 반 이상이 완성되었지. 애초부터 계획 도시였기 때문에 가능한 속도지만."

"이만한 인력이 말이 되는 건가? 오크와 인간이 함께 일한다는 이야기는 진즉에 들어왔지만 직접 보니 실감이 안 나는군."

그들의 눈앞에는 엄청난 수의 인간들과 오크들이 함께 일을 하고 있었다. 그들은 이미 의사소통도 충분히 통하고 있는 듯 아무런 문제 없이 서로 섞여 있었다.

"우리가 계획을 세우고 실천에 옮긴 건 꽤 오래된 이야기야. 모두들 미쳤다고 했지. 자, 하나씩 이야기해 줄게. 일단 인간계는 기업 '베른'과 '모래와 그림자' 학원이 핵심 세력이야. 굉장히 체계적인 조직으로, 전 세계의 무역업을 장악하기 시작한 신흥 세력이지. 경제력의 중추야. 그리고 '모래의 그림자'는 이곳의 모든 인력을 연결시키는 중요 인적 자원들을 배출해 내고 있지. 오크와 인간들이 이렇게나 무리없이 의사소통을 할 수 있는 것도 오크 문화를 체계적으로 연구하기 시작한 그들 덕분이야."

벨이 손으로 가리킨 공사 현장에선 몇 명의 현장 감독들이 일을 지시하고 있었다.

"그들의 활약상을 따지자면 아주 작은 조각에 불과한 것이고, 저렇게 건축이나 도시 설계, 행정, 군략에 능한 인재들을 지속적으로 곳곳에 투입시키고 있어. 그들의 중심에 있는 것은 폴든과 네파드, 그리고 또 다른 인간계의 핵심 세력인 자치단은 하운드라는 용병대장이 맡고 있지. 모두 베른 출신의 인간들이야. 우리나라의 인간들은 대부분이 이곳을 통해서 온다고나 할까. 사실상 베른은 다리아렌 왕국으로부터 독립된 상태고, 우리의 제2거점으로서의 역할을 톡톡히 하고 있지. 지금 폴든과 네파드는 베른에 있어. 음… 이번엔 뭘 설명해 줄까……"

그녀는 자신의 말을 주의 깊게 듣고 있는 그들을 바라보며 만족스러운 표정을 지었다. 주위를 둘러보던 벨은 도시의 중심에 흐르고 있는 강을 가리키며 말했다.

"저거 내 작품이야! 엄청 오래 걸렸다구!"

"저… 강이요?"

"응. 이름도 벨 강이야. 내가 지었어. 우하하핫!"

강은 내륙으로 계속 이어져 있었다. 이곳은 사방이 절벽으로 막혀 있는 거대한 분지지만 유독 내륙 쪽으로 흐르는 강의 주위에는 마른 평야가 이어져 있었다.

"저 강을 따라가면 분명 '람파이미 스티'가 나올 테지."

"잘 알고 있네, 오빠. 이곳에서 일하는 오크들은 모두 그곳 출신이야. 오크계는 한 명의 제사장과 네 명의 족장, 그리고 한 명의 용사가 이끌고 있어. 제사장 카라포엔은 부녀자들과 본토를 지키고 있고, 네 명의 족장은 전사들을 이끌고 모두 이 도시 곳곳에 투입되어 있지. 특히 그중 바라쿠 호휀은 수상성(水上城) '게르햐'의 축조를 맡고 있어."

"이 앞 연안에 떠 있던… '그것'?"

벨은 네슈르의 질문에 고개를 끄덕였다. 그녀는 숨도 차지 않은 듯 계속 이야기를 쏟아냈다.

"그리고 용사 노노미야는 사냥꾼들을 이끌고 1년 내내 식량 구비에 주력하고 있지. 오크들이 하루에 먹어 치우는 양이란… 어휴!"

벨은 자신의 작은 어깨를 으쓱이며 고개를 저었다. 다음에 그녀가 그들을 이끌고 간 곳은 거대한 크기의 건물이었다.

우아한 타원형의 형태로 이루어진 건물은 그 어떤 나라에서도 볼 수 없는 구조를 가지고 있었다.

"와아, 아름다워! 이게 왕성인가요? 정말 인간의 건축술로 이런 것이 가능한 것인지……."

"베른의 기술력으로는 가능하지. 그리고 이곳은 왕성이 아니라 역이야, 지하철 역."

"지하철?"

벨은 코끝을 살짝 찡그렸다. 그들에게 지하철이라는 개념을 설명하기까진 꽤나 오랜 시간이 걸릴 것 같았다.

"네슈르 언니, 내가 좌표를 알려줄 테니 공간 이동 주문을 써줘. 지하니까 조심해야 해."

"알았어요."

그녀의 주문이 끝난 후 그들이 도착한 곳은 지하의 한 광장이었다. 지하에는 또 다른 도시가 펼쳐져 있었고, 굉장히 많은 사람들과 마물들이 바쁘게 움직이고 있었다.

"대단해요! 지하 도시라니."

"언데드도 함께 일하는가?"

"언데드 정도라면 좀 섭섭하고, 엄연히 건국철도회사(建國鐵道會社)라는 그럴듯한 이름이 있어. 북유적의 리치들이 중심이 되고 있지. 언니, 오빠들도 익히 들어봤을 로뮤 와운더 레이스가 사장의 직위를 맡고 있어."

"그 전설의 약초 학자를 말하는 건가? 그런데 철도라는 것은 뭐지? 방금 말해준 지하철과 관련이 있어 보이는데."

"저쪽을 봐."

빠아아아앙!

벨이 가리킨 곳엔 한 지하철이 경적을 울리며 달리고 있었다. 이곳은 차량 기지도 겸하고 있는 곳이기 때문에 그들은 어렵지 않게 지하철을 볼 수 있었고, 지하 도시의 곳곳에 깔려 있는 철도도 발견할 수 있었다.

나름대로 고대 문명에 조예가 있는 네슈르는 재빨리 눈치채곤 박수를 치며 외쳤다.

"고대 유물의 탈 것이로군요! 어쩜, 저걸 부활시킬 생각을 하다니… 이 도시엔 A.N.P.G가 몇 체나 있는 거죠?"

"어림잡아 80체는 되는 것 같은데?"

네슈르와 브랜더스는 어이가 없어 입을 다물질 못했다. 그 천하의 드래곤들도 하나씩 끼고 사는 고대 기물이 이 도시엔 도배가 되어 있단 말인가.

"북유적만 있는 것이 아냐. 엔트라헬 유적과 레마라카 유적의 모든 A.N.P.G가 동원되었어. 물론 그들 모두 우리나라의 식구들이지."

"레마라카는 대륙의 반대편 끝이 아닌가. 어떻게 그들과 접촉한 거지?"

"이 철도가 어디서 어디로 이어져 있을 거라고 생각하는 거야? 건국철도회사는 모든 유적과 유적을 이어주는 철도를 원상 복구시켰어. 아마 오빠가 허락만 한다면, 그쪽으로도 며칠 내로 개통이 가능하지 않을까 싶은데. 참고로 북해의 해상 제국과도 이어져 있다구."

벨은 내심 뿌듯한 듯 목소리 톤을 높여서 이야기했다. 브랜더스는 믿을 수 없다는 표정으로 물었다.

"해상 제국? 트리아곤의 해왕 세라프도 이 일에 참가했는가?"

벨은 짐짓 인상을 쓰며 고개를 끄덕였다.

"그렇지. 라이나델타 언니의 덕이 컸어."

"삼신천(三神川)의 라이나델타? 제국과의 전쟁이라도 준비할 생각인가?"

"그쪽에선 당장이라도 쳐들어올 준비를 마치고 있어. 뭐, 우리야 날 때부터 싸울 준비가 되어 있는 이들이 대부분이니까 걱정은 없지만."

과연 태연할 만했다.

이 정도 전력이라면 제국도 보통 각오로는 쳐들어올 생각을 못할 것이다. 오랜 시간 자신의 자리를 비웠던 네슈르와 브랜더스는 현재 돌아가는 정황을 모두 알진 못했지만, 상황이 보통이 아니라는 것은 알 수 있었다.

"우리 둘이 힘을 합친다 해도 이곳을 쳐들어오는 것은 힘들겠군요."

"음, 정말 그렇군."

"뭐야, 적군이었어?"

벨이 과장된 몸짓을 섞어가며 그들에게 외치자 네슈르는 황급하게 고개를 저으며 부정했다.

"아뇨. 우린 아무래도 중재자의 역할을 주로 맡아왔으니까, 대륙의 존망에 위협이 되는 사안이라면 반대의 입장이 될 수도 있는 거잖아요. 그것뿐이에요."

"그래, 그것뿐이다."

"음, 그렇구나. 뭐, 그건 당연한 거니까. 다음 좌표를 불러 줄게."

그 다음 그들이 찾은 곳은 지상이었다. 그들은 울창한 숲의 중심에 있었다.

숲은 거대한 호수를 둘러싸고 있었고, 그 호수의 지력을 받은 듯 기운이 충만한 나무들이 울창한 숲을 형성하고 있었다.

"마법의 힘인가요? 분명 개간한 지 몇 년 되지도 않은 땅일 텐데 숲이 이렇게나 자랄 수 있는 건가요?"

"엔트라헬들의 활약 덕분이야. 엔트라헬들은 이곳을 중심으로 도시 곳곳에 지력을 심고 있어. 지금은 대부분 평야 쪽으로 나가 있지. 농경지 개발을 위해."

"그 꽉 막힌 메라리투 라헬이 어떻게 인간들과 한편이 된 거지?"

"꽉 막혀서 죄송하군."

브랜더스의 말을 받아친 것은 다름 아닌 메라리투 라헬 본인이었다. 그는 그들 앞에 있는 바닥을 뚫고 솟구쳐 올랐다. 그는 인간체의 모습을 하고 있었다.

브랜더스가 헛기침을 하며 고개를 돌리자 그는 무표정한 얼굴로 벨에게 물었다.

"잘 지냈나, 벨? 그런데 이 친구들은 무슨 일로 데려온 거지?"

"이 '미니' 헤렘의 달을 구경시켜 주려고 왔지. 뭐, 말하자면 일종의 비즈니스랄까. 진행 과정은 어때요?"

메라리투 라헬은 놀랍게도 타 종족에 대해 큰 거부 반응을 보이지 않았다. 이 도시의 탈종족 개념은 서로에 대한 선입견을 빠르게 무너뜨렸고, 메라리투 라헬 역시 자신들의 종족에게 아무런 피해도 끼치지 않는 그들과의 생활에 적응하고 있었다.

그는 벨의 질문에 잠시 생각을 하다 조심스럽게 대답했다.

"힘들다. 우리만으론 A.N.P.G의 마력을 끌어내는 것에 한계가 있어. 마력을 전환하는 것이라면 그 친구가 참 잘할 텐데……."

"뭐, 별수없죠. 이분들이 만약 우리와 함께 일하게 된다면 일단 한시름 놓게 될 거예요."

"음, 그렇군. 그렇지, 그렇겠지."

메라리투 라헬은 고개를 끄덕이며 몇 번에 걸쳐 긍정을 표했다. 그는 잠시 그들을 바라보다 몸을 돌려 천천히 걷기 시작했다.

"그럼 난 평야로 가겠다. 나중에 또 보지."

"잘가요!"

그는 다시 땅속으로 파고들어 갔다. 네슈르와 브랜더스는 그와 딱히 대화를 나눌 시간도 없었지만, 메라리투 라헬의 성격을 알고 있는 그들은 지금 본 모습만으로도 충분히 놀라웠다.

"엔트라헬들마저 한편으로 만들다니. 이 모든 걸 벨, 당신이 다 한 거예요?"

"무슨 소리야? 나 역시 이들 중 한 명에 지나지 않아. 우리의 수장은 따로 있다구."

"개들의 왕, 스캇. 그 명성은 익히 들었지."

"브랜더스님은 어떻게 알고 계셨어요?"

네슈르는 전혀 모르겠다는 표정을 지으며 그에게 물었으나, 브랜더스는 꽤나 아는 체를 했다.

"오는 길에 엔 후엔을 만났지. 그리스우드 백작이 단단히 무시를 당했다고 하더군. 그 기백이나 패도가 해왕 셰라프 이상이라는 이야기를 들었네. 엔 후엔의 말을 들어보니 그들도 힘을 빌려줄 것 같은데."

"우와, 시계 사막이 어째서?"

"그들은 제국과는 단단히 담을 쌓아왔으니까 말이지. 어째신 길드가 나선다면 일이 참 커지겠는걸."

"반제국 연합이라고 불러도 되겠는데요."

벨은 입술을 내밀며 고개를 저었다.

"아마 안 좋아할 거야, 스캇 오빠가."

"왜요?"

"우린 전쟁을 하려는 게 아니니까."

그들은 이해할 수 없다는 표정이었지만, 이 도시의 누구라도 잘 알고 있는 사실이었다.

스캇의 뜻을, 스캇의 그 꿈을 알고 있는 그들이기에 그의 빈자리에도 아랑곳하지 않고 열심히 일할 수 있었다. 모습은, 종족은, 살아온 환경은 각자 달라도 가지고 있는 꿈만큼은 하나라는 걸 그들은 알고 있었다.

그렇기에 지금의 조화가 가능한 것이다.

스캇은 없었지만 그의 목소리가, 그의 이야기가 서로를 통해 전해지고 있었다. 그 뜻이 서로를 통해 이어지고 있었다.

벨은 고개를 갸우뚱거리는 그들을 향해 말했다.

"흑룡 마라드를 동생 취급하는 그 정신 세계는 직접 만나 보기 전엔 절대 이해하지 못하지. 오크도 내 친구, 엔트라헬도 내 친구, 리치도 내 친구, 웃기지? 뭐, 나도 참 신기한 타입이지만… 난 스캇 오빠와 비교하면 그 발끝도 못 따라가."

나름대로 그들에게 스캇이 해온 이야기들을 말해주고 싶었지만 그녀에게는 무리였다. 그 말 그대로, 문장 그대로로는 부족했다. 그만큼 스캇의 목소리에는 남다른 힘이 있었고, 같은 이야기지만 다른 무언가가 있었다.

"그를 직접 만나 보고 싶은데, 그는 지금 어디에 있나요?"

"몰라. 사라졌어."

펵이나 무책임하게 들리는 말이었다. 이만한 일을 벌인 장본인이 없다는 것이 말이나 되는가.

벨은 샐쭉한 표정으로 뒤꿈치를 굴리며 투덜거렸다.

"올 거야. 할 일이 있어서 떠났어. 원래 그 오빠가 하는 일이란 건 우리 상식으로 이해할 수 없는 일이 대부분이니까… 이번에도 그런 상식 밖의 일들을 하고 있겠지."

"내가 알기론 제국이 출진 준비를 모두 마쳤다고 들었다."

"우리도 게르햐 축조도 끝났고, 방어선 전략도 2년 내내 짜왔어. 병력, 군략, 자원 그 어떤 것도 뒤지지 않아. 다만 우리는 지도자가 없을 뿐이지……."

"그 자리를 지금 벨님, 아니, 마라드님이 맡고 계시니 충분하지 않나요?"

벨은 네슈르를 향해 웃는 건지 찡그린 건지 알아보기 힘든 표정을 지어 보였다.

"나로는 안 돼. 흑룡 마라드라고 해도 개들의 왕의 빈자리를 채울 순 없어. 그의 존재가 없어도 그 통치가 유지되는 나라, 그것이야말로 오빠가 바라왔던 세상이겠지만… 정작 그 존재감은 모습이 보이지 않아도 우리 안에서 계속 계승되고 있어. 그것이 스캇이라는 사람의 힘이야. 우리 오빠의 힘!"

벨은 확고한 믿음을 가지고 있었다. 그리고 그것은 비단 그녀만의 것이 아니라 이 도시에서 일하고 있는 모든 이들의 공통된 마음가짐이었다.

네슈르는 벨의 눈치를 보며 브랜더스에게 속삭였다.

"그냥 말… 해줄까요?"

"음… 좀 더 뜸을 들이라곤 했는데… 뭐, 상관없겠지."

벨이 커다란 눈을 굴리며 영문을 모르겠다는 표정을 짓자 네슈르는 묘한 미소를 지으며 벨의 손을 잡았다.

"우리가 이곳에 온 것은 벨의 초대가 있기 때문이기도 했지만, 사실은… 다른 이유가 있어요."

"이유? 무슨 이유?"

그 대답은 네슈르 대신 옆에서 팔짱을 끼고 있던 브랜더스가 대신 말을 이었다.

"얼마 전 한 남자가 찾아왔지. 나는 내 평생 동안 그런 남자를 본 적이 없었다. 자신의 꿈과 조국을 논할 땐 그 누구보다도 당당하지만, 그 이상으로 자신의 존재를 낮추는 자. 패왕이라고 하기엔 유순한 기질이었지."

"맞아요. 하지만 그 뜻만큼은 우리 같은 늙은이들도 움직일 수 있을 만큼 드높았어요. 벨, 모른 척해서 미안하지만 우리는 이미 스캇을 만나고 왔어요."

벨은 네슈르에게 잡힌 손목을 휘둘러 되레 그녀의 손목을 잡았다. 벨의 눈은 더없이 빛나고 있었다.

"어디에? 지금 어디에 있어? 정말 살아 있긴 한 거야? 아니, 살아 있는 게 당연하지!"

네슈르는 벨의 속사포 같은 질문에 옅은 미소를 지으며 연신 고개를 끄덕였다. 그런 벨의 표정을 보니 이런 전령 역할을 맡길 정말 잘했다는 생각이 드는 그녀였다.

"지금 레마라카에서 파웬 료징과 함께 가람 쳉오를 만나고 계세요. 그들과 함께 오시게 될 거예요."

"가람 쳉오? 수수족(獸手族)도 설득한 거구나! 역시, 오빠야. 엔트라헬들이 합류한 것보다 더 대단해!"

"음… 그리고 우리들에게 몇 가지 부탁을 했다."

브랜더스는 품에서 무언가 빼곡이 적혀 있는 종이 뭉치를 꺼냈다. 그리곤 그것을 벨에게 넘겼다.

한참을 살펴보던 벨은 의아한 표정을 지었다.

"이만한 양을 도대체 언제까지 준비해야 되는 건데?"

"음… 지금 북해의 해적들에 의하면, 제국은 이미 출진을 시작했다고 한다. 도착할 시일을 계산해 보면 아무리 길게 잡아도 일주일 정도가 되겠지. 최소한 5일 내로 준비해야 한다고 생각한다."

"제국이 함선들을 내보냈다고?"

"다리아렌에 모인 2군도 이미 진격을 시작했다."

"우리 정보원들은 그동안 뭐 한 거야?"

"그들이 아무리 능력이 좋아도 나나 네슈르보다 빠를 수 있겠나. 이 대륙 제일의 정보원은 바로 우리라고."

벨은 다시 목록을 살펴보며 걱정스러운 표정을 지었다. 스캇이 요구한 물품들을 준비하는 것 자체가 어려운 일은 아니었다.

다만, 제국이 진격을 시작한 이 시점에서 전쟁 대비 준비를 해도 모자랄 판에 전쟁과는 조금도 상관이 없는 것들을 준비시키려는 그의 의도가 마음에 걸렸다.

네슈르는 그런 벨의 걱정을 눈치 챘는지 그녀의 어깨를 토닥이며 말했다.

"스캇님의 생각을 가장 잘 알고 있는 것은 다름 아닌 벨님이잖아요. 우리도 이해할 수 없는 부분이 많았지만… 스캇님께선 벨이라면 잘할 거라고, 그렇게 말씀하셨어요."

그 말을 들은 벨의 얼굴이 환해졌다.

"그렇다면 그 믿음에 부응해 줘야지. 역시 오빠의 생각은 어떻게 헤아릴 수가 없어."

네슈르가 고개를 끄덕이며 맞장구쳤다.

"사실 헤아릴 필요도 없지요."

브랜더스는 자신의 턱을 괴곤 중얼거렸다.

"일단 믿고, 따라가면 된다는 거겠지."

벨은 전에 없던 기운찬 목소리로 외쳤다.

"좋아. 어디 한번 준비해 보자구!"

같은 시각, 오스왈드 만의 연안.

"제국을 엿먹이는 계획이라 해서 참가했지만, 이거… 여간 귀찮은 일이 아닌데? 안 그러냐? 무툼부!"

부오오오!

지금 바다 위를 달리고 있는 것은 수수족(獸手族)의 족장, 가람 쳉오와 그의 영물 중 하나인 물도마뱀 무툼부였다.

가람 쳉오는 마치 곰처럼 털로 뒤덮힌 우직한 두 손을 흔들면서 짜증을 드러냈다.

"왜 이 몸이 늪도 아닌, 대륙 반대편의 바다를 달려야 하는 건데? 그건 다 그 자식의 말솜씨가 끝내주기 때문이야! 이 몸이 홀딱 넘어가 버렸다고! 안 그러냐? 무툼부!"

부오오오오!

무툼부는 도마뱀이라고 불리기 민망할 정도로 거대한 몸집을 가지고 있었다. 족히 삼사십 미터는 될 만한 엄청난 길이는 제국병들에게 용 이상의 두려움을 주고 있었다.

원래 가람 쳉오가 전투 시 주로 함께하는 영물은 불도마뱀인 가라슈카였지만, 굳이 무툼부와 함께한 것은 바다에선 전함보다 빠르게 움직일 수 있는 그의 능력 때문이었다.

"료징, 그 자식은 팔괘금진을 타고 편하게 술이나 홀짝거리면서 올 테지! 좀 태워줄 생각은 안 하고! 안 그러냐? 무툼부!"

부우우우…….

"아, 미안. 그렇게 되면 널 두고 와야 하는구나! 캬하하핫! 나도 너와 함께 있는 쪽이 좋다. 어서 가자! 저 앞에 우리의 목적지가 보이지 않느냐!"

부우웃!

그들의 눈앞에 해안과 함께 회색의 도시가 그 모습을 드러내기 시작했다. 수많은 배들이 연안을 뒤덮고 있었지만 가람 쳉오에겐 그 모두가 처음 보는 낯선 광경이었다.

"마중을 나와 있을 거라고 했는데 도대체 어디가 어딘지 모르겠군! 가만있어 보자… 그 녀석들 이름이 네파드와 폴든이라고 했지?"

가람 쳉오는 앉아 있던 장소에서 뛰어올라 무툼부의 머리 위로 향했다. 온몸을 이용해 헤엄을 치고 있는 무툼부의 몸은 거칠게 흔들리고 있었지만, 인간보단 동물에 가까운 반사 신경을 가지고 있는 가람 쳉오에겐 아무런 단점도 되지 않았다.

"좋아, 해볼까."

그는 두 손을 허리에 얹곤 숨을 크게 들이마신 후 소리를 질렀다.

"폴드은! 네파아드!"

파도의 움직임이 멈칫할 정도로 커다란 외침! 단 한 사람이 내뱉은 것이라곤 상상도 할 수 없을 만한 크기였다.

"으음, 반응이 안 보이는군."

도시 전체가 웅성거리고 있었다. 연안에 있던 몇몇 사람들은 무툼부의 모습을 보곤 비명을 지르거나 달아나기 시작했다.

"용이다! 용!"

"꺄아아악! 도망쳐요!"

가람 쳉오는 자신의 턱을 긁적이며 익살스러운 미소를 지었다.

"사는 곳이 달라서 그런가. 반응이 영 딴판이군. 우리 도시에선 무툼부가 얼마나 인기가 많은데……."

부오오오!

무툼부도 영 불만스럽다는 표정이었다. 가람 쳉오는 다시 한 번 허리에 손을 얹었다.

"한 번 더 해보자! 무툼부, 너도 도와라!"

부오옷!

가람 쳉오는 또다시 깊게 숨을 들이마셨다. 그 순간, 무툼부는 해면을 박차고 공중으로 치솟아올랐다!

용 이상의 위압감을 선사하는 그 꿈틀거림이 도시에 있는 수많은 사람들의 눈에 들어왔다. 그리고 가람 쳉오의 목소리가 또다시 도시를 울렸다!

"폴드으으은! 네파아아아아드!"

이번에는 분명 들었으리라. 가람 쳉오가 만족스러운 표정으로 주위를 둘러보자 한 선착장에서 자신들을 향해 손을 흔드는 사람들을 발견할 수 있었다.

"여깁니다! 여기예요!"

"오오라, 찾았다! 가자, 무툼부!"

부오옷!

철퍽! 철퍽! 철퍽!

지느러미와 비슷한 무툼부의 발이 해면을 차 오르며 그들을 향해 달려왔다.

그 모습은 처음 보는 사람들에게는 공포, 혹은 절망 이상의 것이었으리라. 사람의 키보다 훨씬 넓은 지름을 가지고 있는 파충류 특유의 그 눈을 바라보는 것만으로도 보는 사람들은 도망가는 것조차 잊은 채 공포에 떨고 있었다.

폴든과 네파드 역시 마찬가지였다. 그들은 분명 스캇이 도착할 거라는 전보를 받았기에 그 외침 역시 스캇이 자신을 찾아온 것이라 생각하고 있었다.

하나, 말도 안 되는 크기의 도마뱀과 원시인 같은 한 남자를 보니… 스캇이 보낸 사람이라는 생각보다는 제국의 자객이란 생각이 들기 시작한 것이다.

네파드는 어쩔 줄 몰라 하며 당황하고 있었지만, 폴든은 그래도 냉정함을 잃지 않은 채 가람 쳉오의 행동을 지켜봤다.

"자, 무툼부! 내리고 싶구나!"

선착장에 도착한 무툼부는 가람 쳉오의 명령을 듣고 얌전히 머리를 선착장에 가져다 대었다. 가람 쳉오는 무툼부의 커다란 머리를 밟고 가볍게 날아올라 폴든과 네파드의 앞에 착지했다.

"요오잇! 만나서 반갑수다!"

"제가 폴든입니다. 혹시 스캇 회장님의 일로 찾아오셨습니까?"

"잘 알고 있구만! 나, 가람 쳉오야! 수수족(獸手族)의 족장이지. 알고 있나?"

폴든은 고개를 끄덕였다. 분명 나후리의 오크들이나 북유적의 리치들처럼 스캇의 뜻에 동참한 이들이리라. 제국 10공적인 가람 쳉오의 위명은 그 이름만으로도 충분했다.

"분명 회장님이 직접 오신다고 들었는데, 어떻게 된 것인지……."

가람 쳉오는 그 말을 듣곤 자신의 허리춤에 손을 넣어 뒤적거리기 시작했다. 폴든과 네파드는 알 수 없는 불안감에 알게 모르게 인상을 조금씩 찌푸렸지만, 그들의 나쁜 예상대로 가람 쳉오는 그 속에서 뭔가를 꺼내 폴든에게 내밀었다.

"받아! 스캇이 전하는 거야!"

폴든은 조심스럽게 네파드를 바라봤다. 네파드는 굳은 표정으로 대답하고 있었다.

너 같으면 받고 싶겠냐!

폴든은 다시 가람 쳉오를 바라봤다. 폴든은 그의 귀신같은 얼굴을 바라보며 억지 미소를 지었다. 그의 올라간 한쪽 입꼬리가 무척이나 떨리고 있었다.

"가… 감사합니다."

"캬하하핫! 뭘!"

폴든이 그 종이를 받아 들자마자 악취가 그 손을 타고 오르는 듯했다. 네파드는 자신도 모르게 흠칫거리며 폴든에게서 한 걸음 물러났다.

폴든은 크게 심호흡을 하고 그 종이의 내용을 살펴봤다.

"음… 이건 모두 물품의 목록이로군요. 저희가 준비해야 할 것이 맞습니까?"

"스캇이 칭찬한 이유가 있었군. 정말 똑똑한데!"

"하지만 목록 외에는 다른 설명이 없네요."

폴든은 자신의 안경을 고쳐 쓰며 날카로운 눈빛을 빛냈다.

가람 쳉오는 털이 북실북실한 손으로 자신의 머리를 두들 겼다.

"크하핫! 이 정신을 좀 봐! 전해달라는 이야기가 있었지. 제국의 함선이 움직이기 시작했네. 전 병력, 전 함선, 전 용사들이 모두 출진했다고 하더군."

"결국……!"

네파드는 긴장감에 몸을 떨었다. 이미 모든 준비나 끝났음은 알고 있었지만, 막상 그 이야기를 직접 듣고 나니 걱정이 태산 같았다.

"자네들이 걱정해야 할 것은 다리아렌에 집결한 2군이지. 지상 경로를 따라 베른을 향해 남하한다고 하더군."

"그런 소식과 함께라면 이 목록은 말도 안 되는 이야기군요. 방어를 포기하라는 말입니까?"

굳이 폴든이 아니더라도 누가 봐도 알 수 있는 내용이었다.

만약 제국군의 남진이 사실이라면 해야 할 일이 산더미 같았다.

가람 쳉오는 익살스러운 표정을 지으며 말했다.

"그래, 방어를 포기해! 이렇게 전하라더군. 방어를 포기해!"

"그게… 무슨 소립니까?"

가람 쳉오는 나름대로 폴든의 낮고 허스키한 목소리를 흉내 내기 위해 애를 쓰면서 최대한 비슷한 톤으로 소리를 질렀다.

"방어를 포기하고 내가 준비하라는 것들을 준비해! 2군은 내가 막겠다! 나후리에서 만나자!"

"형님이… 2군을 막겠다고?"

네파드의 물음에 가람 쳉오는 크게 고개를 끄덕였다.

"그럴 만한 위인이지. 혼자서 20만의 대군을 막는 일… 그딴 거 누가 가능할 거라 생각하겠어?! 하지만 그라면 그럴 만한 위인이지! 안 그러냐? 무툼부!"

부오오오오옷!

뒤에서 그들을 쳐다보고 있던 무툼부는 그의 물음에 힘차게 답했다.

폴든과 네파드는 서로를 돌아봤다.

저런 도마뱀과 원시인도 스캇을 그토록 신뢰하고 있는데 그의 가장 가까운 측근이라고 자처하는 자신들이 의심을 품을 수 있겠는가.

그가 대륙을 반으로 쪼갠다고 해도 믿지 않을 수 있겠는가!

"형님이라면 그러고도 남을 거야. 믿자, 폴든 이사."

"제가 언제 안 믿는다고 했습니까, 사장님. 당장 이 목록을 준비하려면 시일이 빠듯하단 말입니다."

폴든과 네파드는 그새 스캇이 시킨 일들을 준비할 생각에 이런저런 이야기들을 나누기 시작했다.

가람 쳉오는 그들을 바라보며 호탕한 웃음을 터뜨렸다.

"과연 어이없는 왕과 어이없는 부하들이다! 마음에 들어! 5일 내로 모든 준비를 마치고 나후리로 와라. 참가할 모든 사람들을 데리고! 베른은 텅텅 비워도 좋다. 단 한 명의 병사도 베른에 도착하지 못할 테니까!"

가람 쳉오는 무툼부의 머리 위로 올라탔다. 모든 이야기를 전했으니 돌아갈 생각인 듯했다.

네파드가 그를 향해 물었다.

"가람 쳉오님은 이제 어디로 가십니까?"

"내 동족들은 모두 트리아곤(Tri—agon)에 타고 있어! 5일 뒤에 만날 수 있을 걸세. 그때 보자고, 젊은이들!"

"예, 그때 뵙겠습니다!"

네파드는 정중하게 고개를 숙이며 인사를 했다. 겉모습은 어떨지 몰라도 가람 쳉오라면 한 나라의 왕 이상의 권력과 실력을 가지고 있는 사람이다.

하지만 그가 고개를 숙이는 것은 그의 연배나 권력을 바라본 것이 아닌 순수한 인격에 대한 존경심에서 나온 것이었다. 폴든 역시 네파드의 곁에 서서 가람 쳉오를 향해 고개를 숙였다.

가람 쳉오는 거침없는 동작으로 무툼부의 목덜미에 앉은 후 외쳤다.

"가자, 무툼부!"

부오오오옷!

촤르르륵!

무툼부가 수면 위로 치솟아오르자 해수가 선착장을 뒤덮었다. 그 자리에 서 있던 폴든과 네파드는 어쩔 수 없이 바닷물을 뒤집어써야 했다.

"아앗! 비싸게 준 옷인데!"

"크하하핫! 잘 있게나!"

Chapter 36

제국 2군, 맞닥뜨리다

　"본 군이 대륙 최북단을 넘었단 소식입니다. 저희도 지금 이 움직일 적기라고 생각합니다."

　"분명 우리 2군이 하달받은 명령은 베른 침공 명령이 떨어졌을 시 즉각 침공이 가능할 수 있는 공격선 구축이었지. 그렇지 않나, 보좌관?"

　"그렇습니다."

　기다란 테이블의 정중앙에 앉아 있는 자는 검은색의 제복을 입고 있는 초로의 거한이었다. 그의 가슴에 달린 수많은 훈장들이 그의 경륜과 실력을 은연중에 드러내고 있었다.

　그는 쇳소리가 섞인 거친 음성을 토해냈다.

"현 시각, 전군 출진에 문제는 없는가!"

"없습니다!"

"좋다! 2군, 출진을 명한다! 베른 근교 25㎞ 지점에 주둔지를 설치하겠다!"

"출진!"

보좌관이 명령을 내리자 밖에서 대기하고 있던 전령들이 일제히 명령 전달을 위해 사방으로 흩어졌다.

제국의 군사장관, 베르히 라델만.

비록 개인의 역량은 10용사에 미치지 못한다 해도 그것은 어디까지나 무력에 관한 이야기다. 그는 그것을 가장 잘 알고 있는 남자였다.

실력으로서, 전략으로서 제국의 황금기를 이끌어왔던 제국군의 최고 권력자인 그가 바로 2군의 총지휘관이었다.

베르히 장관은 자리에서 일어나 막사 밖으로 나갔다. 수많은 검은색의 물결이 움직이기 시작하고 있었다.

"분명 다리아렌 왕국 녀석들은 단 오천 명으로도 점령이 가능한 도시라 했지만……."

그 역시 제국의 수뇌부, 그간 전해 들은 정보에 의하면 상대는 단순한 인간이 아니다. 수만의 오크와 심지어 흑룡을 상대로 벌이는 전쟁인 것이다.

베른의 겉모습이 아무리 평범한 도시일지라도 황제 폐하가 20만이나 되는 대군을 붙여주신 것은 그만한 위험성이 존재한다는 증거였다.

"서두를 필요 없지. 우리는 압도적인 전력을 가지고 천천히 상대를 압박해 가면 되는 거야. 제아무리 타고난 마물이라 해도 천 단위, 만 단위의 싸움은 그 방법 자체가 다르다는 것을 보여주겠다."

그가 서 있는 막사도 움직이기 시작했다. 베르히 장관의 사방에서 쇳덩어리들이 부딪치는 소리가 울려 퍼졌고, 곳곳에서 증기가 뿜어져 나오기 시작했다.

"장관님! 본 함을 포함한 지상 초대거함 27척이 모두 발진에 성공했습니다!"

"민가와 농지를 최대한 피할 수 있도록 루트를 짜라! 엄연히 우리는 대륙의 정의를 대표하는 군세! 짓밟는 것이 아니라 지키는 것임을 민중들에게 보여줘야 한다!"

"알겠습니다!"

늙은 사자의 수하로 저물어가나 싶던 자신의 인생에 다시 한 번 정의의 불길을 일으킬 수 있는 기회가 생겼다.

베르히 장관은 기필코 마물들과의 전쟁에서 승리하여 그들을 모두 이 대륙에서 내쫓아내겠다고 다짐했다.

"가자, 대륙의 정의를 위하여!"

2군의 군세로부터 그다지 멀지 않은 숲 속, 그들의 움직임을 지켜보고 있던 한 무리의 사람들이 있었다.

그리고 그중 한 여자가 손가락을 미간에 대고 두 눈을 감은 채 뭔가에 집중하고 있었다.

잠시 후 그녀가 눈을 뜨자 다른 이들의 이목이 모두 그녀에게 집중되었다.

"머릿수는 얼추 20만, 대형 철갑선이 27척이고, 중형과 소형은 각각 500척 이상이에요. 저들은 사람으로 직접 공격을 하는 것이 아니라 철갑선을 이용할 생각입니다."

"철갑선? 저 거대한 쇳덩어리 말인가? 지상을 다니는 배처럼 보이는군."

"대형 철갑선 한 척을 움직이는 데에는 A.N.P.G 하나와 수천 명의 병사들이 필요해요. 증기기관과 A.N.P.G를 혼용해서 만들어낸 듯한데… 자세한 과정은 모르겠지만 고대 기물이 틀림없어요! 료징, 어떻게 할 거죠?"

무리의 뒤에서 다리를 꼬고 앉아 묵묵히 그 이야기를 듣던 남성은 대답 대신 고개를 돌려 옆에 있는 또 다른 사내를 바라봤다.

"내가 어찌 명령을 내리겠나. 내 곁에 왕이 계신데."

깍지를 낀 채 고개를 숙이고 있던 자는 천천히 몸을 일으켰다.

개들의 왕, 스캇.

"농담하지 마시게, 료징. 저건 나라도 어떻게 할 수 있는 수준이 아니라고."

그 자리에 있던 자들이 모두 절망에 가까운 표정을 지었다. 지금 이 자리에 모인 이들은 20명도 안 되는 숫자로, 저 20만의 대군을 막기 위해 대륙의 반대편에서 날아온 사람들이었다.

바로 그, 스캇에 대한 믿음 하나로.

"그래도… 해봐야겠지. 멘시멘, 우리가 지금 소환할 수 있는 A.N.P.G의 수량이 얼마나 되는가?"

방금 료징에게 말을 건넸던 여자는 스캇을 바라보며 공손한 목소리로 대답했다.

"총 8체의 소형을 소환할 수 있사옵니다. 하지만 저희 중에 이걸 다룰 수 있는 이는……."

"괜찮아. 내가 쓰게 될 테니까."

이들, 레마라카의 리치들은 모두 하나같이 스캇에 대해 절대적인 신뢰를 가지고 있었다. 그가 말하는 것에 일말의 의심도 품을 필요가 없었다. 그는 그런 남자였다.

스캇은 료징의 어깨에 손을 올렸다.

"료징, 반을 데리고 오스왈드 평야에 가서 내가 말한 지점에 진법을 펼치게. 천변만화 육십사괘진(千變萬化 六十四卦陣)에 각자가 광명진언(光明眞言)을 넣는다면 도시 하나는 덮을 수 있겠지."

"우리가 아무리 리치라지만… 64명의 법술사가 64시간을 들여서 만들어야 하는 진법을 어떻게 10명도 안 되는 숫자로

하라 하는가?"

스캇은 이를 드러내며 빛나는 미소를 지었다.

"무리한 부탁이 아니면 애초에 요구하지도 않았겠지. 그러니 내가 알려준 대로 대지의 목소리를 광명진언으로 빼내게. 시간은 걱정하지 말고. 나머지 인원으로 군세를 멈춘 후 진법에 합류하겠다."

료징은 다른 리치들을 둘러봤다. 가능성이 아주 없지는 않았다. 더군다나 A.N.P.G의 마력을 능숙하게 다룰 수 있는 스캇이 합류한다면 그 가능성은 엄청나게 올라갈 것이 분명했다.

그때까지만… 그때까지만이라면…….

"좋아, 당장 가겠네."

"고맙네. 멘시멘, 자네는 이중에서 가장 법술에 능한 두 명을 데리고 마라나카(Maranaka)를 펼치게. 위치는 우리가 제국군과 접촉하는 지점에서 멀지 않은 곳이 좋을 거야. 효과는 일시적이어도 괜찮으나 20만의 군세를 속이기 위해선 영향 반경이 꽤 넓어야 하겠지."

"제가 A.N.P.G 1체를 소환해도 괜찮겠사옵니까?"

멘시멘은 스캇과 감히 눈을 마주칠 수도 없다는 듯 머리를 조아리며 물었다.

스캇은 당연한 표정으로 대답했다.

"물론이지. 나머지는 나를 따르게. 저 철갑선을 한번 멈춰

봐야겠네."

레마라카의 리치들은 모두 손을 놀려 크고 작은 팔괘금진
을 만들어내었다.

팔각형으로 이루어진 금속판 모양의 금진은 리치들의 요
긴한 이동 수단이었다. 그들은 한두 명씩 팔괘금진 위에 올라
타기 시작했다.

스캇도 한 팔괘금진 위에 올랐다. 그들은 각자의 길로 떠나
기 전 서로에게 안부를 전했다.

"조심하게, 스캇. 아무리 생각해 봐도 당신이 실패할 것이
라는 생각은 들지 않지만."

"료징, 당신의 믿음 덕분이야. 그리고 내가 당신들에게
가지고 있는 믿음 덕분이지. 우리만으로도 20만의 군세는
멈출 수 있어. 레마라카의 힘은 대륙 제일이야. 난 확신하
네."

스캇이 엄지손가락을 치켜세우자 료징은 자부심 넘치는
표정으로 고개를 끄덕였다.

"소녀, 받은 명령, 꼭 성공하겠사옵니다. 부디 기체 안녕하
시옵소서."

"우리가 진법을 만드는 동안 20만의 군세를 막는 것은 힘
든 일이야, 멘시멘. 하지만 나는 자네를 믿네. 이 대륙 최고의
법술사 아닌가."

마라나카(Maranaka)는 가장 기초적이고 쉬운 진법이지만

사용하는 자의 능력에 따라 그 효과는 천차만별로 달라진다.

스캇은 육십사괘진(六十四卦陣)을 완성시킬 동안 2군을 막을 방법으로 그녀를 선택한 것이다. 멘시멘 역시 그의 믿음에 부응하기 위한 각오를 다졌다.

"자, 그럼 출발하자. 모두를 지킬 수 있는 평화를 위해!"

스캇의 말과 함께 팔괘금진들이 숲 위로 날아오르기 시작했다.

제국 2군의 가장 선봉에서 전진하고 있는 지상형 초대거함 '막심'.

지상으로부터의 높이가 어림잡아 100미터는 족히 넘을 만한 파수대 위에서 한 병사가 전방을 관찰하고 있었다.

"아무리 배라지만 이건… 다른 의미론 좀 잔인하군."

그는 틈틈이 2군이 지나온 후방을 살펴봤다. 텅 빈 평야라지만 수천 톤의 배들이 지나간 자리는 흙먼지뿐, 아무것도 남아 있는 것이 없었다.

그 어떤 식물도, 동물도 존재하지 않았다. 자신들이 지나온 흔적은 그랬다.

아무리 정의를 표방한다지만 이런 괴물을 조종하는 것은 꺼림칙한 일이다. 병사는 씁쓸한 표정으로 바닥에 침을 뱉으며 다시 전방을 주시했다.

"다음 교대 시간이 되려면 아직도 멀었군. 혼자선 못해먹을 짓이야, 이것도……."

톱니바퀴가 맞물리며 내는 기계음들이나 증기기관에서 내뿜어져 나오는 증기 소리의 소음은 엄청났고, 그만큼이나 상당한 진동이 함선 전체를 흔들어댔다. 그것이 함선 내부라면 생활에 큰 지장이 없을지 몰라도 파수대처럼 높은 곳이라면 이야기가 다르다.

이곳은 항상 떨어질 각오를 하고 목숨을 걸어야 하는 위험 지역이었다.

"음, 뭐지?"

분명 아무것도 없는 허허벌판이라 생각하고 있었는데 뭔가가 그의 눈에 들어왔다.

아니, 땅에는 아무것도 없었다. 하지만 그가 바라본 곳은 땅이 아닌 하늘이었다.

"구… 름? 구름인가?"

그렇게 크지 않은 하얀색 안개, 아니, 구름에 가깝다고 할 정도로 구체화되어 있는 그것.

어림잡아 집 한 채 크기는 될 법한 작은 구름이 멀지 않은 곳에 떠 있었다.

"저렇게 낮은 곳에도 구름이 있기는 한가?"

각도를 살펴보면 자신이 있는 높이와 그렇게 차이가 나지 않았다. 단순히 구름일 뿐이라면 큰 문제는 되지 않는다.

하지만 그 존재 자체가 이상했다. 저런 높이에 저만한 구름만 덩그러니 놓여 있다는 것이 마법이나 사술의 존재를 의심케 했다.

그는 잠시 고민했다. 만약 저것이 적의 함정이라면 자신은 꽤 큰 공적을 쌓을 수 있지만, 실제로 그냥 구름일 뿐이라면 자신은 며칠 내내 동료들의 놀림거리가 되고 말 것이다.

"도대체 뭐야, 저건……."

병사는 조금 더 상황을 지켜보기로 했다. 철갑선의 이동 속도는 그렇게 빠른 편이 아니었기에 좀 더 여유가 있다고 생각한 것이다.

그리고 그것이 병사의 눈으로도 자세히 식별이 가능해질 정도로 가까워지자 그는 다른 것을 발견할 수 있었다.

"…사람, 사람이 타고 있다!"

그는 재빨리 경보를 울리고, 상황실과 지휘 통제실로 향하는 파이프에 대고 소리를 질렀다.

"이곳은 파수대, 파수대! 전방 약 500미터 지점에서 100미터 상공에 떠 있는 구름 발견! 사람이 타고 있습니다!"

"알겠다. 계속 관찰하라!"

긴급 보고를 받은 막심 호의 지휘 통제실은 곧바로 기함을 포함한 모든 초대 거함들에 상황을 알렸다.

모든 상황을 전달받은 베르히 장관은 주저할 것 없이 명령을 하달했다.

"정지하라! 마군에는 고위 마법을 쓰는 리치들도 있다. 각 함선에 배속된 마법사들과 과학자들은 해당 물체가 어떤 것인지 분석하라!"

키키키키킹!

수백 척의 철갑선들이 일제히 정지하며 지축을 울리는 굉음을 내었다.

철저하게 훈련받은 덕분인지 서로 아무런 충돌 없이 후방부터 차례로 멈추기 시작했고, 그로 인해 생긴 흙먼지가 평야를 뒤덮었다.

구름 위에서 그것을 바라보고 있는 이들은 바로 스캇과 레마라카의 리치들이었다.

그들은 철갑선들이 멈추기 시작하자 이제야 자신들을 발견했다는 것을 알 수 있었다.

"대응이 상당히 빠르군. 오랜 시간에 걸쳐 훈련한 모양이야."

"스캇님, 7체의 A.N.P.G를 모두 소환했습니다. 저희 중에 다룰 수 있는 사람은 세 명입니다."

바싹 마른 미이라의 형상을 하고 있는 자가 스캇에게 말하자, 그는 만족스러운 표정으로 대답했다.

"좋다. 내가 4체를 다루지. 내가 저들의 이목을 끄는 동안 각 대형 철갑선들의 A.N.P.G와 연결하시게. 27척과 모두 연결이 되면 내가 그 마력을 하나씩 봉인하겠네."

"네, 알겠습니다. 그럼 나머지 일행들은 무엇을 하면 되겠습니까?"

"아마도 공격이 들어올 수도 있고, 내가 하려는 일 덕분에 이곳이 위험해질 수도 있어. 남은 이들은 방어에 최대한 전념해 주시게."

"예."

스캇은 구름의 전방으로 걸어나갔다. 지금쯤 각 함선에서 자신들의 존재를 알아채고 조사를 시작했을 것이다.

"현무, 직접 나오는 것을 허락하지. 내가 널 믿어도 되겠는가?"

'아니, 믿으면 안 되지. 하나 내가 널 잠식한다면 이 차원 자체가 위험해지지 않겠어? 최소한 과거로 돌아간다면 난 다시 봉인 속으로… 으으으!'

열리지 않은 마을에 다녀왔을 때 현무 역시 모든 이야기를 들었다. 믿기 힘든 내용들뿐이었지만 그건 엄연한 사실이었고, 그로 인해 현무는 스캇의 몸을 잠식할 생각을 완전히 버리게 되었다.

'하지만 내 신력을 네가 감당할 수 있을까?'

"3체의 A.N.P.G는 너의 힘을 통제하는 데 쓸 생각이다. 너도 웬만하면 그 통제를 따라주는 게 좋을 거야."

'좋아. 뭘 하면 되지? 저들을 부숴 버릴 생각인가? 지난번

검령, 그 녀석이 썼던 것보다 훨씬 잔인하고 파괴력있는 뇌격이라도 내려줄까?

"아서라. 그래선 내가 저들과 뭐가 다르겠냐. 난 단지 저들에게 공포를 심어주고 싶다. 네 존재감이 필요해."

'끄응… 주인의 취향을 따라주는 것도 참 힘든 일이야.'

"자, 그럼 가보자. 북방신 현무(北方神 玄武)! 전문(全門), 개문(開門)!"

쿠르르르릉!

스캇의 외침이 끝나자 밝고 청명했던 하늘이 갑자기 어두워지기 시작했다. 스캇은 그가 끼고 있는 장갑에서 견딜 수 없을 정도의 힘이 솟구쳐 오르는 것을 느꼈다.

그는 능력을 이용해서 자신의 뒤편에 떠 있던 기계 중 세 개를 앞으로 끌어내었다.

"의지(意志), 강압(强壓)!"

스캇은 A.N.P.G들의 마력을 뽑아내어 자신의 기력을 흡수하려 하는 현무의 장갑을 향해 쏟아내었다.

그 엄청난 마력의 흐름 덕분에 기류가 요동치기 시작했고, 그를 중심으로 하는 거대한 소용돌이가 하늘에 생기기 시작했다.

휘이이이잉!

레마라카의 리치들 역시 바싹 긴장하며 방호진과 술법을 펼치기 시작했다. 나머지 A.N.P.G를 다루고 있는 리치들은 상황이 상황인만큼 최대한 빨리 거함들의 A.N.P.G과 연결하기 위해 혼신의 힘을 다했다.

"상황을 보고하라! 무슨 일인가!"

"저 구름에 타고 있는 것은 마군의 수장인 개들의 왕, 스캇입니다!"

"뭐라?! 그가 어째서 1군이 아닌 우리를 상대하고 있는 것인가! 그것도 단신으로!"

베르히 장관은 돌아가는 상황을 납득하지 못한 채 소리를 질렀다. 아무리 마왕이라 해도 단신으로 20만 대군과 상대하러 온 것이 말이 되는가.

아니면 정말 그만한 능력이 있단 말인가!

"지금 일어나고 있는 소용돌이 때문에 각 기관들에 이상이 속출하고 있습니다!"

"주저 말고 전 포문을 개방하라! 마법대대 역시 공격을 준비하라! 더 이상 상황을 볼 것도 없다! 공격, 공격이다!"

그의 육감은 이대로 가다간 더 큰일이 일어날 수도 있다는 것을 예감했다. 그는 모든 공격을 지시하곤 갑판으로 뛰어나갔다.

그는 자신의 눈으로 그 존재를 직접 확인해 볼 참이었다.

"크흐으으윽! 몇 체나 남았는가!"

"아직 반 정도밖에 연결하지 못했습니다!"

스캇은 자신이 예상했던 것보다 훨씬 거대한 위력으로 인해 통제에 난항을 겪고 있었다. 대지의 목소리를 잡아내는 일보다 대단하지는 않으리라 생각했지만, 현무의 신력은 그보다 더 광포하여 흐름을 잡는 일조차 쉽지 않았다.

스캇의 발밑 허공에선 현무의 묵빛 기운이 꿈틀거리고 있었다. 그것은 마치 뱀이 똬리를 풀듯 꿈틀거리며 본디의 형상을 갖추어갔다.

그가 아공간에서 봤던 거대한 거북이와 뱀의 형상, 그 모습 그대로였다.

'후우… 그래도 조금씩 통제가 되어가는군.'

그 존재감만으로도 철갑선들에 이상이 생기기 시작했다. 스캇이 생각했던 것 이상의 효과였지만, 그것만으로는 20만의 진격을 멈출 수는 없다.

스캇은 A.N.P.G를 더욱 활성화시키며 현무의 개방 속도를 올렸다.

"끄으으읍! 이제 됐다!"

마력이 소진되는 것을 모두 확인한 스캇은 주변의 기운이 신속하게 정리되는 것이 느꼈다. 그가 발밑을 바라보자 허공에 떠 있는 현무의 모습이 보였다.

검푸른, 그리고 지독할 만치 차가운 그 몸체가 공중에서 꿈틀거리며 몸을 풀고 있었다.

"기분은 어떠냐?"

『좋지. 수천 년 만에 깨어난 이 느낌, 아무리 설명해 줘도 너는 모를 거야.』

탓!

스캇은 공중으로 뛰어올라 그의 등에 올라탔다. 현무는 그
것이 그리 나쁘지는 않은 듯 고개를 털며 네 개의 눈으로 제
국군을 노려봤다.

"저들에게 두려움을 줄 수 있겠냐?"

『홍, 그래 봤자 한낱 미물들이다. 무엇보다 내 조국의 적들
이 아닌가.』

조국.

그 말을 듣는 스캇의 마음속에서 뭔가 뜨거운 것이 용솟음
쳤다. 그의 조국이며, 나의 조국을 위해!

"좋다, 가자. 목표는 기함이다!"

등껍질의 지름만 해도 수십 미터는 될 만한 거대한 현무의
몸이 적진의 한복판으로 날아가기 시작했다.

그때, 그것을 바라보고 있던 제국군 기함의 갑판에선 소동
아닌 소동이 벌어졌다.

"괴물이 이쪽을 향해 날아옵니다!"

"저건 뭐야! 드래곤 터틀(Dragon Turtle)의 아종인가!"

"모두들 침착하고 공격 위치로 가라! 포를 이용해서 격추
시켜라! 한낱 마물에게 제국군의 위용을 보여줘라!"

베르히 장관의 당당한 외침 한마디로 진정된 병사들은 모
든 포문을 열고 스캇과 현무를 향해 공격을 시작했다.

콰콰콰쾅!

다른 초대거함들도 그 뒤를 이어 일제히 사격을 시작했다!

그렇게 빠르지 않은 속도로 날아온 현무는 대부분의 포격에 그대로 명중되었다. 한차례의 공격이 끝난 후 모두들 피해를 입은 현무의 모습을 기대했다.

"지독하군. 괜찮나?"

『이 정도도 받아내지 못하면 신수라 할 수 있겠어? 그나저나 네가 한마디 하면 공격도 멈출 것 같은데… 내 힘으로 증폭시켜 주겠다.』

"좋지."

그들의 멀쩡한 모습에 20만의 제국군은 경악을 금치 못했다. 하지만 스캇은 반영구적인 마력을 가지고 있는 A.N.P.G를, 그것도 3체나 고물로 만들어 버린 대가에 비하면 이것도 부족하다고 생각했다.

"들어라, 제국군. 나는 개들의 왕, 스캇이다."

『들어라, 제국군! 나는 개들의 왕, 스캇이다!』

현무는 그의 말을 그대로 사방에 내뱉었다. 신수의 능력으로 증폭된 목소리는 함선의 내부에 있는 일개 병사들에게까지 그대로 전달되었다.

귀가 찢어질 듯한 그 굉음은 물리적인 것이 아니었기에 병사들에게 더욱 커다란 공포감을 줬다.

"뭐, 뭐냐……!"

베르히 장관은 그 어떤 공격도 먹히지 않는 스캇과 현무를 보면서 경악 아닌 경악을 내질렀다.

현무는 기함에 상공에 뜬 채로 계속 이야기했다.

『나, 개들의 왕은 너희에게 경고하겠다! 돌아가라!』

그의 목소리는 으르렁거리는 현무의 울음소리까지 섞여 마치 악마의 것처럼 들려왔다.

『더 이상 전진한다면 이 정도로는 끝나지 않을 것이다!』

"웃기는 소리! 마법대대, 공격을 시작하라!"

베르히 장관은 스캇이 병사들에게 공포를 심어주려 한다는 것을 깨닫고는 연이어 공격을 지시했다.

그조차도 현무의 목소리에 눌려 두려움이 생겨났지만, 이 20만 대군을 이끄는 총지휘자로서의 책임감이 두려움을 무디게 만들었다.

콰콰콰쾅!

이번엔 사방에서 스캇과 현무를 향해 마법 공격이 쏟아져 내렸다.

불, 얼음, 번개 등 모든 속성들이 일제히 그를 향해 쏟아지자 현무는 또다시 그 공격을 막아내야 했다.

공격은 쉬지 않고 계속되었고, 결국 참다 못한 현무의 포효가 지축을 울렸다.

크르르르르릉!

『어리석은 것들! 신을 상대로 공격을 해대는 꼬락서니는 어딜 가나 여전하군!』

　마법들은 모두 현무의 몸에서 튕겨 나와 각 시전자에게로 반사되었다!

　"크아아악!"

　"반격이다!"

　마법대대들은 하나같이 비명을 지르며 쓰러지기 시작했고, 그로 인해 그들의 공격이 멈췄다.

　현무가 다시 내뱉은 목소리에는 분노가 담겨 있었다.

　『어디 한번 또 공격해 봐라! 네놈들의 사지를 씹어 먹어주겠다! 그 고철 덩어리 속에서 빠져나오지도 못하게 모두 우그러뜨리겠다!』

　그것은 분노에 찬 현무의 말이 아닌, 그들의 행동을 예상한 스캇의 말이었다. 물리 공격과 마법 공격이 모두 안 먹힌다는 것을 알았으니 다른 공격을 준비하는 데 어느 정도의 시간이 필요할 것이다.

　스캇은 그것을 자신들을 향한 공포의 시간으로 만들 계획이었다. 그리고 그 계획은 그가 원하는 대로 이루어지고 있었다.

　"이이이! 다음 공격은?! 다음 공격은 왜 없는가!"

　"마법대대는 정비에 시간이 걸리고, 포문은 다음 장전을 준비하기까지 아직 시간이 남아 있습니다! 그리고 무엇보다 병사들이 패닉에 빠져 있습니다!"

베르히 장관은 분노를 이기지 못하고 일제 포격을 지시한 것을 후회해야 했다. 이 몇 초 안 되는 시간이 이렇게나 제국 군에게 큰 공포를 부여할 줄은 생각도 하지 못했다.

이럴 때 10용사 중 한두 명이라도 있었더라면 상황은 달라질 수 있었을 텐데… 제국 제일의 마법사인 황제 폐하가 직접 계셨더라면 저런 마물쯤 바로 물리칠 수 있었을 텐데!

"포격 준비가 완료되었습니다!"

베르히 장관은 다시 포격을 지시할지 고민했다. 이번 공격마저 무산된다면 병사들이 받게 될 공포를 되돌릴 길이 없었다.

하나 이대로 지켜보고만 있는 것은 개들의 왕에게 20만 대군이 고개를 숙이는 꼴이 아닌가!

결국 그가 공격을 지시하려는 찰나, 간발의 차이로 현무의 목소리가 먼저 울렸다.

『이 침묵을 보니 대장이 아주 멍청이는 아니로군. 하지만 텅 빈 도시를 향하는 것만큼은 바보짓이지. 크하하하! 잊지 마라! 내 말을 어긴다면 죽음보다 더한 공포를 맛보게 되리라!』

스캇과 현무는 빠른 속도로 되돌아가기 시작했다. 느릿느릿 오던 것과는 전혀 딴판이었다.

하지만 결국 베르히 장관은 공격을 지시하지 못했고, 제국 군은 그대로 침묵과 공포, 그리고 무력감에 빠져 들어갔다.

"텅 빈… 도시라고?"

스캇은 최대한 빨리 구름을 향해 돌아가며 현무에게 물었다.

"현무, 남은 시간은?"

『곧 사라진다. 이 정도로 버틴 것도 대단해.』

"고생했다, 정말 고생했어."

『또 이렇게 나올 수 있다면 좋겠군. 더 힘을 길러야겠어, 주인.』

현무는 구름에 도착하자 다시 봉인체로 돌아갔다. 3체의 A.N.P.G를 소모했음에도 그 상태를 유지하는 것이 그리 길진 못했다.

리치들은 그를 기다리고 있었던 듯 밝은 표정으로 말했다.

"준비가 끝났습니다."

"좋아. 모두들, 루트를 내게 알려다오. 내가 각 철갑선들의 A.N.P.G에 직접 접촉해서 봉인을 시도하겠다."

그와 레마라카의 리치들은 길지 않은 시간 동안 고대 유물의 정수인 A.N.P.G를 연구하는 데 주력했다.

원래는 도시 기능을 위한 용도로 사용할 생각이었지만, 제국 역시 A.N.P.G를 이용한다는 정보를 얻고 난 뒤 그것을 막을 방법까지 찾아낸 것이다.

아직 고대 문명 수준의 기술력을 가지고 있지 못한 채 그것을 간신히 이용할 수 있는 수준 정도의 제국이기에 스캇이

A.N.P.G를 직접 봉인한다면 스캇 외에는 그 누구도 A.N.P.G를 다시 가동시킬 수 없었다.

"루트를 열었습니다."

"A.N.P.G를 운용하고 있는 이들 외에는 모두 방어에 주력하시게. 그들이 이곳을 공격할 것이 틀림없어. 그럼 시작한다!"

스캇은 현무를 다루는 와중 상당히 많은 진력이 빠졌을 것임에도 불구하고 다시 열정적인 모습으로 다음 작업에 달려들었다. 그의 그런 모습을 보면서 다른 리치들도 모두 기운이 솟구쳐 올랐다.

"의지(意志), 감응(感應)."

더 이상 발전할 수 없을 정도로 발전된 그의 능력은 모든 사물의 근원까지 꿰뚫어 볼 수 있었다.

스캇의 정신은 컴퓨터 프로그래밍처럼 수없이 많은 선들이 그어져 있는 또 다른 세상에서 리치들이 만들어놓은 루트를 타고 각각의 A.N.P.G를 향해 날아가기 시작했다.

'유틸리티(Utility)란 말이지.'

그는 신속하고, 정밀한 기술로 A.N.P.G를 봉인시켜 나가기 시작했다. 그리고 그 파장은 바로 제국군에게 이어졌다.

"기함, 기함! 마빌스키 호의 기동이 멈췄다!"

"여기는 체르노 호! 중기기관에는 이상이 없으나 A.N.P.G에서 더 이상 마력이 추출되지 않는다!"

"이번엔 무슨 문제인가!"

베르히 장관은 즉시 각 함의 상태를 보고받았다. A.N.P.G들이 하나씩 꺼지고 있었다. 1체당 드래곤에게 맞먹을 수 있는 엄청난 마력을 가진 고대 문명의 정수가!

제국의 초대거함은 단순히 마군을 상대하기 위한 것이 아닌 대륙 통일을 꿈꾸는 제국 문명의 결정판이었다. 하나 그것이 지금 하나씩 멈추고 있었다.

"그… 놈! 그놈의 짓이야! 스캇! 찾아내! 마법사들은 뭘 하는가!"

"발견했습니다. 전방의 그 구름에서 각 함선의 A.N.P.G와 접촉하고 있습니다!"

"공격해! 멈추지 말고 계속 공격해! 모든 포문을 열어라! 마법대대는 뭐 하는가! 활이라도 쏴라! 돌이라도 집어 던지란 말이다!"

평소 냉정하고 굳건한 모습으로 주위에 알려진 베르히 장관은 오간 데 없었고, 상식 밖의 존재에 대한 분노를 토해내고 있는 짐승 같은 남자만 남아 있었다.

그는 10용사들을 보면서도 이만한 무력감을 느껴본 적이 없었다. 하나 저것은… 저것은 말 그대로 마왕이 아닌가!

콰과과광!

셀 수도 없이 많은 포격들이 구름을 향해 공격해 들어왔다. 레마라카의 리치들이 준비해 놓은 방호진이 그것들을 막아내기 시작했고, 연이어 마법 공격이 끊이지 않고 그들을 향해 날아왔다.

"우린 레마라카의 리치들이다. 이런 쇳덩어리로 우릴 상대할 생각이라면 아직 멀었어!"

마법의 절정, 술법의 절정에 오른 이들이다. 생명의 굴레조차 이겨낸 그들의 실력이나 수준은 제국의 공격도 능히 받아내고 있었다.

'다음… 다음……!'

스캇은 오직 감응에만 집중하고 있었다. 그의 정신은 전장 속을 위태하게 누비고 있었다.

'20만의 공격이다. 그들이 방어하는 것에도 한계가 있을 것이다. 조금이라도 빨리 끝내야 해!'

스캇은 하나의 봉인이 끝나면 바로 다음 봉인을 찾아 움직였다. 그의 정신력은 무리를 견디지 못한 채 급격히 약해지고 있었지만, 이 정도로 지칠 순 없었다.

지난 세월 동안 무엇 때문에 잠들지 못했는가. 그 무엇 때문에 쓰러질 수 없었던가. 그의 생명이 남아 있는 한 그는 계속 달려야 했다. 지금은 조금도 쉬거나 쓰러질 수 없었다.

이제 마지막, 마지막 고비만 남았다. 제국을 막아내고 나면 그 뒤엔 아무것도 막힐 것이 없었다. 설사 자신이 없다 하더라도 문제될 것이 없었다.

'다음… 다음은?'

또다시 하나의 A.N.P.G를 봉인시킨 그는 남아 있는 루트를 찾기 위해 감응을 펼쳤다. 하지만 더 이상 그의 눈에 들어오는 루트가 없었다.

'후우… 끝났는가.'

만족할 새도 없다. 그는 바로 자신의 육체를 향해 돌아가기 시작했다. 아직 할 일이 많이 남아 있었다.

"모든 A.N.P.G를 봉인하는 데 성공했다네. 나머지 철갑선들은 증기기관만으로 움직이는 듯하니… 지금과 같은 방법으로 멈추게 하진 못하겠지. 방호진은?"

육체로 돌아온 스캇이 상황을 알리자 방호진을 펼치고 있는 리치들이 힘겹게 대답했다.

"아무래도… 한계가 있습니다. 모든 일이 끝났다면 빨리 벗어나면 안 될까요?"

"좋아, 육십사괘진(六十四卦陣)으로 가십시다!"

그들은 방어진을 유지한 채 후퇴하기 시작했다. 구름에 가려져 있던 팔괘금진들이 구름 뒤로 벗어나자, 무작정 구름을 대상으로 공격을 감행하던 제국의 공격으로부터 약간이나마 틈을 얻을 수 있었다.

그들은 빠른 속도로 육십사괘진(六十四卦陣)을 펼치고 있는 곳을 향해 날아갔다.

스캇은 최대한 효율적인 휴식을 위해 두 눈을 감고 반결가부좌의 자세를 취했다. 다른 리치들도 그의 모습을 보고는 말

을 걸거나 떠드는 이가 없었다. 그저 묵묵하게 침묵을 지킬
뿐.

"아, 스캇님이시다."

황량할 정도로 조용한 평야의 한가운데서 마라나카
(Maranaka)를 펼치고 있던 멘시멘이 스캇의 팔괘금진을 발견
했다. 멘시멘은 손으로 차양을 만들곤 나긋한 미소를 지었
다.

그녀는 빠른 속도로 남하하는 금진을 보면서 확신할 수 있
었다.

"성공하셨군요. 그렇다면 저도 힘내겠사옵니다."

그때, 료징과 약 십여 명의 리치들은 천변만화 육십사괘진(千
變萬化 六十四卦陣)을 만들어내고 있었다.

기존의 육십사괘진과 달리 천변만화의 술수는 실제로 모
습도, 형체도 물질로서 존재하는 환상의 공간을 만들어내는
것이었다. 그들은 지금 또 다른 베른을 만들어내고 있었다.

다만 이 진법을 만들어내기 위해선 각 괘마다 자연의 섭리
를 알고, 힘의 균형을 맞출 수 있는 수준 높은 법술사들이 필
요했다.

하지만 료징과 리치들은 스캇이 알려준 방법을 이용해 대
지의 흐름을 이용하고 있었다. 한 사람당 감당할 수 있을 정
도로 몇 개의 괘를 동시에 맡고 있는 것이다.

이것은 그들이 대륙 유일, 그리고 최고 수준의 법술사이기

때문에 가능한 일이었다. 하지만 이대로라면 현 상황을 유지하는 것도 힘들다. 그들은 스캇과 나머지 리치들의 합류를 기다리고 있었다.

"다루카, 건리의 괘가 흐트러진다!"

"료징님! 전 이 이상은 무리입니다. 하나만 더 맡아주시지 않겠습니까!"

"나도 이미 아홉 괘를 맡고 있다. 다른 이들 중 더 감당할 수 있는 이는 없는가?"

모두들 서로를 바라봤지만 암담한 표정이었다. 이런 방법을 쓰는 것도 처음일뿐더러, 모두 할 수 있는 한 최선을 다하고 있었다.

그때 다루카가 북쪽 하늘을 바라보며 외쳤다.

"왔다! 성공했나 봅니다!"

"좋아, 그 괘는 일단 내가 잇지. 조금만 더 버티자!"

곧이어 스캇과 일행들을 태운 팔괘금진이 땅으로 내렸다. 가장 먼저 땅으로 뛰어내린 것은 스캇이었다.

"괜찮나, 료징?"

"이미 한계다! 어서 합류해 다오."

"좋아, 모두들 한 사람씩 붙어서 괘를 넘겨받으시게. 반씩 나누겠다."

이곳에서 스캇보다 진법을 모르는 이는 없었다. 모두 윤회를 거친 대륙 최고의 법술사들이 아닌가. 하지만 모두들 그의 명령을 순순히 따랐다.

그가 레마라카에 나타난 후 유난히 두각을 보인 부분은 바로 진법에 관한 것이었다. 누구보다도 흐름이나 변화에 민감한 그의 능력은 진법 역시 타고난 능력처럼 습득해 버렸다.

물론 그 이상의 노력과 시도가 필요했던 일이다. 그가 아니라면 절반도 안 되는 인원으로 육십사괘진(六十四卦陣)을 펼칠 일 같은 건 없었을 것이다.

'이거… 정신이 남아나지 않겠군.'

스캇은 땅에 내려오자마자 골이 멍하게 울리는 것을 느꼈다. 하지만 이 진을 최대한 빨리 완성시키기 위해선 자신의 능력이 절실했다.

스캇처럼 대지의 목소리에 바로 접촉할 수 있는 능력이 없는 그들은 법술로서 접근하고 있기에 상당한 정신력의 소모가 필요할 것이다.

그는 괘의 중앙에 자리를 잡곤 대지의 흐름에 몸을 섞기 시작했다.

예전에는 쉽사리 감당하지 못했던 거대한 흐름이 그의 정신을 스쳐 지나갔다. 하나 지금은 다르다. 그는 그 흐름을 거스르지 않고 부드럽게 순응하면서 그것을 육십사괘진 위로 끌어올리기 시작했다.

"내가 진법을 형상화시키겠다. 모두 각 괘의 위치에 집중하시게. 쉽지 않을 거라네."

보통의 육십사괘진은 자연의 기운으로 완성이 이루어질 때까지 진법을 활성화시켜야 하는 것인데, 그 시간 역시 64시간은 족히 걸린다. 하나 스캇은 대지의 기운을 직접 뽑아내어 단시간에 진법을 완성시키려 하는 것이다.

모두들 긴장한 눈빛이 가득했다. 이것은 제국의 침략 덕분에 만들어낸 급조된 기술이기도 했지만, 그들에겐 또 다른 발전이자 혁신이었다. 그들이 가지고 있는 감정은 불안함이 아닌 기대감이었다.

"시작한다!"

스캇의 몸에서 거대한 대지의 기운이 쏟아져 나오기 시작했다. 이 대지를 흐르고 있는 기운 중 지극히 일부였지만, 개인이 감당할 수 있는 수준의 것이 아니었다.

그의 몸에서 쏟아져 나온 기운들은 주체할 수 없는 파도처럼 사방으로 쏟아져 나갔으나 각 괘를 지키고 있는 리치들에게 막혀 진법 밖으로 벗어나지 못했다.

'엄청난 양의 기운이다!'

모두들 두세 괘씩 맡고 있어 료징은 아까보다 한결 쉬워졌다고 생각했지만 그것은 오산이었다. 조금이라도 집중이 흐트러진다면 기운이 새어 나가 진법이 깨질 것이다.

그를 비롯한 각 괘의 리치들은 더욱 혼신의 힘을 다해 괘를 지키기 시작했다. 대륙 제일의 법술사라는 자부심을 걸고!

진법을 벗어나지 못하고 요동치던 대지의 기운은 어느 순간 괘가 유도하는 흐름에 따라 움직이기 시작했다. 그것은 점점 땅의 형체가 되고, 강의 형체가 되고, 건물의 형체가 되었다.

베른의 모습을 그대로 카피하는 것이기 때문에 그들이 고민할 것은 없었다. 이미 예전에 베른의 형상을 진법에 저장해뒀기 때문에, 거푸집에 쇠를 녹여 주조를 하듯 대지의 기운이 정해진 진법 안에 자리를 잡아가는 것이다.

'이 속도라면 오늘 해가 지기 전에는 끝낼 수 있겠군.'

스캇은 끊어질 듯 끊어지지 않는 아슬아슬한 정신력으로 계속 대지의 흐름을 유도했다. 이것만 마무리한다면 이삼 일 정도는 쉴 수 있을 것이다.

그는 한가닥 의지로 간신히 버텨내기 시작했다.

아직은, 아직은 쓰러질 때가 아니다.

"저기 보세요, 멘시멘님. 제국군이 다가오고 있어요."

"괜찮아요. 우리도 거의 완성해 가잖아요."

"저… 혹시 모르니 연안 쪽도 마라나카를 걸어둘까요?"

"그렇게 하세요. 최대한 완벽하게."

진즉에 완성되었지만 멘시멘은 쉬지 않고 진법을 재정비하고 있었다. 20만 대군을 상대로 펼치는 진법이다. 부족한 마력은 설치해 둔 A.N.P.G가 채워주겠지만 20만의 눈을 모두 속이는 것은 쉽지 않다.

마라나카는 육십사괘진에 비하면 수준이 한참 낮은 진법이었다. 법술을 처음 배우기 시작하는 견습생이 배우는 기초 단계의 진법.

그렇기에 스캇이 그것을 새롭게 활용하는 방법에 대해서 설명했을 때 모든 법술사들이 경악했던 것이다. 레마라카에서 가장 진법에 능하다고 알려졌던 멘시멘의 충격은 다른 이들과 비교할 바가 아니었다.

그녀는 한때 스캇을 질투하고 미워했지만, 지금은 동경의 대상으로서 바라보고 있었다. 그 덕분에 단순한 환상진이었던 마라나카는 단 세 명으로 20만 대군을 막아낼 수 있는 진법으로 다시 태어나게 된 것이다.

'멋져. 이토록 아름다운 진법을 본 일이 있던가.'

멘시멘은 자신들이 평야 위에 만들어낸 광활한 진법을 둘러보며 감회 아닌 감회에 젖었다. 석양이 그녀들의 뒤로 뉘엿뉘엿 저물어가고 있었다.

그때, 한 명의 리치가 소형 팔괘금진을 타고 그들을 향해 날아왔다.

"멘시멘님! 끝났습니까?"

"예, 당장이라도 발동시킬 수 있어요."

그녀들을 향해 날아온 것은 레마라카의 리치 중에선 비교적 신입에 속하는 다루카였다.

"육십사괘진도 모두 끝났어요. 스캇님이 돌아가자고 하십니다."

"육십사괘진이?! 말도 안 돼!"

누구보다도 진법을 잘 알고 있는 그녀다. 그는 다루카의 말이 거짓이라고 생각했다.

"스캇님 덕분입니다."

"음……."

확실히 그분이라면…….

멘시멘은 이곳에서 제국군들이 당하는 모습이 보고 싶었지만, 그보다 완성된 육십사괘진이 궁금해졌다. 천변만화는 육십사괘진 중에서도 가장 고급에 속하는 고난이도의 진법이다.

그녀는 서둘러 팔괘금진을 만들며 말했다.

"자, 그럼 모두들 가요. 스캇님께서 기다리시겠어요."

그들은 모두 팔괘금진을 타고 남쪽으로 날아가기 시작했다. 평야 한가운데 세워진 A.N.P.G만이 홀로 쓸쓸하게 빛나고 있었다.

"크으… 느리군, 느려. 언제쯤 베른에 도착할 수 있지?"

"이 속도라면 내일 아침쯤에 도착하게 될 겁니다. 그러나 해가 저물었습니다."

"더 전진하겠다! 초대거함들도 모두 버리고 온 마당에 허허벌판에서 편히 눈을 붙일 수 있겠는가!"

결국 2군은 초대거함 27척을 모두 평야에 버려두고 와야 했다. 아직 중형 이하의 지상 거함들이 천여 척이나 있었고, 모두 육군으로서의 훈련을 받아온 병사들이기에 평야를 진군하는 데는 아무런 문제도 없었다.

하지만 처음으로 그 위용을 자랑하게 된 초대거함들이 개들의 왕, 한 사람에게 무용지물이 된 것은 베르히 장관으로서도 참으로 억울한 일이었다.

그는 그것을 애초에 마력에 의존한 제국의 나약함으로 돌리기로 했다.

베르히 장관의 머릿속에는 여전히 스캇에 대한 분노로 가득 차 있었다.

'네 이놈! 시체로 산을 쌓아서라도 그 머리를 짓밟고 말 것이야!'

"오스왈드 평야 지대에 진입했습니다. 현재까지는 아무런 문제도 없습니다."

"만족스럽군! 목표했던 대로 베른 근교 25㎞ 지점까지 가자."

야간 행군이었지만 불평하는 이들은 많지 않았다. 제대로 된 전투도 겪지 않았을뿐더러, 평야 지역이기 때문에 행군에 큰 무리는 없었다.

스캇 덕분에 생긴 병사들의 공포심은 베르히 장관의 뛰어난 리더십으로 어느 정도 무마되어 있었다. 그는 10용사들의 존재를 부각시키며, 10용사들의 위명을 이용해 스캇의 능력을 깎아내렸다.

자신감을 회복한 그들은 다음날 동이 틀 때까지 행군을 지속했다. 부드럽고 푹신푹신한 초원을 걷는 일은 어렵지 않은 일이었다.

하지만 그들이 목표했던 베른은 나타나지 않았다.

"왜! 무슨 문제가 있었지? 길을 잘못 들었나?"

"아닙니다. 지도와 관측도 완벽하고, 병사들 중에 다리아렌 출신이 많은데 뭔가 이상하답니다."

"환상 마법이라도 걸린 것인가… 마법대대는 조사가 끝났나?"

"그 어떤 마법도 발견할 수 없었다고 합니다."

미칠 노릇이었다. 베르히 장관은 일단 군세를 멈추게 했다. 병사들에게 이 사실이 알려진다면 또다시 사기에 영향을 끼칠 것이 틀림없었다.

"모두들 주둔하게 하라. 원인을 발견할 때까지 대기하겠다."

"예!"

하지만 그 다음날이 돼도 마찬가지였다. 결국 원인을 찾지 못한 2군은 다시 출발했지만 아무리 진군하고, 또 진군해도 드넓은 평야의 끝은 나오지 않았다.

"동쪽으로 간다! 해안선을 따라가겠다!"

하지만 마찬가지였다. 지평선은 마치 촘촘한 감옥의 창살처럼 20만의 대군을 옥죄어 왔다. 동서남북 어느 쪽을 봐도 똑같은 모습의 평야뿐이었다.

20만의 사기는 서서히 떨어져 가고 있었다.

두 번째 주둔을 하던 밤, 베르히 장관은 자신의 임시 막사에서 얼마 남지도 않은 머리를 쥐어뜯고 있었다.

"도대체… 도대체 뭘까? 마법이 아니라면 마물들의 사악한 사술이란 말인가. 어떻게 해결해야 하지?"

"장관님, 보좌관 칼른입니다."

그의 막사 밖에서 익숙한 목소리가 들려왔다. 베르히 장관은 지친 기색을 숨기지 않은 채 대답했다.

"무슨 일인가."

"한 병사가 현 상황에 대한 정보를 가지고 왔습니다."

"후우… 정보는 수도 없이 받았다. 내가 궁금한 건 해결책이야."

"그러니까… 해결책을 가지고 왔습니다."

베르히 장관은 좀 쉬었으면 했지만 그것은 명장으로서의 행동이 아니다. 그는 어쩔 수 없이 병사를 들이라 했다.

황색 피부에 전체적으로 작은 이목구비를 가지고 있는 병사는 공손히 머리를 조아리며 베르히에게 인사를 했다.

"자네는 대륙 남단 출신이군. 이곳에선 보기 힘든데."

"예, 레마라카 유적 공략군에 소속되어 있었습니다."

"그래, 말해보게. 이곳이 레마라카 유적이라도 된단 말인가?"

병사는 맞다는 듯 연신 고개를 끄덕였다.

"맞습니다. 그들이 곧잘 쓰던 진법이라는 것과 비슷합니다."

"뭐라? 좀 더 자세히 설명해 보게."

베르히 장관이 두 눈을 번쩍 뜨며 관심을 보이자 병사는 상세하게 설명하기 시작했다. 진법의 특징이며, 그것을 파훼하는 법까지. 가능성은 높지 않았지만 지금의 장관은 지푸라기라도 잡고 싶은 심정이었다.

"그러니까 눈에 보이는 돌은 모두 들어보고, 나무들은 모두 쓰러뜨려 본다고?"

"예, 제가 아는 방법은 그것뿐입니다. 이렇게 거대한 진법이 있을 거란 생각은 하지 못해서 보고하지 않았습니다만, 너무나도 비슷한 점이 많습니다."

"알았네, 본대로 귀환하게. 자네의 정보가 도움이 된다면 그만한 보상이 있을 걸세."

"감사합니다, 장관님."

베르히 장관은 그를 돌려보낸 후 바로 보좌관을 찾았다. 그는 주저할 것 없이 명령을 내렸다.

"당장 부대 별로 조를 구성해서 정찰을 시작한다. 나무는 쓰러뜨리고, 돌은 모두 발로 걸어차며, 의심스러운 것은 반드시 건드려 보도록 지시하라. 당장!"

더 이상 지체할 수는 없었다. 이런 평야 지역에서 20만 대군을 전진시키지 못하고 있는 것은 그에게 더할 나위 없는 수치이자, 굴욕이었다. 이 사실이 황제에게 알려진다면 자신의 자리는커녕 목숨도 부지하기 힘들 것이 틀림없었다.

"오늘 밤엔 기필코 승부를 보겠다!"

제국군은 밤새 교대로 정찰을 나가 개간을 한다고 해도 될 정도로 평야 곳곳을 샅샅이 파헤치기 시작했다. 병사들은 검이나 총 대신 삽을 들고 나갔다.

결국 다음 동이 트기 전, 제국군은 한 나무를 쓰러뜨린 자리에서 A.N.P.G를 발견할 수 있었고, 마법사들의 활약으로 진법을 무사히 제거할 수 있었다.

결국 진법은 해결했지만 그것이 저 작은 쇳덩어리 때문이라고 생각하니 장관의 속에 쌓이는 울화도 보통 수준이 아니었다. 그는 분노를 이기지 못해 재진격을 명령했고, 그들은 역사상 그 어떤 보병들도 보여준 적 없는 엄청난 속도로 베른을 향해 진격했다.

모두 가슴속에 베르히 장관과 같은 분노를 안고.

"저곳이 베른인가?"

"예, 그렇습니다."

베르히 장관은 군의 선두에 서서 베른을 바라보고 있었다.

그의 눈에 베른은 가증스러울 정도로 밉상이었다. 그는 당장이라도 쳐들어가고 싶은 마음이었다. 그것은 다른 병사들도 마찬가지이리라.

'음… 하지만 아직 공격 명령이 내려지지 않았다.'

베르히 장관은 공과 사는 확실하게 구별할 줄 알았다. 그는 당장이라도 공격이 가능하도록 공격선 구축의 명령을 내리고 소수의 정찰병들을 베른으로 보냈다.

적이 어떤 준비를 하고 있는지 알아볼 필요는 있었다.

하지만 다음날 아침에 정찰병들이 가지고 온 정보는 최악이었다.

"그 말이 정말이냐?"

"예, 텅텅 비어 있습니다. 쥐새끼 한 마리 보이지 않았습니다."

베르히 장관은 스캇이 떠날 때 했던 말이 떠올랐다.

텅 빈 도시라 했던가.

"혹시… 진법 같은 것은 아닐까?"

"하지만 도시를 공격하라는 명령은 아직 내려지지 않았습니다."

진법의 해결 방법은 오직 까고 부수는 것, 보좌관은 그 부분을 냉정하게 지적했다. 베르히 장관은 더 이상 고민하지 않기로 했다.

"교대로 정찰 병력을 투입한다. 적이 숨을 만한 곳이나 남기고 간 흔적은 없는지 철저하게 조사하도록. 우리는 명령받은 대로 이곳에 공격선을 구축한다."

"예!"

뭔가 떨떠름한 기분이 가시지 않은 베르히 장관은 자신의 빛나는 머리를 긁적였다.

'그래… 더 고민해 봤자 머리만 빠지지.'

명령이 떨어지면 티끌 하나 남기지 않고 모조리 부숴 버리겠다.

침착함과 냉정함의 대명사였던 베르히 장관은 마치 젊은이 같은 혈기를 마음속으로 억누르며 거듭 복수를 다짐했다.

Chapter 37

전 야 제

Chapter 37

"대장! 괴상한 비행 물체들이 나타났어요!"

"아, 시끄럽게… 그럼 니들이 떨어뜨려. 공성병기도 있고, 사수도 있잖냐."

대장이라 불린 사내는 만사가 귀찮다는 듯 부하의 말을 무시하곤 다시 자신의 자리에 몸을 뉘였다. 그의 숙소는 최전방의 초소, 잠자리로는 가장 부적격한 곳이었다.

이 빌어먹을 동네는 도무지 아군과 적군이 구별이 안 간다. 부하들은 하루에도 수십 번씩 보고를 해대지만, 결국 알고 보면 적이 아닌 같은 도시의 식구들이었다.

"하지만… 대장……"

전야제 239

"아, 왜 이렇게 훌쩍거려! 짜증나네, 앙?!"

대장은 지분거리는 부하를 이겨내지 못하고 결국 자리에서 몸을 일으켰다. 전에는 흑룡이 나타났다고 도시 전체가 떠들썩했는데, 알고 보니 상관이란다. 그것도 가장 높은 축에 속하는.

그는 베른의 용병대를 이끌고 이곳의 자치대를 만든 남자였다. 비록 술과 살인을 멀리해야 한다는 별로 달갑지 않은 조항이 있었지만 노후 생활을 보내기엔 제격인 곳이었다.

그는 롱 소드를 대충 허리에 둘러매곤 초소 밖으로 나섰다. 초소는 해상 방파제 겸 성벽 역할을 하고 있는 천연의 자연 절벽 위에 위치해 있었다.

"하운드 대장! 저기예요!"

부하들이 가리킨 하늘에선 분명 괴상한 비행 물체가 다가오고 있었다. 그는 눈을 가늘게 뜨고 한참을 바라보다가 다시 몸을 돌렸다.

"내가 어쩔 수 있는 수준도 아니겠는데? 벨, 그 꼬맹이나 불러."

"벨님은 며칠 전부터 자리를 비우고 계신데요."

"크아악! 그럼 좀 강한 애들 있잖아. 그 하프오크들을 부른다든가, 나무 할아버지한테 잡아달라고 해! 나보고 어쩌라고, 쌍!"

그의 부하는 잔뜩 일그러진 미소를 지으며 힘들게 대답

했다.

"하지만 우린… 자치대잖아요. 우리가 해야 할 일이 적군을 막아내는 일 아닙니까."

"그럼 니가 막아. 난 귀찮아, 자러 갈래."

대장이 다시 몸을 돌려 막사로 들어가려 하자 주위에 있던 몇 명의 부하가 매달리며 그를 만류했다.

"아우, 대장!"

"제발 명령이라도 내려주세요!"

"아, 진짜 귀찮은 것들! 알아서 좀 하라니까……."

대장은 부하들의 애절한 눈빛을 차마 피할 수 없었다. 그는 체념한 표정으로 고개를 끄덕였다.

"좋아! 발리스타 준비해! 일단 한 마리 잡아보자!"

"요오오오오히!"

"좋아! 공격이다!"

안 그래도 좀이 쑤시던 부하들은 그의 명령이 떨어지자 소리를 질러대며 절벽 위를 뛰어다니기 시작했다.

얼마 지나지 않아 정규군과는 비교도 안 될 정도의 속도로 빠르게 발리스타 준비를 마친 그들은 시위까지 매기기 시작했다.

"그래, 목표는… 저 한가운데 있는 시커먼 새끼!"

"예, 준비 끝났습니다!"

"뭘 기다려? 준비 끝났으면 알아서 쏴."

대장은 목에 잔뜩 힘을 주고 말하는 부하를 향해 면박을 줬다. 아무래도 떨떠름한 기분이 들긴 했지만, 애초에 그런 것을 오래 고민할 만한 부류의 인간들은 아니었다.

"발사!"

"맞춰라! 맞춰!"

투웅!

질긴 쇠가죽이 화살을 밀어내자 성인 남자의 키에 맞먹을 만한 기다란 발리스타용 화살이 비행 물체를 향해 쏘아져 나갔다!

조준을 한 병사도 의아해할 정도로 정확하게 목표물을 향해 날아간 화살은 제대로 명중한 듯 소리도 없이 비행 물체에 꽂혀 있었다.

"명중이다! 와우!"

"그런데 왜 반응이 없지?"

완벽한 명중이었지만 그에 비해 시큰둥한 반응이었다. 잠시 비행 물체를 지켜보고 있던 병사들 중 한 명이 무엇인가를 발견한 듯 큰 목소리로 외쳤다.

"사람이다! 한 사람이 그 화살을 들고 있어!"

"어어엇, 뛰어내린다! 이쪽으로 뛰어내려!"

명중된 비행 물체에 타고 있던 흑색 복장의 남자는 화살을 들고는 그대로 초소를 향해 뛰어내렸다. 높이도 높이지만 수백 미터는 떨어져 있는 곳이었기에 뛰어내린다고 표현할 만한 행동은 아니었다.

"저 새끼… 날아오는데?"

"이쪽으로… 이쪽으로 옵니다!"

"모두 방어 태세에 들어간다! 아무나 한 명, 오크 초소에 가서 고수 좀 불러와! 초절정고수!"

대장이 롱 소드를 뽑아 들며 명령을 내리자 부하들은 서로 가겠다고 아우성치기 시작했다.

"네! 제가 가겠습니다!"

"아냐, 내가 갈 거야!"

그들 중에는 이미 계단을 뛰어 내려가는 이도 있었다. 대장은 그들을 보며 얼굴을 잔뜩 찌푸렸다.

"이 모지리들……!"

쿠우우우웅!

마치 탄환이 날아오듯 뛰어든 상대는 굉음과 함께 먼지를 일으키며 그들의 바로 앞에 착지했고, 대장은 유일하게 당황하지 않은 채 상대에게 외쳤다.

"어떤 자식인지 몰라도 오늘 정육점에 네 허벅지를 팔아주마. 단단히 후회하게 해주지!"

"엇? 대장, 오랜만이다!"

그들을 향해 뛰어내린 것은 스캇이었다. 화살을 받아낸 그는 왕도 알아보지 못하는 병사들이 괘씸해 잔뜩 놀려줄 생각이었지만 대장이 이곳에 있으리라곤 조금도 생각지 못했다.

잔뜩 녹슨 의수와 애꾸눈은 여전했지만 뭔가 분위기가 달라졌다. 그는 용병 시장에서 봤던 그 모습과는 달리 생기가 넘쳐 있었다.

스캇은 정말 반가운 표정으로 그를 향해 달려갔다.

"애송이? 네가 어쩐 일이냐? 그 시건방진 태도는 여전한데?"

대장 역시 스캇이 반가웠는지 입은 험하게 놀리면서도 입을 크게 벌리며 소리없이 웃었다. 그는 의수로 스캇의 어깨를 툭, 쳤다.

"너도 자치대에 관심이 있냐? 퇴물밖에 없지만 신나고 즐거운 곳이지. 환영한다."

절벽의 뒤로 레마라카의 리치들이 타고 있는 팔패금진들이 하나씩 도착했지만 대장의 안중에는 들어오지 않았다. 다른 병사들은 그들의 기괴한 모습에 지레 겁을 먹은 채 움찔거리고 있었다.

스캇 역시 대장의 말에 맞장구를 치며 그에게만 집중하고 있었다. 무엇보다 이 도시에 인간의 자치대가 있고, 그것이 베른의 용병들을 중심으로 이루어져 있다는 것은 스캇에겐 더없이 반가운 소식이었다.

"선생님!"

"…노노미야?"

절벽 밑에서 뛰어 올라온 것은 다름 아닌 노노미야였다. 그녀는 상당히 많은 수의 병사들이 자신의 초소로 찾아온 것을 보고 다급한 상황이라 판단한 뒤, 몇 명의 정예 오크 전사들과 함께 신속하게 올라온 것이었다.

하지만 그녀의 눈에 들어온 것은 적이 아니었다. 무엇보다 자신이 가장 그리워하던 사람이 아닌가.

노노미야는 스캇을 보자마자 그를 향해 뛰어들었다.

"선생님!"

'목체(木體), 유영(柳影).'

퍽!

스캇은 달려오던 노노미야를 순간적인 반사 신경으로 옆으로 쳐내었다. 아무런 사심 없이 그에게 안기려 했던 노노미야는 당황한 표정으로 바닥에 쓰러졌다.

"선생님?"

"어? 어, 미안, 미안하다."

뭔가 자신이 실수한 것을 깨달은 스캇은 황급하게 노노미야를 일으키며 그녀의 몸을 털어주었다. 노노미야는 당황한 표정으로 스캇을 바라봤다.

"왜… 그러세요?"

"벨도 너와 똑같은 행동을 했었거든. 그 녀석은 안기는 척하면서 내 얼굴을 걷어차려고 했다."

하지만 상처 입은 여자의 마음을 돌리는 것이 어디 쉽던가. 노노미야는 눈물을 글썽이며 스캇의 손길을 피하려 했다.

스캇이 어쩌지도 못하고 당황하고 있는 사이, 뒤늦게 올라온 하프오크 전사들이 스캇을 발견했다. 그들은 스캇을 보자마자 두 무릎을 땅에 꿇으며 큰 소리로 외쳤다.

쿵!

"왕을 뵙습니다!"

이 상황에서 당황한 것은 정확히 '인간' 들이었다. 스캇과 대장, 그리고 용병들은 잠시 찾아온 정적 속에서 상황을 파악하려 했다.

가장 빨리 상황을 파악한 것은 스캇 본인이었다.

"이럴 필요 없다. 어서들 일어나시게."

그는 무게 아닌 무게를 잡으며 분위기를 완화시켰다. 그제야 뭔가 잘못되었다는 것을 느낀 대장은 방금 전 자신의 행동들을 되돌아봤다.

'저 애송이가 왕이라고?'

그제야 뒤에서 대기하고 있던 묘징과 리치들도 한마디씩 던져 댔다.

"인사가 길군. 우리도 쉬고 싶다고."

"아, 도시로 가자. 노노미야, 혹시 내 집도 있나?"

"네, 말하셨던 대로 작고 평범한 집으로 준비했어요. 강가에요."

그는 환한 미소를 지으며 기뻐했다.

"강이라? 보아하니 도시도 대부분 완성된 것 같고… 정말 대단한데!"

"'벨' 강이지요. 벨이 직접 만들었고, 이름도 붙였어요."

"좋아. 일단 가자!"

스캇은 노노미야의 손을 잡곤 그녀와 함께 자신이 타고 온 팔괘금진 위로 가볍게 뛰어올랐다.

그는 자신을 멀뚱하게 쳐다보고 있는 대장을 향해 외쳤다.

"대장, 나중에 보자! 오늘은 좀 바쁘다. 먼저 갈게!"

"어, 그래… 잘 가라."

스캇과 리치들은 아직도 정황을 제대로 파악하지 못한 병사들을 절벽 위에 남겨둔 채 도시 안으로 날아가기 시작했다.

스캇과 리치들은 입을 다물 수 없었다. 이 도시에 들어서는 것은 모두 처음이리라. 무엇보다 이 계획의 중심에 있던 스캇은 놀라지 않을 수 없었다.

자신이 세상을 돌아다니며 만났던 인연들이 이제는 한마음, 한뜻, 한 나라가 되어 함께 생활하고 있었다. 이미 수없이 많은 보고를 받아왔지만 이렇게 직접 보게 되는 것은 처음이었다.

아직은 대부분이 공사 현장과 빈 건물들뿐이었지만 도시 곳곳에는 생명력이 넘치고 있었고, 열정이 가득했다. 오크와 인간이 함께 힘을 합쳐 기둥을 세우고 있고, 엔트라헬들이 노래를 부르며 나무를 심고 있으며, 유적 깊은 곳에서나 볼 수 있던 마물들이 따사로운 햇살 안에서 노동의 즐거움을 만끽

하고 있다.

스캇은 북받쳐 오르는 감동과 전율로 자신도 모르게 탄성을 지르며 도시 곳곳을 보기에 여념이 없었다.

"대단해! 바로 이거다! 이게 내 나라다! 이게 내 꿈이야!"

뒤에서 그 모습을 바라보고 있는 노노미야의 표정도 무척이나 뿌듯해 보였다. 스캇에게 꿈을 걸었던 수만 오크의 열정이 고스란히 녹아 있기에 도시를 바라보는 그녀의 마음도 자부심으로 넘치고 있었다.

언젠가 그에게 보여주고 싶었다. 스캇의 그 연설에, 그 마음에 감동한 자신들이 언제쯤 그에게 보답할 수 있을지, 언제쯤 그에게 마음을 전할 수 있을지 기다려 왔다.

노노미야는 지금 만족하고 있었다.

"저건… 저건 지하철 맞지?"

"네, 선생님. 지하에도 유적을 개조한 도시가 있어요. 수용 인원은 지금 지상에서 개발이 완료된 지역과 비슷할 정도로 거대해요. 빛을 보지 못하는 친구들은 밑에서 생활하고 있죠. 밑에도 할 일이 산더미 같은걸요."

"아아! 다 보고 싶군! 하나하나, 차근차근 전부 다 보고 싶다."

스캇은 자신이 말했던 대로 천천히 둘러보고 싶은 마음뿐이었지만, 그럴 시간이 없다는 것은 스스로가 가장 잘 알고 있었다.

결국 숙소로 곧장 간 스캇은 레마라카의 리치들에게 쉴 곳을 제공한 뒤 바로 노노미야에게 명령을 내렸다.

"내일 밤 전야제를 열 계획이다. 빈 건물을 최대한 활용해서 숙소를 준비해 두거라. 레마라카의 수수족들과 북해의 친구들을 수용하려면 보통 문제가 아닐 거야. 베른의 동지들도 모두 오기로 되어 있지."

"네? 뭐가 그렇게 많이……."

"벨이 자리를 비우면서 다 말해주지 않았나 보군."

노노미야는 고개를 끄덕였다.

스캇은 그 자리에서 모든 것을 설명하는 대신 그녀에게 다른 명령을 내렸다.

"좋아, 오늘 저녁에 모두를 소집시켜. 각 종족별 수장은 물론이고, 핵심 인물들까지 전부 다. 인사도 할 겸, 설명도 할 겸."

"알았어요. 이곳으로 모이게 하면 되죠?"

"그렇지. 그럼 난 그때까지 좀 쉬겠다."

스캇과 레마라카의 리치들은 20만의 제국군을 막아낸 뒤 곧장 날아온 것이다. 아무도 그 사실을 모르고 있었지만, 그들에게 쌓인 피로는 보통 수준이 아니었다.

스캇은 그렇게 노노미야를 보낸 후 자신 역시 휴식을 취하기 시작했다. 아니, 그냥 편한 자세로 앉아 있을 뿐이었다. 그의 머릿속은 내일 있을 전야제로, 그리고 쳐들어오고 있는 제국군에 대한 생각으로 가득 차 있었다.

　그날 저녁, 스캇이 거하고 있는 집 앞의 공터에는 임시 회의장이 열렸다. 사안이 사안이고, 또 제국의 움직임이 확실해진 만큼 모두들 나름대로 긴장하고 있는 기색이 역력했다.

　모일 수 있는 모든 이들이 모인 뒤 나타난 스캇은 오랜만의 해후를 나눌 여유도 없이 바로 본론에 들어갔다.

　"모두들 반갑네. 대부분 구면이지만 꽤 오랜만이군. 그리고 처음 보는 사람들도 꽤 있고 말이지… 하지만 시국이 이러니 자잘한 인사는 생략하지. 난 이 나라의 왕, 스캇이다."

　그는 일말의 겸손함이나 주저함도 없이 자신을 왕이라 소개했다. 그러나 그 자리에 있던 이들 중 누구도 그것을 부정하거나 이상하게 생각하는 이는 없었다.

　"오는 길에 다리아렌의 오스왈드 평야를 통해 베른으로 진격하던 제국의 군세를 만났다. 20만 명이었고, 27척의 초대형 지상 철갑선과 수백 척의 중소형 지상 철갑선으로 무장하고 있었다. 일단 레마라카의 친구들과 내가 그들의 발을 묶어놨지. 우리가 원하는 대로 일이 원만하게 해결된다면 그들과 충돌하게 되는 일은 없을 걸세."

　모두들 제국이 출진했다는 이야기는 조금씩 들어왔었다. 그러나 그가 20만의 병력을 막고 왔다는 이야기는 금시초문이었다.

그 자리에는 레마라카의 리치들도 자리 잡고 있었다. 존경과 두려움이 섞인 눈초리가 그들을 향해 쏟아졌지만, 리치들은 스캇과 마찬가지로 덤덤한 표정을 유지했다.

스캇은 자리에 있는 모든 이들이 충분히 납득했다고 생각했을 즈음 다음 이야기를 꺼냈다.

"하지만 본 병력은 그들이 아니다. 제국의 나머지 모든 병력들이 함선을 타고 북해를 통해 진군하고 있다. 10용사들과 황제를 포함한 전력이다. 그들은 내일 자정쯤 오스왈드 만에 진입해 그 다음날 오전 중으로 우리 도시의 앞에 도착하게 된다. 아마도 그 뒤는… 전쟁이겠지. 그들의 생각대로라면."

그는 마지막에 한마디를 덧붙이는 것을 잊지 않았지만, 그 자리에 있던 모든 이들은 이미 제국과의 전쟁을 치르게 될 것이라 예감하고 있었다.

10용사라는 이름은 그것만으로도 수십만의 병력보다 더한 공포를 주는 이들이다. 하지만 이 자리에 있는 이들 중 몇몇은 10용사와도 호각을 겨룰 수 있는 이들이었고, 은연중에 자신감을 드러내는 이들도 있었다.

"저… 죄송합니다. 왕, 왕이시여… 제가 알기로는 해왕 세라프와 북해의 해적들도 저희의 군세에 가담한 것으로 알고 있습니다만, 그들이라면 제국의 함선들을 상대할 수 있지 않겠습니까?"

"자네는 폴든의 수하인가?"

"아, 네! 그렇습니다!"

머뭇거리면서 자신의 의견을 밝힌 청년은 전형적인 학자 타입의 젊은이였다. 스캇은 고개를 저으며 말했다.

"자네가 알고 있는 나란 사람이 그 정도라는 거겠지. 애석하게도 나는 그럴 수 없다."

대부분 고개를 끄덕이며 수긍했다. 그들이 알고 있는 스캇이란 사람은 그럴 사람이 아니었다. 아니, 그런 행동을 할 수 없는 사람이었다.

모두들 그의 그런 행동과 뜻에 매료되어 찾아온 것이 아닌가.

한참 침묵을 지키고 있던 인간 형태의 메라리투 라헬이 말을 꺼냈다. 그의 목소리는 크지 않았지만 그것에서 느껴지는 존재감은 그 자리에 있는 모두를 압도했다.

"그렇다면 어떻게 그들을 막아낼 생각인가? 아무런 피해도 없이."

오늘 이 회의장을 찾은 모두의 가장 큰 관심사였다. 그들을 어떻게 막아낼 것인가.

항상 기적을 보여줬던 그들의 왕이 어떤 식으로 제국의 대군을 막아낼 것인가.

모두의 관심은 그곳에 쏠려 있었다.

스캇은 수많은 눈동자들이 자신을 향하자 한숨에 가까운 웃음을 터뜨렸다.

"푸후… 하하하, 미안하지만 당장은 확실한 방법이 있다고 말할 수 없네. 다만 여태껏 해왔던 것처럼 어이없는 생각을 하고, 무모하게 도전하는 거지."

그의 덤덤한 말투를 절망이나 포기로 오인하는 자는 없었다. 하지만 그 어투는 그들에게 딱히 그 이상의 신뢰를 줄 수 있는 것도 아니었다.

"내일 밤 전야제를 하겠다. 오스왈드 만에 들어오기 시작한 제국군들이 모두 듣고, 볼 수 있을 정도로 화려한 전야제를. 그리고 그 다음날 그들이 도착하면 성대하게 축제를 벌일 예정이다. 지금 이 자리에 없는 동지들이 그 준비를 위해 나가 있지. 베른도 지금 그 준비로 한창 바쁠 것이다."

아직 그의 말을 제대로 이해한 이들이 없었다. 전쟁을 하러 오는 제국군을 앞에 두고 성대한 축제를 벌일 계획이라니?

이미 그의 목소리가 좌중을 휘어잡고 있었다. 그는 거침없이 이야기를 계속했다.

"내일 밤, 모든 백성들을 도시에 모이게 하라. 전야제엔 한 명도 빠짐없이 모두 참석해야 한다. 나가 있는 동료들도, 아직 오지 못한 백성들도 내일 중으로 도착하게 된다. 완성된 모든 건물들은 축제와 그들을 위해 임시로 개방한다."

오크 도시의 오크들도, 베른의 인간들도, 북유적에 남아 있는 마물들도, 그 모든 이들이 모여야 한다고 말하고 있었다.

한마디 토를 달 것도 없었다. 왕의 명령이 아니던가.

"성공해야 한다. 그 방법밖에 없다. 실패는 생각하지 않는다. 꿈에 있어서는 그 어떤 고집도 꺾지 않는 것. 그것이야말로 성공할 수 있는 유일한 방법이다. 세상이 우리를 비웃어도 우리는 우리의 방법으로 간다. 이제부터 내가 각각 할 일을 지시하겠다. 이것이 성공하면 우리는 그 누구도 넘보지 못할 새로운 국가로서 우뚝 서게 될 것이다."

그 스스로도 확신은 없었다.

그 누구도 희생하지 않는 것, 그 누구도 싸우지 않는 것.

세상이 얼마나 그를 비웃었던가. 그 얼마나 어리석은 일이라 비난했던가.

하지만 스캇은 여태껏 그 꿈을 가지고 이곳까지 달려왔다. 그 꿈을 놓치지 않은 채, 포기하지 않은 채 이곳까지 달려왔다.

수백 번을 넘어질지언정, 기필코 다시 일어서고야 마는 의지로 지금까지 그 꿈을 지켜왔다.

이제, 이제 마지막 산이 그를 향해 다가오고 있었다. 마지막 시련이, 세상이 그를 시험하고 있었다.

자신이 결정한 목표와 그 꿈에 대해선 그 어떤 것과도 타협하지 않는다. 스캇의 마음속은 분명한 확신으로 가득 차 있었다.

그의 뜨거운 목소리가 그 자리에 있는 사람들의 마음을 울렸다. 그 누구도 실현 가능성에 대해 생각하는 이가 없었다.

그 누구도 반박하거나 이의를 제기하는 사람이 없었다.

오직 꿈을 향한 열정과 성공에 대한 확신이 그들의 마음과 머리를 지배하고 있었다.

마치 그들의 왕처럼.

다음날.

아침부터 도시는 분주하게 움직이기 시작했다. 배들과 지하철을 통해, 육로를 통해 수많은 이들이 도시로 들어오기 시작했고, 도시 곳곳에 펼쳐져 있던 공사 현장은 그 축조와 토대만을 남긴 채 모두 철수되었다.

오크 도시에서는 어린아이와 노인을 포함한 모든 백성들이 집을 버려두고 단체로 이동하기 시작했고, 베른에서도 수많은 물자와 사람을 태운 함선들이 나후리의 도시를 향해 움직이고 있었다.

마물, 사람 가릴 것 없이 도시로 모여들고 있었다. 제국이 진격하고 있는 바로 그곳으로.

오후가 되자 북해의 함선들이 도착하기 시작했다. 그 위용은 제국의 함선과도 맞먹을 정도로 거대했으며, 함선의 숫자로 봐도 전혀 부족하지 않았다.

특히 해왕 셰라프가 직접 타고 있는 트리아곤(Tri—agon)은 수상성(水上城) 게르햐와 맞먹는 크기를 가지고 있었다. 그야말로 떠다니는 수상 요새였다.

그들은 도시 앞으로 만들어진 인공의 만을 완전히 장악했으며, 그것으로도 모자라 들어오지 못하고 수상에 정박해야 하는 함선들이 태반이었다.

해적들과 함께 도착한 것은 대륙 남단의 소수민족들이었다. 수수족(獸手族)들은 하나같이 괴물에 가까운 동물들을 데리고 도착했으며, 그것 때문에 도시 안에서 큰 혼란이 빚어질 뻔했지만 자치대의 적절한 대처로 무사히 해결될 수 있었다.

오후가 되자 베른에서 물자와 사람들이 계속 도착하기 시작했다. 소문만을 듣고 찾아온 인간들은 수많은 마물이 활보하고 있는 도시를 보며 공포에 떨었지만, 미리 준비된 인력들이 그들에게 짧고 간결하게 설명을 함으로써 불필요한 문제를 미연에 방지했다.

엔트라헬들은 일찌감치 광장의 한가운데 집결해 있었다. 그들은 자신들의 능력을 이용해 광장 정중앙에 도시 어느 곳에서도 볼 수 있을 만한 거대한 단상을 설치했고, 그 밑으로 또다른 의식을 준비했다. 전야제의 핵심은 바로 그들이었다.

스캇이 생각한 것 이상으로 사람들의 숫자가 많아지자, 그는 지하 도시까지 개방해야 했다. 지하 도시는 고대 문명이 남긴 온전한 건물이 많았기에 숙소로 사용하기에는 더없이 좋았다.

자치대는 그의 명령에 따라 아직 적응을 하지 못한 인간들을 따로 관리했으며, 특히 난동을 부릴 수 있는 해적들이나 지능이 낮은 마물들에 대한 대비를 철저하게 했다.

벨과 그녀의 일행들도 도착했고, 폴튼과 네파드도 도시에 도착했다. 하지만 그들과 스캇이 인사를 나눌 틈은 없었다. 모두가 각자의 일 때문에 정신이 없었으니까.

해가 저물어가자 그 모든 이들이 광장을 메우기 시작했다. 애초에 이런 것을 감안하고 오크 도시의 것보다 수배는 크게 만들어둔 광장이었지만, 역시 무리가 있었는지 광장 밖으로 인파가 밀리기 시작했다.

숙소를 배정받지 못한 이들은 도시 곳곳에 몸을 풀었다. 해가 지는 데도 사람들의 행렬은 끊이지 않고 있었다. 계속, 계속해서 도시로 밀려 들어왔다.

그들은, 백성들은, 하나같이 환한 표정을 짓고 있었다. 그들은 모두 스캇이라는 왕과 그 왕의 행로를 듣고 찾아온 이들이었다. 개중에는 그를 직접 경험한 이들도 있었으며, 오직 그 소문만을 듣고 찾아온 이들도 있었다.

중요한 것은 스캇을 신뢰하기 때문에, 왕을 믿기 때문에 이곳에 왔다는 것이다.

스캇은 광장의 한가운데 설치된 단상 위에 올라 도시를 가득 메운 자신의 백성들을 둘러봤다.

사람들과 마물들이 섞여 있었지만 그 어느 곳에서도 서로를 해치거나 공격하는 이가 없었다. 스캇은 분명 불순한 의도

로 찾아온 이들도 있을 것이라고 생각했지만, 모두가 만들어
내는 그 거대한 흐름과 뜻이 모두를 하나로 만들고 있었다.

평화는 그렇게 이곳에서 실현되고 있었다.

스캇은 때가 임박한 것을 느끼곤 단상의 밑에서 진을 치고
있는 엔트라헬들을 향해 신호를 보냈다.

'시작하자.'

엔트라헬들은 하나같이 몸을 일으키며 준비를 하기 시작
했다. 그들은 당장이라도 시작할 수 있다는 모습이었다.

스캇은 주위를 둘러봤다. 수십만의 생명체가 떠드는 소음
덕분에 광장은 정신이 없을 지경이었다. 하늘에선 환한 별빛
이 내리쬐고 있어 조금도 어둡지 않았다.

그가 그토록 사모했던 나후리 광야의 밤이었다.

스캇은 기운을 잔뜩 담아 전에 없던 장대한 외침으로 백성
들에게 말했다.

"들으라!"

그 떨림! 그 위용!

그 순간 모든 이들의 목소리가 단번에 그쳤다. 도시를 둘러
싸고 있는 절벽이 흔들리며 먼지를 토해냈고, 자연마저도 그
앞에 고개를 숙인 듯했다.

순간의 정적이 긴장감을 고조시켰다. 수십만의 백성들이
지금 왕을 바라보고 있었다.

"내 백성들아!"

내 백성들아!

그 짧은 문장에는 수없이 많은 마음이 담겨 있었다. 수없이 많은 뜻이 함축되어 있었다.

그곳에 있는 모든 이들이 그 한마디만으로도 전율을 느끼고, 감동했다. 소리를 지르는 이들도 있었다.

스캇 역시 그들의 모습을 보면서 격정을 감출 수 없었다. 그의 가슴을 타고 흐르는 뜨거운 피가 요동치다 못해 피부 밖으로 터져 나올 것만 같았다.

스캇의 눈가에서 뜨거운 눈물이 흘러내렸다. 그의 사랑이, 그의 열정이, 그의 희망이 대지를 향해 내뿜어졌다!

"잘 왔다! 정말 잘 왔다! 내 사랑하는 백성들아, 정말 잘 왔다!"

"와아아아아아아아아!"

그의 외침이 끝나자 일제히 모든 이들의 함성 소리가 도시 전체를 뒤흔들기 시작했다!

귀가 멍멍해질 정도로 웅장한 울림이었지만 그 누구도 고통스러워하거나 귀를 막는 이가 없었다. 모두 한목소리로 소리를 질러댔다.

그것이 백성들이 왕에게 보여줄 수 있는 유일한 화답이었으니까.

스캇은 그들의 목소리가 가라앉길 기다렸다. 한참이 지나서야 분위기가 정리되자 그는 다시 한 번 외쳤다.

"내일은 우리나라의 건국일이다! 우리의 목표는 대륙 역사 상 가장 크고 성대한 축제를 여는 것이다! 모두 준비되었는 가!"

"와아아아아아아아아아!"

또다시 백성들의 함성이 지축을 흔들기 시작했다!

스캇이 한 손을 들자 단상 밑에서 대기하고 있던 네 명의 신형이 단상 위로 뛰어 올랐다. 그들은 바라쿠 호휀을 필두로 하는 오크 도시의 네 족장들이었다.

그들은 모두 등에 자신의 몇 배는 될 법한 크기의 거대한 북을 이고 있었다. 단상 위로 오른 그들은 각각 자리를 잡고 북을 내려놓은 뒤 허리에 차고 있던 기다란 북채를 꺼내 들었다.

순식간에 모든 준비를 마친 그들이 스캇을 바라보자 그는 고개를 끄덕였다.

"핫!"

스캇이 기합과 함께 들었던 손을 내리자 족장들은 일제히 북을 울렸다!

두우웅!

모두의 심장을 흔드는 낮고 묵직한 소리가 도시 안을 울렸다!

그리고 그 소리에 맞춰서 도시의 곳곳에서 일제히 횃불이 피어올랐다.

화르르르륵!

수천, 아니, 수만은 될 법한 숫자였다. 그들은 바로 오크 도시의 전사들이었다. 그들은 모두 준비해 뒀던 신호에 맞춰 일제히 가지고 있던 횃불에 불을 붙인 것이다.

"핫!"

그새 손을 들어올렸던 스캇이 다시 한 번 기합과 함께 손을 내렸다. 그리고 족장들의 북소리가 이어졌다.

두우웅!

도시에 있는 모든 이들이 족장들의 북소리에 귀를, 아니, 심장을 기울이고 있었다. 그리고 그들의 두 번째 북소리에 맞춰 전사들이 다시 한 번 움직였다.

쿠우웅!

횃불을 들어올린 오크 전사들은 모두 각각 가지고 있던 북을 치며 족장들의 소리에 화답했다. 도시의 곳곳에서 동시에 울리는 수만 개의 북소리는 그것만으로도 듣는 이들에게 전율을 선사하고 있었다.

"계속, 계속 쳐라!"

두우웅! 쿠우웅! 두우웅! 쿠우웅!

왕의 명령이 내려지자 수만 개의 북들과 족장들의 북은 박자에 맞춰 서로 화답하기 시작했다.

그것을 듣고 있던 백성들은 하나같이 손을 들어올려 북소리에 맞춰 박수를 치거나 함성을 지르기 시작했다. 그 소리는 마치 천둥소리와 같이 그 크기를 측정할 수 없을 정도로 커져 대륙으로 퍼져 나갔다.

"하아아! 하아아!"

"오늘은 전야제다! 내일을 위한 전야제다!"

스캇의 외침에 화답하듯 백성들의 함성 소리가 더욱 거세졌다!

"하아아! 하아아!"

"외쳐라! 영원한 평화를! 외쳐라! 너희들의 조국을! 그 외침으로 대륙에 알려라!"

외쳐라! 외쳐라! 그의 목소리가 백성들의 영혼을 울리고 있었다!

"약자는 있되, 강자는 없는 세상을!"

약자는 있되, 강자는 없는 세상을!

"우리는 만들어낼 것이다! 우리의 힘으로!"

우리는 만들어낼 것이다! 우리의 힘으로!

"외쳐라! 대륙에게! 세상에게 외쳐라! 오늘부터 너를 바꾸겠노라고! 오늘부터 너를 이겨내겠다고!"

"와아아아아아아아아아아!"

군중의 외침은 사그라질 기세를 보이지 않았다. 북과 북이 서로 화답하듯, 왕과 백성들은 서로에게 외치고 있었다. 하겠다고, 해내겠다고!

그리곤 세상에 외친다.

너를 바꾸겠다! 너를 이겨내겠다!

"하아아아아아!"

스캇은 다른 말 대신 함성을 내질렀다.

그의 백성들과 같은 그 함성!

스스로 발톱과 이빨을 뜯어낸 사자의 그 포효!

두우웅! 쿠우웅! 두우웅! 쿠우웅!

북소리는 점점 더 빨라졌다. 더 이상 군중이 좇을 수 없을 정도로 북소리가 빨라지자 군중들의 함성도 하나가 되어갔다.

그 함성이 절정이 된 순간, 스캇은 두 손을 펼치며 현무의 힘을 개방시켰다!

그리고 스캇의 행동에 맞춰 밑에서 대기하고 있던 엔트라헬들도 반인반목의 형태로 일제히 변하기 시작했다.

이것이야말로 오늘 전야제의 목적이자, 백미였다. 엔트라헬들이 동시에 거대한 나무로 변하는 모습은 다른 이들에게 마치 거대한 숲이 태어나는 것처럼 보였으며, 그것은 그들에게 환상처럼 다가왔다.

엔트라헬들이 반인반목으로 변하는 이유는 그 형태가 자신들의 능력을 가장 크게 발휘할 수 있기 때문이다. 스캇은 전날 회의에서 메라리투 라헬을 통해 자신의 계획을 말했다.

"이 도시를 숲으로 바꾸겠다."

회의장에 있던 사람들은 모두 질겁했지만, 메라리투 라헬은 그의 본뜻을 알 수 있었다.

그것은 그들이 몇 년에 걸쳐 만들어낸 이 도시를 갈아엎겠다는 것이 아니라, 숲과 문명이 공존하는 도시를 만들겠다는 계획이었다.

하지만 그것이 한순간에 가능할까.

거기에 대한 해답은 료징이 대신 나서 설명했다. 바로 20만 대군을 속인 그 힘을.

'그라면 반드시 성공할 것이다.'

료징은 전야제가 열리는 지금, 도시의 한쪽 절벽에 위치해 있었다. 그리고 다른 리치들도 모두 일정한 간격으로 도시의 주위에 포진되어 있었다.

다른 이들의 위치를 모두 확인한 료징은 스캇에게 준비 완료의 메시지를 보냈다. 그와 스캇은 정신적인 교감을 나눌 수 있을 정도로 충분한 훈련을 거쳐 왔다.

'시작해라.'

스캇은 단숨에 현무의 힘을 사문(四門)까지 개방했다. 대지의 기운을 끌어내는 것이라면 이 정도로도 충분했다.

'부탁한다, 현무.'

'믿어라.'

"의지(意志), 소생(蘇生)!"

그의 목소리가 도시를 울리고, 황금빛의 기운이 스캇의 몸을 감쌌다!

파도처럼, 꿈틀거리는 용처럼 그의 몸을 꿰뚫고 하늘로 치솟기 시작한 기운!

스캇은 그 어느 때보다도 과감하게 대지의 흐름을 끌어당기고 있었다.

"하아아아앗!"

소생(蘇生)의 범위는 도시 전체!

스캇은 치솟던 기운을 갈무리해 그것을 다시 밑으로 쏟아내기 시작했다. 그의 상체를 뒤덮은 묵빛의 갑주는 검푸른 기운을 흘리며 대지의 기운을 통제했다.

금빛의 물결은 마치 파도가 흘러내리듯 단상 밑으로 쏟아져 내렸다!

"와아아아아!"

그것을 보고 있는 백성들은 무슨 일인지 영문도 모른 채 그 아름다움에 탄성을 질렀다.

그것은 비단 시각에만 국한된 것이 아니었다. 오크 도시의 백성들이 이미 일전에 경험했던 대지의 목소리는 웅장함과 자애로움을 내뿜고 있었다.

어머니, 어머니와 같은 그 목소리를 그 자리에 있던 모든 백성들이 영혼으로 느낄 수 있었다. 그 아름다움을 느낄 수 있었다.

엔트라헬들은 모두 스캇을 좇아 기운을 내뿜기 시작했다. 숲을 틔우는 일은 원래 그들의 특기다. 그들은 폭포수처럼 쏟아져 내리는 대지의 기운을 남김없이 받아내며 자신들의 능력을 펼쳤다.

고오오오!

엔트라헬들은 서로 공명했고, 그들의 발밑에서부터 자연의 움직임이 변하기 시작했다.

숲! 숲이 움트기 시작했다!

고급 융단과 같은 작은 풀들이 꿈틀거리며 마른 토양에서 일어나기 시작했다. 그 움직임은 점점 빨라져서 단상을 중심으로 사방으로 퍼져 나갔다.

"우리도 시작하자!"

레마라카의 리치들은 도시의 경계에서 각각 진법을 만들어내었다. 그들은 대지의 흐름을 도시 안에 가두고 엔트라헬들의 능력을 더욱더 증폭시켰다.

투두둑, 투두두둑.

도시의 곳곳에서 나무들이 솟아올랐다. 수십 년에 걸쳐서 자라나야 할 속도지만, 스캇과 엔트라헬들의 능력은 그 시간의 제약을 무시하고 있었다.

어느 곳에서는 꽃밭이 자리를 잡았고, 또 다른 곳에서는 열대수들이 자라나기 시작했다.

연못을 만들어내는 나무들이 일어나자 그 주위로 물이 고이기 시작했으며, 덩굴이 건물들을 휘감기 시작했다.

숲은 피어날 곳을 가리지 않고 계속 터져 나왔다. 고층 건물의 옥상도 잔디로 뒤덮였고, 어떤 마물의 머리에서 피어나는 꽃도 있었다.

"와아아아아아!"

그 자리에 있던 군중들은 모두 연신 환호성을 질러댔다!

그것은 스캇과 나눴던 함성과는 또 다른 것이었다. 자연과 생명에 대한 그 감동이 모두의 마음을 녹이고 있었다. 아직 긴장이 해소되지 않은 이들의 마음도 자연스럽게 그들 가운데서 하나가 되고 있었다.

어느새 들리지 않게 되어버린 북소리가 불규칙적으로 울리기 시작했다.

누군가 정해놓은 것이 아닌 각자가 원해서 치는 북소리였다.

백성들은 새롭게 태어난 숲 속에서 하나같이 뛰어오르고, 소리치며 환호성을 내질렀다. 그 환호성과 함께 도시 전체가 푸른색으로 탈바꿈하고 있었다.

한참 소생에 집중하던 스캇은 건물과 숲이 구분이 되지 않을 정도로 숲들이 자라고 나서야 대지의 기운을 줄여갔다. 그는 뇌가 흔들리는 것처럼 느껴질 정도로 고통스러운 두통을 참아내고는, 아무렇지도 않은 표정으로 환호하는 백성들에게 외쳤다.

"으하하핫! 내 백성들을 맨땅에서 재울 수 있겠는가!"

그의 농담성 짙은 외침에 백성들은 더 큰 목소리 환호했다.

그의 말대로 푹신푹신한 잔디가 깔리지 않은 곳이 없었다. 굳이 숙소로 돌아가서 자야 할 필요가 없을 듯했다.

백성들은 자신이 서 있던 자리에 하나둘씩 앉기 시작했다. 오늘의 전야제가 끝날 시간이라는 것을 그들도 눈치 챈 듯했다.

스캇은 나직하게, 그러나 모두가 들을 수 있는 울림을 담아 말했다.

"오늘의 전야제는 여기서 끝이다. 오늘 푹 자둬야 내일 있을 축제에서 기운차게 놀 수 있지 않겠는가."

모든 백성들이 기대감에 가득 찬 눈빛으로 스캇을 바라봤다. 과연 어떤 축제가 기다리고 있을 것인가.

스캇의 목소리는 계속 이어졌다.

"다들 알고 있겠지만, 내일 아침 제국의 병사들이 이 도시에 도착한다. 그들은 우리를 공격하기 위해 온다. 나를 마왕이라 부르고, 여러분들을 마군이라 부르지."

편안한 자세로 그의 목소리를 경청하던 백성들 사이에서 수군거림이 일어나기 시작했다. 그것은 동요였다.

하지만 스캇은 그들의 마음을 진정시키며 계속 말했다.

"제국이 아니라 전 대륙이 쳐들어와도 우리의 축제는 멈추지 못한다. 그들은 내 백성을 단 한 명도 해치지 못할 것이다. 내가, 당신들의 왕이 그렇게 하겠다고 다짐한 이상… 그들은 그 누구도 해칠 수 없다. 내가 약속하마."

그 어떤 능력도 쓰고 있지 않았다. 의지나 강압을 펼치지도 않았다.

하지만 스캇의 목소리는 모두에게 신뢰를 주고 있었다. 그리고 백성들 역시 그 믿음을 스캇에게 보내고 있었다. 우리의 왕이 그렇게 말한다면 믿어야 한다.

"오늘 밤은 난생처음 만난 우리들이 하나가 되는 자리다. 오늘 밤은 지금껏 적으로 살아왔던 우리들이 서로를 격려하는 자리다. 내일의 진정한 승리를 위해, 평화의 축제를 위해 서로를 독려해라."

스캇은 자신의 가슴에 손을 가져다 대었다. 모든 백성들의 눈이 스캇을 향하고 있었다.

"우리가 각자 맡은 자리에서 해야 할 일들을 해낸다면, 내일 우리의 축제 소리로 제국이 무너진다. 그 모든 편견과 아집이 무너진다."

무너진다.

우리의 자유와 우리의 평화를 억압하던 그 모든 것들이 무너진다.

모두의 눈은 꿈을 향하고 있었다. 그 뜻을, 목표를, 미래를 향하고 있었다. 자신들을 억압하던 그 모든 것들이 무너지는 꿈을 향하고 있었다.

"잘 자라, 내 백성들아."

그의 마지막 목소리는 마치 노래처럼, 자장가처럼 흘러나왔다.

　스캇은 초목이 뒤덮인 단상 위에 그대로 몸을 뉘였다. 엔트라헬들은 인간의 모습으로 돌아가 노래를 부르기 시작했고, 그렇게 모든 백성들이 하나씩 잠이 들기 시작했다.

　세상에서 가장 아름다운 지붕 아래, 세상에서 가장 행복한 가족들이, 세상에서 가장 행복한 잠에 빠져 들어갔다.

Chapter 38

축 제

파치치치치칫!

제국의 거함들이 오스왈드 만을 가르고 있었다. 모든 병사들은 새벽 일찍부터 자리에서 일어나 전투 준비에 여념이 없었다.

보고에 따르면 도착하기까진 한 시간도 채 남지 않았다. 그 뒤엔 전쟁이다.

수만의 마물들, 무시무시한 흑룡, 사악한 마왕이 상대라는 것은 무척이나 두려운 일이었지만 자신들은 다름 아닌 제국의 용맹한 정예병이 아니던가.

대륙의 정의를 대표하는 그들이기에, 10용사들과 함께하고 있기에 두려울 것은 없었다. 아니, 두려워선 안 된다.

병사들은 자신의 임무를 되새기고 갑주를 정비하며, 스스로의 전의를 고취시키기에 여념이 없었다.

오직 내가 갈 길은 승리다. 승리뿐이다!

내 목숨이 다할지언정 정의만은 승리하리라! 제국은 반드시 승리하리라!

애꿎은 타국을 상대로 하는 것이 아니기에 그들의 적대감은 더욱더 확고했다. 상대는 마물이기에.

메르부는 기함의 지휘 통제실에서 전령의 보고를 받고 있었다.

"그 보고가 사실이냐?"

"예, 베른은 모두 비워져 있답니다. 2군은 모두 베른 안으로 인명 피해 없이 무사하게 진입했습니다."

20만의 군사와 수백 척의 지상형 거함을 무용지물로 만들어 버린 셈이다. 거함으로 나후리 광야에 오르는 것은 현 시점에선 불가능한 일이기에, 20만으로 나후리 광야를 돌파하게 한다 해도 상당한 시간이 지나서야 목적지에 도착할 것이다.

메르부는 계륵이나 다름없는 2군이 신경에 거슬렸지만, 당장은 그걸 신경 쓸 겨를이 없었다.

"목적지까지 남은 시간은?"

"이미 지평선이 보이기 시작했습니다. 이 속도라면 20분

정도면……."

"10용사를 모두 본선의 갑판으로 집결시켜라. 본 선이 선두를 유지하도록 하라."

호락호락하게 당할 상대가 아니었다. 메르부는 각 함선들에 직접 명령을 내려 함정과 마법을 파악하고, 속도를 줄여가며 정찰을 실시하도록 했다.

그는 10용사들이 모두 도착하자 갑판으로 나섰다.

"이제 결착이다. 달리 지시는 내리지 않겠다. 알아서 핵심 인물들을 찾아내 암살해라. 스캇은 내가 직접 맡겠다. 흑룡만큼은 올렛에게 맡기지."

그의 목소리는 덤덤했다. 아니, 힘이 없다고 해야 할까. 그토록 뜨거웠던 젊은 황제의 목소리가 어딘가 힘없게 들려왔다.

10용사들은 나름대로 번민하고 있는 젊은 황제를 바라보며 안쓰러움을 느꼈다. 그가 짊어지기엔 너무 무거운 짐인지도 몰랐다.

하지만 그의 눈빛은 여전히 꿈틀거리고 있었다. 그 독기가, 분노가 살아 있었다.

스캇과 그의 나라를 향한 증오심이 타오르고 있었다.

"지지 마라. 당신들이 제국의 마지막 운명일지도 모르니까."

메르부는 퀭한 두 눈으로 그들을 잠시 바라본 뒤 몸을 돌려

지휘 통제실로 돌아갔다.

그의 번민은 2군에 대한 보고를 받기 전부터 시작되어 있었다.

죽음을 앞두고 있는 다리엔의 병세와 스캇이 업고 있는 민심, 그의 동료들.

'내가 그 씹어 먹을 녀석들을 모두 진멸하고 나면 과연 무엇이 남을 것인가.'

승리? 제국의 통일? 황위엔 관심도 없던 메르부다.

스캇에게 복수하겠다는 일념 하나로 시작된 행보이건만, 복수가 끝나면 그 무엇이 남을 것인지 그 본인도 알 수 없었다. 다리엔의 꺼져 가는 생명은 이미 그를 지치게 만들고 있었다.

그녀조차 얻을 수 없다면 자신만 홀로 남게 되는가. 대륙 통일이 자신에게 도대체 무슨 의미가 있단 말인가.

정의의 최고봉에 우뚝 서 있지만, 정작 그 어떤 정의도 가질 수 없게 된 그였다. 스캇에 대한 질투가 분노로 바뀌어 버린 이후 그 모든 삶의 목표와 이유가 오직 그를 향한 복수로 정해졌다.

이제 결착이다. 둘 중의 하나는 끝나야 하는 상황이다. 그게 누구든 이 싸움의 결말은 마음에 드는 것이 없었다.

그래서일까. 그의 전의가 그토록 가라앉게 된 이유가.

'무엇이 최고의 결말인가. 무엇이 최고의 선택인가. 그 어

떤 곳에도 내 행복은 없다.'

스캇은 그 누구도 죽게 하지 않겠다고 했다. 적군인 제국군마저도.

정말 그것이 가능할까. 도대체 무슨 일들을 벌이고 있는 것일까.

궁금하다, 궁금해.

"함정은? 마법은? 병력은 얼마나 되지?"

"생명 감지는 셀 수 없을 정도로 많습니다. 도시에 군집해 있는 숫자는 저희 병력의 두 배 이상입니다!"

"모두가 병사는 아니겠지. 다른 특이 사항은?"

"수많은 배들이 연안을 뒤덮고 있습니다. 관찰 결과, 모두 북해 해적들의 것으로 판명되어졌습니다. 추측하건대, 전 세력이 모두 참여한 듯합니다!"

보고를 받은 메르부는 알 수 없는 표정을 지었다.

'아냐, 그는 자신의 신념을 굽힐 만한 사람이 아냐. 해적으로 우리를 공격할 리 없지. 그들 역시 백성일 뿐이다. 뭘까, 뭐가 있는 것일까?'

"거대한 성입니다! 거대한 성이 연안에 떠 있습니다!"

"성? 고대 기물인가."

"돌로 만들어진 외관으로 보아 새로 축조한 것 같습니다. 마법사들은 그 안에서 아무것도 발견하지 못했습니다."

메르부는 호기심을 참지 못하고 통제실 밖으로 나갔다. 그의 육안으로도 모든 것들이 들어오기 시작했다.

크고 작은 수많은 함선들, 바다 위에 세워진 거대한 성. 그리고 절벽으로 가로막혀 보이지 않는 도시.

하지만 그 어떤 움직임도 보이지 않았다. 함선들도 모두 비어 있는 것처럼 보였다. 사술이 아니라면 이 또한 작전이란 말인가.

메르부는 스캇을 잘 알고 있다. 그는 똑똑하진 않지만, 그런 자신을 잘 알기에 누구보다 오랜 준비를 하는 사람이었다. 처음 황운으로서 이 차원에 왔을 때만 해도 아무런 의지도 없던 폐물이었지만 지금은 다르다.

지금의 스캇은 분명 자신이 하고자 마음먹은 일은 반드시 해낼 수 있는, 그런 능력이 있는 남자였다.

'지나치게 고민하게 만드는군. 2군도 분명 이런 식으로 당했을 터.'

한참 생각을 거듭하던 메르부는 결국 한 가지 사실에 도달했다.

일단 부딪치면 사상자는 어느 쪽이건 생길 수밖에 없다. 부딪쳐 보자. 도대체 무슨 심계를 꾸미고 있는지는 몰라도 그렇게 숨어 있을 수만은 없으리라.

이미 각오도, 준비도 되어 있었다. 메르부는 통제실을 향해 외쳤다.

"해안의 입구까지 전진하라! 정면 돌파를 감행하겠다!"

황제의 명령은 순식간에 전 함선에게 전달되어졌다. 정찰을 하며 눈치를 살피고 있던 제국의 함선들은 일제히 속력을 높여 해안으로 향하기 시작했다.

"스캇… 언제까지 숨어 있을 셈이냐……."

한편, 악화된 건강 때문에 제대로 몸을 가누지도 못하던 다리엔은 창문을 통해 가까워진 해변을 발견하고는 선실 밖으로 나섰다.

그녀는 자신에게 남아 있는 시간이 얼마 되지 않는다는 사실을 알고 있었다.

그렇기에, 그렇기에 더욱 무리할 수밖에 없었다.

'한 번만, 한 번만 더 만나고 싶어. 단 한 번만이라도 더…….'

그녀는 숨을 몰아쉬며 난간에 온몸을 기댄 채 천 근이 달린 듯 움직이지 않은 다리를 질질 끌며 한 걸음씩 걸어나갔다.

갑판을 향해…….

해안이 가까워져 갈수록 제국군들의 긴장감은 더욱 고조되어 갔다. 그들은 모두 포문을 열고, 총을 꺼내 든 채 시위를 걸고 있었다. 언제, 어디서 나타날지 모르는 적들이다.

상대가 인간이 아닌 마물이라는 사실이 그들의 긴장감을 유지시켜 주고 있었다.

속력을 높이던 제국 선단은 정박한 함선들과 부딪칠 즈음이 돼서야 속도를 늦췄다. 가장 선두에 서 있는 메르부의 기함 역시 수상성을 코앞에 둘 정도가 되자 멈추기 시작했다.

함선을, 수상성을 무너뜨리지 않는다면 그들이 해안 안으로 진입하기엔 무리가 있을 것 같았다. 수상성 뒤로 병풍처럼 쳐져 있는 절벽들도 마찬가지였다.

제국의 입장에서는 도무지 해안 안에 무엇이 있는지 확인할 길이 없었다.

다만 생명 감지 마법으로 엄청난 숫자의 마물들과 인간들이 저 안에 있다는 것을 알 수 있을 뿐이었다.

메르부는 모든 함선들이 멈추자 뱃머리로 걸어가기 시작했다. 자신의 마법으로 직접 문제가 없는지 판단한 뒤 포격을 명할 생각이었다. 함선이건 성이건 간에 일단 무너뜨려야 안으로 진입할 수 있지 않겠는가.

"10용사들은 이쯤에서 먼저 진입해도 되지 않을까 싶군."

메르부는 갑판에 서 있는 10용사들을 향해 말을 던졌다. 이미 그들이 나섰어야 할 시점임에도 불구하고 그들은 갑판에 멍하니 서 있었다.

메르부는 뭔가 이상한 것을 느꼈다. 그들 중 누구도 그의 말에 대답하거나 움직이는 이가 없었다. 그는 의아한 표정을 지으며 그들을 향해 조심스럽게 다가갔다.

자신의 마법 방어막을 펼친 채.

'스캇, 도대체 무슨 술수냐?'

아무런 마법적인 접촉도 없었다. 그들의 몸에 무슨 이상이 있는 것도 아니었다. 그러나 10용사들은 모두 얼이 빠진 표정으로 수상성을 바라보고 있었다. 도대체 무슨 일이기에?

메르부가 고개를 들어 용사들의 시선을 좇자 성의 한 테라스에 세 명의 남녀가 앉아 있는 것을 발견할 수 있었다. 그제야 그의 힘없던 두 눈이 크게 떠졌다.

그중 한 명은 메르부도 너무나 잘 알고 있는 사람이었다.

"안녕, 메르부! 오랜만이야!"

여전히 그 목소리, 그 모습 그대로였다. 자신의 곁에 있던 그 시절 그대로.

"벨……."

"못 본 새에 많이 늙었네. 하긴 도대체 몇 년이나 지난 거야. 잘 지냈어?"

메르부는 고개를 흔들며 정신을 차렸다. 그래, 벨이 있다. 좌우에 있는 사람들은?

"당신들은 누군가?"

"안녕하세요, 황제 폐하. 전 네슈르라고 해요."

"난 브랜더스라고 한다."

전혀 이목을 끌지 못하는 평범한 옷차림의 평범한 얼굴들, 그러나 그 이름이 주는 위압감만큼은 보통이 아니었다. 메르부가 주위를 둘러보니 모든 10용사들의 표정에 절망 아닌 절망이 담겨 있었다.

"올렛, 올렛은 어디 갔지?"

이 상황에서 그녀 외엔 그 누구도 믿을 사람이 없었다. 벨도 이길 수 없는 유일한 존재! 그러나 그녀의 모습은 오간 데 없었다. 그제야 메르부도 10용사들이 얼이 빠진 이유를 알 수 있었다.

벨의 익살스러운 목소리가 그들을 더욱 공포로 몰아갔다.

"그럼 난 마라드라고 해야겠네?"

빙설(氷雪)의 네슈르, 암장(岩漿)의 브랜더스, 광포(狂暴)의 마라드.

지금 이 대륙에 존재하는 모든 용들이 한자리에 모여 있었다.

한 명도 죽게 하지 않는다고? 아니, 그 모두를 죽일 생각이겠지! 혼탁해져 있던 메르부의 두 눈이 또다시 분노로 물들기 시작했다.

공포보다 분노가 그의 머릿속을 지배하기 시작했다. 메르부는 단신으로 그들에게 외쳤다.

"너희를 앞에 세워두고 뒤에 숨어 있는 주제에 아무도 죽이지 않는다고? 비열한 작자! 자기 손에 피를 묻히지 않으면 정당하다고 생각하는 건가!"

"무슨 소린지 모르겠는걸. 우린 그저 우리가 누군지 소개만 했을 뿐이라고."

다행히도 다른 함선들은 아직 사태를 파악하지 못하고 있었다. 그들의 존재가 병사들에게 알려지면 그 파급 효과는 메르부로서도 감당할 수 없을 것이다.

그는 재빨리 판단했다. 저들이 스캇의 부하일 리 없다. 분명 벨의 잔꾀이리라.

"그렇다면 인간들의 일에 개입하지 마시오. 이건 우리의 전쟁이니까."

"죄송해요. 그렇다면 저희의 전쟁이기도 해요. 저희는 모두 이 나라의 왕을 섬기고 있으니까요."

네슈르의 공손한 어투 가운데 지독할 정도로 밀도 높은 존재감이 느껴졌다. 외모와 복장이 평범하다 해도 그 목소리에 담긴 존재감만큼은 숨길 수 없었다.

메르부는 더욱 절망에 빠질 수밖에 없었다. 정신을 차리지 못하고 있는 10용사를 추스르고 그 모든 공세를 집중한다면, 저들 셋 정도는 상대할 수 있을지도 모른다. 자신 역시 숨겨둔 마법이 있지 않던가.

하지만 그 뒤가 문제였다. 저들 셋의 뒤에는 셀 수도 없이 많은 마물들이 꿈틀거리고 있었다. 전력 차이부터 달라도 너무나 달랐다.

10용사와는 비교도 할 수 없는 그 존재감 때문에 10용사들과 메르부는 좌절감을 톡톡히 맛보고 있었다.

"우리는 너희를 막기 위해서 온 것이 아니다. 너희를 환영하기 위해서 가장 먼저 나온 거지."

"그래요. 제국의 황제와 귀한 손님들이 오신다 하셔서 저희가 직접 맞이하게 된 것입니다."

압도적인 실력 차이를 보여주고 아무런 충돌 없이 물러나게 할 생각이었나?

메르부는 그들의 호의적인 태도를 보면서 또 다른 굴욕감에 사로잡히기 시작했다.

그래, 이게 네 방식이냐, 스캇! 빌어먹을!

"빌어먹을!"

메르부의 치솟아오를 듯한 분노 덕에 주변에서 얼이 빠져 있던 10용사들이 정신을 차리기 시작했다.

대륙 제일의 마법사, 금의 지옥 메르부는 용을 마주하고도 전혀 두려움에 떨지 않았다.

그것이야말로 용사로서 배울 만한 자세가 아닌가. 적이 누구라 하더라도 굽히지 않는 용기!

10용사들 역시 전의를 드러내기 시작했다. 제국군에서 저 용들을 막을 만한 사람이 있다면, 그건 바로 우리들이다!

"언니, 쟤네들 분위기가 좀 이상하지 않아?"

"너무 질질 끌어서 싸울 생각인가 봐요?"

"그러니까 별말 하지 말고 바로 시작하자니까."

브랜더스가 벨에게 면박을 주자 그녀는 뒤통수를 긁으며 멋쩍은 표정을 지었다.

"미안, 그럼 언니가 먼저 시작해."

"벨님, 변할 땐 같이 변하면 안 될까요? 저 혼자 변하기는 좀 부끄러운데……."

"음… 어쩔까, 오빠?"

"나는 상관없지."

의견이 일치한 그들은 전의에 불타오르고 있는 10용사들을 무시한 채 한목소리로 외치기 시작했다.

"그럼 환영 행사를 시작하겠습니다! 너무 놀라거나 당황하지 마세요!"

피이이잇!

섬광과 함께 그들의 몸이 빛나기 시작했다. 10용사들은 잔뜩 긴장한 채 온갖 방어 마법들과 보조 마법을 걸기 시작했고, 메르부는 통제실을 향해 외쳤다.

"공격을 준비하라!"

부우웅! 부우우웅!

갑자기 그들을 향해 찢어질 듯한 광풍이 몰아치기 시작했다.

"마, 마법인가!"

"아니야! 그저 날갯짓이야!"

세 명은 모두 각각의 성체로 변해 있었다. 함선에 맞먹는 크기의 성체가 셋이나 있으니 그 날갯짓 덕에 사람들이 뒤로 날아가는 것도 무리가 아니었다.

그 모습을 발견한 제국군들의 동요는 마른 장작에 붙은 불처럼 엄청난 속도로 전해졌다.

"용이다! 한 마리도 아니고 세 마리다!"

"모두 포문을 집중하라!"

이미 마라드에 대한 준비를 마친 그들이었다. 한 마리나 세 마리나 무섭기는 매한가지, 메르부는 생각보다 동요가 크지 않다는 사실에 안도의 한숨을 내쉬었다.

그때, 빙룡 네슈르가 의지를 내뿜었다.

『바다여, 잠시 허락해 주세요. 당신을 내 얼음 속에 가두고 싶습니다.』

쩌저저저저적!

그녀의 영창이 끝나자 수상성을 중심으로 바다가 얼어붙기 시작했다. 그것은 결국 제국의 모든 함선을 얼음 속에 가두고야 말았다.

메르부와 제국군은 찰나에 벌어진 그 상황에 놀랄 여유도 없었다. 바로 브랜더스의 의지가 이어졌기 때문이다.

『암장(岩漿)아, 차갑게 식어 대지가 되어라! 그 누구도 뛰어놀 수 있는 드넓은 대지가!』

그의 힘있고 패기 넘치는 영창이 끝나자 수상성이 일순간에 녹아내리기 시작했다!

분명 그것이 돌임에도 불구하고 수상성은 마그마처럼 검붉게 녹아내리며 얼음 바다 위를 뒤덮기 시작했다.

마그마는 얼음이 퍼진 것과 같은 엄청난 속도로 제국군의 함선을 비롯한 인근의 바다로 퍼져 나갔다. 곧 모든 얼음을 뒤덮자 급속한 속도로 식기 시작했다.

수상성이 녹아내리자 그 뒤로 도시가 보이기 시작했다. 절벽과 절벽 사이로 보이는 도시에선 수많은 마물들과 인간들이 무엇인가를 준비하고 있었다.

자신의 차례를 기다리고 있던 마라드가 그제야 마지막 영창에 나섰다. 그녀의 목소리는 주문이 아닌 명령이었다.

"엔트라헬! 출진!"

콰르르르릉!

그녀의 명령이 끝나자 수상성과 함께 도시를 감추고 있던 해안 절벽이 무너지기 시작했다.

흙먼지가 피어오르고, 제국군은 어떻게 반응해야 할지 감도 못 잡고 있었다. 아니, 그 어떤 명령도 내려지지 않은 상황이었다.

'도대체 무슨 일을 하려는 거냐.'

명령을 내려야 할 메르부의 머릿속은 오직 호기심으로 가득 차 있었다. 그들을 상대로 싸워서 승리하는 것은 불가능하다는 것을 애초에 깨닫고 있었다.

올렛과 정보국장이 사라진 것을 발견했을 때, 그 모든 가능성이 자신을 떠났음을 알 수 있었다. 그렇기에 분노가 사그라질 수 있었다. 10용사들의 예상과 달리 메르부는 전쟁의 승패에 아무런 관심도 없었다.

그는 스캇이 과연 어떤 일을 준비했을지 궁금해지기 시작했다. 이것은 무력행사도, 공격도 아니었다. 그들의 환영이었다.

쿵, 쿵, 쿵, 쿵!

무너진 절벽 너머에서 나타난 것은 수많은 반인반목의 엔트라헬들이었다.

그리고 그들의 한가운데 공작처럼 자신의 줄기를 사방으로 뻗어낸 메라리투 라헬이 서 있었다. 제국군에게는 살아 있는 공포와 같은 대상이었다.

"메라리투 라헬이다! 엔트라헬들이 나타났다!"

하지만 제국의 함선은 그 어떤 공격도 제대로 시행하지 못했다. 반쯤 얼어붙었다가 마그마에 녹아내린 함선은 제대로 된 기능을 수행할래야 할 수 없었다.

엔트라헬들은 수상성이 있던 자리에 모두 군집한 후 일제히 뿌리를 땅속에 박기 시작했다. 그들의 주위는 더 이상 바다가 아닌 땅으로 변해 있기에 가능한 일이었다.

엔트라헬들은 모두 한목소리로 외쳤다.

"의지(意志), 소생(蘇生)!"

그 순간 그들을 중심으로 숲이 태어나기 시작했다. 갓 얼음이 깔리고 마그마가 흐른 뒤, 식었던 폐허와 같은 대지 위에 생명이 움트고 있었다.

푸른빛의 잔디가 깔리고, 나무들이 고개를 치켜들었다. 숲은 날 곳을 가리지 않고 제국의 함선 위마저 뒤덮기 시작했다.

"이게 도대체……."

메르부와 용사들은 물론 제국군들 중에 놀라지 않은 이가 없었다. 번쩍이는 광을 내며 그 위용을 자랑하던 함선들은 순식간에 오래된 폐허처럼 기울어진 채 돌과 나무들로 뒤덮여 버렸다.

포탄이 들어 있던 포문에선 꽃이 피어나고 있었고, 발리스타엔 담쟁이덩굴이 휘감겼다. 갑판마다 오색의 꽃밭들이 자리를 잡았다.

제국군들은 모두 하나같이 전의를 잃어가기 시작했다. 이건 사람의 상식으로 이해할 수 있는 일이 아니었다. 이 모든 것이 신의 장난 같았다.

마라드는 엔트라헬들의 머리 위에서 자리를 지키고 있었고, 네슈르와 브랜더스는 그다지 높지 않은 상공에서 그들을 배회했다. 제국군을 감시하는 것 같지는 않았고, 뭔가를 기다리는 듯한 행동이었다.

그 모든 과정이 끝나자 엔트라헬들은 사방으로 흩어지기 시작했다. 그들은 함선들의 사이사이로 들어가 자리를 잡았다.

메라리투 라헬은 함선들의 사이를 누비며 제국군들에게

외쳤다.

"함께 즐기자, 끝나지 않을 이 평화를!"

게나홀라헬 역시 그의 목소리에 이어 외쳤다.

"찬양하라! 아름다운 이 생명의 신비를!"

그토록 증오하던 제국군들이 모두 자신들의 앞에 있건만 엔트라헬들은 그 어떤 분노도, 적개심도 드러내지 않았다. 다만 노래하고 있을 뿐이었다.

사방에서 그들의 노랫소리가 들려왔다. 그것은 평화를, 용서를, 화합을 노래하고 있었다.

원수의 죄를 덮은 그 사랑은 마음속에 남아 있던 그 모든 부정적인 생각들을 눈 녹듯이 없애 버렸다. 그들의 철천지원수였던 제국군들조차 엔트라헬들의 행동을 이해하진 못했지만, 그들의 마음속 깊이 잔재되어 있던 적개심과 선입견을 조금씩 무너뜨리기 시작했다.

그리고, 제국군이 당황할 틈도 없이 마라드의 목소리가 또다시 들려왔다.

"건국철도회사(建國鐵道會社)! 출진!"

이젠 푸른빛의 언덕이 되어버린 돌무더기를 넘어 나타난 것은 엄청난 숫자의 언데드 군단이었다. 종류는 말할 것도 없고, 그 사이사이로 보이는 리치들의 숫자만 해도 수십 명이었다.

엔트라헬들의 신비한 모습과 달리 그들의 움직임은 공포,

그 자체였다. 제국군들은 저마다 비명을 질러대며 사악한 마물들을 저주했다.

"저 모습을 좀 봐!"

"악령이다! 악령이 대낮에도 활보한다!"

하지만 그들은 악평에도 불구하고 꿋꿋이 자신들이 할 일을 하기 시작했다.

언데드들이 철로를 놓고 있었다. 그것도 상상할 수 없을 만큼의 빠른 속도로!

리치들은 쉴 새 없이 마법을 시전하며 철로를 이었고, 언데드들은 하나같이 재료를 들고 와 짜고, 맞추고, 조립해 나갔다.

"나라를 세우자! 모두를 위해! 미래를 위해!"

그들의 가운데에서 큰 목소리로 지휘를 하는 것은 건국철도회사의 사장인 로뮤였다.

로뮤는 커다란 깃발을 휘저으며 군단을 독려하고 있었고, 그 모습에서는 생전 찾아볼 수 없던 패기와 열정이 넘쳐흘렀다.

"더, 더! 열심히! 열심히!"

한 소녀가 흰색 표범을 타고 언데드들의 사이를 뛰어다니며 함께 응원하고 있었다. 그 모습의 정체는 마리미와 라쥬마쥬였다. 그녀는 의식을 온전하게 되찾았는지 신나게 소리치며 응원을 하고 있었다. 생기발랄한 소녀의 모습 그대로.

그것은 제국군들에게는 또 다른 충격이었다.

그저 순수한 악의 대명사라고밖에 생각할 수 없었던 언데드들이 합심하여 뭔가를 만들어내고 있었고, 그 한가운데에서 소녀가 즐거운 모습으로 노닐고 있었다.

이 모든 것이 계획된 설정인가, 아니면 믿어야 하는 현실인가.

마물과 소녀가 함께 춤을 추고 있었다. 함께 축제를 벌이고 있었다. 그 누구의 눈에도 그렇게 보였다.

"더 빨리! 더 빨리! 힘내요! 아하하핫!"

결국 그들은 순식간에 제국 함선의 최후방까지 선로를 이었다. 그들의 중심에 있던 로뮤는 들고 있던 깃발을 흔들며 큰 목소리로 외쳤다.

"2분 14초! 신기록 수립이다!"

우오오오오!

마물들의 기분 좋은 함성 소리가 사방으로 퍼져 나갔다. 그들은 소리치고, 서로 손바닥을 부딪치며 제자리에서 뛰어댔다.

라쥬마쥬 역시 환호성을 지르며 그들 가운데서 소리를 질렀다.

"거 봐! 성공했어! 우리가 최고야!"

삐이이이익!

그와 동시에 수많은 열차들이 경적을 울리며 갓 만들어진 선로를 타고 나타나기 시작했다. 그 모습을 처음 본 제국군들은 그것이 모두 거대한 뱀이라도 되는 마냥 두려워했지만, 오래지 않아 그것이 마물이 아닌 기계라는 것을 알 수 있었다.

"저건 뭐지?"

"말은 안 보이지만… 마차 같은데?"

제국군들의 마음속엔 어느새 사라져 버린 두려움 대신 호기심이 자리 잡기 시작했다. 자신들을 공격하려면 진즉에 했을 터, 하지만 상공에서 비행하고 있는 용들도 자신들에게 아무런 해코지를 하지 않았다.

그보다 마치 기적과도 같이 펼쳐지는 일들에 놀라며, 어느새 다음을 기다리게 된 것이다.

열차들이 거의 모든 선로를 빼곡하게 메우고 나자 벨은 다음 명령을 내렸다.

"오크 전사! 출진!"

둥! 둥! 둥! 둥!

우오오오오!

거센 함성 소리와 함께 바다에 파도를 일으킬 정도로 커다란 북소리들이 울리기 시작했다. 도시에서 초록빛의 물결이 제국군을 향해 쏟아져 나오고 있었다.

엔트라헬들이나 언데드와는 다르다. 숫자가 다르다.

수만은 되어 보이는 오크들이 북소리를 울리고, 함성을 외치며 쏟아져 나왔다.

"고, 공격이다!"

"적들이 진군한다!"

그나마 평화를 되찾아가던 제국군은 또다시 동요에 빠지기 시작했다. 마치 거대한 파도처럼 밀려 들어오는 녹색의 물결은 일반적인 것과는 차원이 다른 공포를 주고 있었다.

그것 마치 경외심과도 같았다. 그 거대한 생명의 물결!

"일사불란하게 움직여라! 우리야말로 이 나라 최고의 남자들이 아닌가!"

카라포엔의 카랑카랑한 목소리가 함성 소리를 압도하며 명령을 내렸다. 그는 몇몇의 전사들이 짊어지고 있는 이동식 단상 위에서 소리를 지르고 있었다.

"싸우는 것조차 포기한 우리들이 지난 몇 년간 해온 일이 무엇이냐! 작업, 작업이 아니냐! 우리의 능력을 보여주자!"

우오오오오오!

언덕을 넘어온 오크들은 하나같이 뭔가를 손에 들고 있었다. 제국군은 하나같이 그것이 무기라고 생각했지만, 그들이 가까워지자 그 실체를 알 수 있었다.

누군가는 톱을 들고 있었고, 또 누군가는 삽을 들고 있었다. 자재를 들고 뛰어오는 이들도 있었다. 오크들은 크고 작은 조로 신속하게 나뉘어져 각자 곳곳에 자리를 잡고 제 할 일을 시작했다.

"빠르기만 한 것이 중요한 게 아니다! 더욱 완성도 높게!"

네 명의 족장은 사방에서 북을 울리며 명령을 내리고 있었다. 바라쿠 호휀이 명령을 내리자 수십 미터의 길이는 될 법한 나무 기둥이 천을 뒤집어쓰고 올라오기 시작했다.

"으랏샤! 으랏샤! 으랏샤!"

명령만으론 성에 차지 않는지 그는 기둥을 잡아당기고 있는 전사들의 무리에 합세하여 함께 힘을 쓰기 시작했고, 곧 기둥은 그들이 원하는 대로 하늘을 향해 치솟아올랐다.

"잡아당겨라!"

"하아앗!"

세워진 기둥을 중심으로 천이 펼쳐지자 거대한 크기의 천막이 나타났다.

그들은 줄과 못을 이용해 계속 천막을 고정시켰고, 또 다른 기둥을 들고 있는 이들이 계속해서 작업에 투입됐다.

"호휀에게 이대로 뒤지고 있겠는가!"

"아닙니다!"

"우리의 능력을 보여주자!"

"하아아앗!"

잘칸 푸렉티올 역시 같은 크기의 천막을 세우고 있었다. 그의 굵직한 외침이 떨어질 때마다 기둥은 힘있게 하늘을 향해 솟아올랐다.

크고 작은 천막들이 곳곳에 세워지기 시작했다. 오크들은 천막으로만 끝나는 것이 아니라, 대형 테이블이나 공연장도 만들어내고 있었다.

메르부는 그 모습을 보면서 이제야 그들이 하려는 짓이 무엇인지 깨달을 수 있었다.

"농담이 아니었군. 진짜 축제를 벌일 생각이었어."

전쟁을 달리 표현한 것이거나, 그저 상징적 의미로 사용되어질 줄만 알았던 그 '축제'가 이곳에서 준비되고 있었다. 제국이 전쟁을 준비하고 무기를 갈아 출전하고 있을 때, 그들은 축제를 준비하고 있었다.

이것이 당신의 방법인가, 스캇?

메르부는 아무런 전의도, 분노도 가질 수 없었다. 이 모습이야말로 정의이며 평화가 아닌가.

굳이 그의 명령이 아니더라도 제국군은 그 누구도 싸울 생각을 가지고 있지 않았다. 아니, 가질 수 없었다. 그렇게 웃으며 신나게 열중하고 있는 그들의 모습을 보면서 그 누가 사악한 마물이라 하겠는가.

엔트라헬들은 아름다운 목소리로 노래를 부르고 있었고, 그 노랫소리에 맞추어 오크들의 북소리가 그 자리에 있는 모두를 흥겹게 만들고 있었다.

손을 놓고 있는 마물들은 모두 하나가 되어 춤을 추고, 시끌벅적하게 떠들어대고 있었다. 그야말로 지상 낙원이 펼쳐지고 있는 것이다.

축제를 위한 수많은 건물들과 장치들이 곳곳에 설치되고,

그 모든 것이 막바지에 접어들자 오크들 역시 사방으로 흩어지기 시작했다.

제국군들마저 마라드의 다음 외침을 기다리고 있었다. 다음은 누가 나올 것인가?

"오크 후속대! 출진!"

이렇게나 많은 오크들이 나왔건만 아직도 끝나지 않았던가. 그녀의 목소리와 함께 다시 언덕을 넘어오는 수많은 녹색의 물결!

그들은, 아니, 그녀들은 다른 임무를 부여받은 오크 도시의 부녀자들이었다. 그녀들을 이끌고 있는 것은 오크 도시 제일의 용사, 노노미야였다.

"아무리 화려한 축제를 준비해도 우리가 없으면 무용지물이랍니다! 제국에서 오신 손님들의 마음을 한번 녹여볼까요!"

"예에에에에!"

그들은 세워져 있던 열차에서 뭔가를 꺼내기 시작했다. 그것은 각종 고기와 과일을 비롯한 음식거리들이었다.

제국에서 출진한 이후 줄곧 정해진 군용 식량만을 배급받으며 살아온 제국군들의 눈이 기대감으로 빛나기 시작했다.

그녀들은 곳곳에 불을 피우곤 요리를 시작했다. 준비된 테이블 위로 완성된 음식을 나르는 이들도 있었다. 그 음식 냄

새가 제국군을 뒤덮기 시작했고, 이미 사라질 대로 사라진 적 개심 대신 허기와 욕구가 그들의 머릿속을 지배하기 시작했 다.

"배… 배고파!"

"정말 저것들이 우리를 위해 준비된 음식인가?"

그들의 눈에는 난생처음 보는 요리들뿐이었다. 오크 도시 특유의 요리들은 세밀하지 못한 과정 대신 자연 그대로의 매 력을 그대로 느낄 수 있는 것들이었고, 통으로 구워지는 바비 큐 같은 것들은 다른 멋스러운 음식보다 훨씬 효과적으로 제 국군들의 시선을 사로잡았다.

가장 사람들의 이목을 끌고 있는 것은 페루였다. 그는 다른 횃불과는 비교도 할 수 없을 정도로 커다란 불 한가운데에서 양손에 멧돼지 통구이를 두 개씩 들고 있는 묘기를 선보이고 있었다.

그의 주변엔 어느새 사람들이 몰려들어 그를 향해 환호성 을 보내고 있었다.

"꺄아아악! 페루님! 정말 멋있어요!"

"먹고 싶은 사람들은 얼마든지 말하라고! 다음날 해가 뜰 때까지 계속 구워주지!"

곳곳을 가득 메우기 시작한 이들은 음악 소리에 맞춰 신나 게 뛰어놀고 있었다. 제국군들은 당장에 그곳에 끼어들어 함 께 축제를 즐기고 싶었지만, 그것은 마음일 뿐.

굳어버린 함선 위에서 그들의 모습을 지켜보고 있는 것이 그들이 할 수 있는 일의 전부였다.

그런 그들을 향해 마라드의 다음 목소리가 들려왔다.

"북해의 해적! 출진!"

푸드드드득!

그녀의 목소리가 끝나자 아무도 없는 줄만 알았던 절벽 위에서 뭔가가 날아오르기 시작했다. 그것은 수백, 수천의 비조(飛鳥)들이었다. 배만큼이나 능숙하게 새를 다루는 해적들은 하나같이 거대한 새를 타고 공중으로 날아오르고 있었다.

그것뿐 아니라 새를 타지 않은 해적들은 절벽 위에서 밧줄을 내려 지상으로 뛰어내렸다.

"이요오오홋!"

"우리 차례다! 가자!"

하늘을 가득 메운 비조들은 이윽고 제국의 함선을 향해 뭔가 떨어뜨리기 시작했다.

"고, 공격인가!"

"뭐냐! 피해라!"

쿵! 쿵!

그들이 떨어뜨린 것은 묵직한 소리를 내며 갑판에 박히기 시작했다. 그것이 폭탄일 것이라 예상하고 하나같이 몸을 피했던 제국군들은 그 후 아무런 일도 일어나지 않자 하나둘씩 떨어뜨린 그 물체를 확인하기 위해 다가갔다.

"술… 통?"

"이야호! 축제에 술이 빠진다는 게 말이 되나! 우리의 임무는 술 배급이라고! 바다를 술로 바꿀 수 있을 정도로 많은 양이 절벽 위에 있으니 언제든지 이야기하라고!"

제국의 함선 위에 더 이상 놓을 자리가 없을 정도로 술통이 가득 차자 그들은 그제야 나머지 술통들을 대지에 내리기 시작했다. 무작정 내던지는 것처럼 보였지만 나무로 만든 통이 하나도 깨지지 않는 것으로 보아 특별한 장치가 있거나 기술을 쓰고 있는 것이 틀림없었다.

그 와중에 유난히 커다란 새 한 마리가 허공으로 떠올랐다. 붉은빛의 깃으로 장식된 새의 등에는 두 명의 남녀가 타고 있었다.

"아직 제국군들은 즐거워할 준비가 되지 않았나 보군."

"그가 등장한다면 제국군들도 움직이게 될 거예요."

"그렇게 대단한가, 라이나델타?"

라이나델타는 자신의 앞에 앉아 있는 그의 등에 얼굴을 묻으며 나직하게 속삭였다.

"매력적이죠, 당신만큼이나… 셰라프."

"흠."

다른 새들을 압도하는 아름다움을 가진 봉황(鳳凰) 덕분에 모든 이들의 시선이 쏠리자 셰라프는 짐짓 아무렇지도 않은 척하며 비교적 사람이 적은 곳으로 내려앉았다.

그는 모두가 들을 수 있을 만한 웅대한 외침으로 메시지를 전했다.

"제국아! 제국아! 내 동포들의 함선도 너희들의 함선과 함께 묻혔노라! 칼이, 창이, 그 모든 전쟁의 도구가 함께 묻혔노라!"

셰라프의 말대로 그와 해적들에겐 목숨과도 같은 수많은 함선들이 제국의 함선들과 함께 새롭게 만들어진 대지 곳곳에 묻혀 있었다.

"너희들은 선택해야 할 것이다! 저 전쟁 도구와 함께 역사 속으로 사라질 것인가! 아니면 우리처럼 새로운 시대를 맞이할 것인가!"

제국군들은 모두 그의 외침에 주위를 둘러봤다. 그 모든 전쟁의 도구가 오래된 유적처럼 숲 속으로, 땅 밑으로 묻혀 있었다. 과연 그들과 함께 역사 속으로 사라질 것인가.

그에 비해 저들의 모습은 너무나도 자유롭고 행복해 보였다. 즐거워 보였다.

아무런 적의와 선입견도 가지지 않은 채 서로 노니는 그 모습에서 제국군은 진정한 평화를, 진정한 정의를 발견할 수 있었다.

아니, 그런 것은 아무래도 좋으니 눈앞에 있는 술통을 따고 싶었고, 당장 저 밑으로 내려가 통구이를 뜯고 싶었다.

저들과 함께 노래하고 춤추며 전쟁일랑 모조리 잊고 싶

었다.

셰라프가 말을 마친 뒤 지상으로 내려오자 허공을 선회하고 있던 브랜더스와 네슈르도 인간의 형상으로 변해 그의 곁으로 다가왔다.

"꽤 말을 잘하는군."

"하지만 라이나델타가 말하길, 나는 그의 발끝에도 못 미친다고 하더군. 말솜씨에 있어선 말이지."

반제국 최강의 패자도 그에게 한 수 접고 있는 것일까. 그와 돈독한 관계를 유지하고 있던 브랜더스는 피식 웃으며 그의 이야기에 맞장구쳤다.

"기가 막힌 친구지. 왕 같지 않은 왕이야."

"우리도 저쪽으로 가요. 축제에 참가해야지요."

북해를 다스리는 해왕과 사제, 그리고 대륙의 절대 무력으로 군림해 왔던 두 용은 인파 속으로 스며들었다. 하지만 그 누구도 그들의 존재를 특별히 여기지 않았다.

그런 강함은, 그런 명성은 전혀 상관없는 곳이었으니까.

"쳇… 나도 좀 쉬고 싶다고."

마라드, 아니, 벨은 그들의 모습을 보며 용의 얼굴 구조로는 상상도 할 수 없을 만한 뾰루퉁한 표정을 지어냈다. 하지만 아직 할 일이 남아 있었다. 슬슬 막바지에 접어들 참이다.

그녀의 목소리가 다시 사방으로 울려 퍼졌다.

"베른 스페셜! 출진!"

이번에 언덕을 넘어온 것은 다름 아닌 베른의 인간들이었다.

그들 역시 뭔가를 잔뜩 짊어지거나 끌고 오고 있었다. 그들은 하나같이 활기찬 목소리로 노래를 불러댔다.

"이야호! 이야호! 우리가 왔다네! 축제가 왔다네!"

그들의 선봉에 서 있는 것은 당연히 폴든과 네파드였다.

"노는 걸로 치면 우리 빈민가 출신을 따라올 사람이 없지. 축제의 주인공도 당연히 우리다!"

"예, 사장님!"

네파드가 조직원들을 독려하자, 폴든은 영 탐탁치 못하다는 표정을 지었다.

"'우리 빈민가'라니… 그거 꽤 거슬리는데요, 사장님. 노는 걸로 치면 이쪽 상류 사회도 만만치 않습니다. 우아한 부인들과 즐거운 한담. 신사의 파티를 보여줍시다!"

"이예에이!"

폴든의 목소리에 따라 학자들이 함성을 질렀다. 그들 사이에 딱히 갈등의 앙금이 있는 것이 아니라, 사전에 모두 준비된 일이기 때문에 걱정할 것은 없었다.

"축제를 벌여라! 손님은 있는데 놀거리가 없구나!"

"판을 벌리고 사람을 모으자!"

그들이 준비한 것은 축제의 놀거리였다. 괴수 인형 옷을 입고 있는 이들은 인파 속을 누비며 풍선을 나눠 줬고, 연극 준비를 하고 있는 이들도 있었다.

그들은 다소 무미건조했던 이곳에 화려하게 등장했다. 폴든과 네파드는 세계 각지에서 온갖 축제의 고수들을 초빙해 왔다.

서커스단과 무희들이 그들의 뒤를 따라 등장했고, 모두들 한 자리씩 자리를 잡고 공연을 하기 시작했다.

"아직 부족해! 동생들아, 차력이다!"

"이예이이!"

네파드는 직접 웃통을 벗고 조직원들과 함께 차력 준비를 하기 시작했다. 보는 이들의 간담을 서늘하게 만드는 아슬아슬한 묘기가 펼쳐졌다.

"사장님, 아무리 그래도 체면이 있지… 너무한 거 아닙니까?"

"뭐, 어때! 일단은 나도 즐기자고! 으랏차!"

그들의 뒤를 따라 백성들이 미어져 나오기 시작했다. 그들은 축제를 준비한 다른 이들과 달리 그저 평범한 사람들이었고, 서커스단이나 무희들의 뒤를 따라 나온 것이다.

그야말로 축제의 정경이 그대로 펼쳐지고 있었다.

아이들이 뛰어놀고, 사방에서 노랫소리가 그치지 않았다.

마라드는 더 이상 지체하지 않고 다음 명령을 내렸다.

"레마라카 스페셜! 출진!"

부오오오오!

기다리고 있었다는 듯 무툼부와 가라슈카의 울음소리가 울려 퍼졌다. 가람 쳉오는 안 그래도 몸이 근질근질했는지 가장 선두로 뛰어오르며 외쳤다.

"왜 우리가 마지막인 거야! 기다렸다고!"

땅에서는 거대 동물들과 수수족이, 하늘에서는 팔괘금진을 타고 있는 리치들이 나타났다. 그들은 이미 축제가 벌어진 사람들의 사이로 스며 들어가기 시작했다.

"코끼리다, 코끼리!"

"꺄악! 저쪽은 사자야!"

수수족이 이끌고 나타난 동물들은 다른 곳의 동물들과는 비교도 되지 않은 커다란 몸집을 가지고 있었다. 그들은 아이들과 사람들의 이목을 단숨에 집중시켰다.

대부분 맹수들이 무서워 가까이 가지 못하자 가람 쳉오가 그들을 안심시켰다.

"모두 사람의 말을 알아듣는 영물들이다. 무서워할 필요 없다. 아무도 공격하지 않을 거야!"

가람 쳉오가 끌고 나온 무툼부와 가라슈카가 그중에서 가장 거대하고 무서운 위용을 자랑했다. 제국군들에게는 용 이상의 공포를 주던 그들이다.

그들은 이미 전설적인 존재가 된 가람 쳉오와 거대 도마뱀들을 보면서 자신도 모르게 식은땀을 흘렸다.

하지만 가람 쳉오는 그들을 해코지할 마음이 조금도 없었다.

"여태껏 봤으면 좀 적응들 좀 해라. 우리가 뭐, 잡아먹기라도 한다더냐?"

하늘 위에서는 팔괘금진들이 자리를 채우기 시작했다.

"오늘 법술의 아름다움을 모두에게 알려주자. 제국에도!"

"알았어!"

파웬 료징이 동료들을 독려하자 그들은 저마다 진법을 펼치기 시작했다. 그들의 진법은 하늘 위로 아름다운 그림을 그려내었다.

멘시멘은 법술을 이용해 폭죽의 환상을 만들어내었다.

퍼어엉! 퍼어엉!

"20만의 눈을 훔친 아름다움을 여러분들에게도 보여드리겠어요!"

그와 함께 오크들의 북소리가 진동을 하고 축제는 잔뜩 고조되었다. 아직 한낮이지만 신경 쓰는 이는 아무도 없었다.

곳곳에서 술판과 노래판이 벌어지고, 서커스단이 묘기를 부렸다. 수많은 백성들이 함께 웃고 떠들며 장관을 연출했다.

마라드는 그 모든 명령을 끝내고는 어디론가 날아가기 시작했다. 그러나 그 누구도 신경 쓰는 이들이 없었다. 모두 축제를 즐기기에 급급할 뿐.

"정말… 대단해."

다리엔은 함선의 난간에 기대어 그 모든 광경을 지켜보고 있었다. 그녀는 진심으로 경탄하며 그 아름다운 축제를 감상했다.

그의 세상은, 그가 만들고자 했던 세상은 너무나 아름다웠다. 인간과 마물을 가리지 않고 함께 웃으며 춤추는 그 모습이 다리엔에게는 마치 천국처럼 보였다.

하지만 그녀는 여전히 무엇인가를 찾기에 여념이 없었다.

그때, 한 목소리가 그녀의 뒤에서 들려왔다.

"뭘 찾으시오?"

그 익숙한 목소리. 그녀의 두 눈이 크게 떠졌다.

다리엔은 선뜻 뒤를 돌아볼 용기가 나지 않았다. 그녀는 작고, 소담한 목소리로 나직이 말했다.

"축제는 즐거운데… 함께 어울릴 이가 없으니 고적하여 상대를 찾고 있었습니다."

"그것참, 잘된 일이오. 나도 쓸쓸했다오."

투박하고 못난 손이 그녀의 한쪽 어깨를 감쌌다. 다리엔은 자신의 볼을 살며시 그 손등 위에 가져가 기대었다.

"소식도 없이… 어딜 그리 다녀오셨나요."

"힘이 없고 용기가 없어 조금 먼 길을 돌아왔다오."

그녀가 천천히 고개를 돌리자 바로 옆에 서 있는 그의 모습이 눈에 들어왔다.

훤칠한 키, 깊게 패인 어두운 눈매, 희끗희끗하게 해지기 시작한 머리. 다리엔이 그토록 그리워했던 그 사람이 곁에 서 있었다.

그는 다리엔의 귓가에 조용히 속삭였다.

"이제야 도착했구려."

그녀는 그 말을 듣자마자 울음을 참지 못하고 그의 넓은 가슴에 안겼다. 얼마나 안기고 싶던 그의 품이었던가. 얼마나 기다려 왔던가.

"왜 이제야… 이제야 오셨어요."

"내 두 번 다시 떠나지 않으리다. 같이 갑시다. 세상의 끝이든, 아니면 그 세상 너머 또 다른 세상이 되었든 간에… 이젠 같이 갑시다. 더 이상 홀로 있게 하지 않겠소."

그녀의 약해질 대로 약해진 몸을 알기에 스캇은 그녀를 부드럽게 안았다. 있는 힘껏 그녀가 으스러지도록 안고 싶었지만, 그러기에 그녀는 너무나 약한 존재였다.

"백성들이 모두 모였는데 왕께서 어딜 가시려고요."

"내 알 바 아니외다. 못난 왕 없이 지금까지 잘해줬으니, 앞으로도 잘해줄 것이오. 내가 해야 할 일은 모두 끝났소. 당신만 좋다면 어디로든 떠날 생각이오."

"아니에요. 우리, 이곳에서 살아요. 이 푸르고 아름다운 곳에서 살고 싶어요. 이젠 아무도 우리에게 뭐라 하지 않겠죠?"

"크흐윽!"

결국 북받치는 설움을 이겨내지 못하고 스캇의 신음 소리가 흘러나왔다.

그녀의 상태를 알기에, 그녀의 남은 삶을 알기에 꿈결같이 들려오는 그녀의 목소리가 더없이 슬프고 애절했다. 스캇은 그녀를 조심스럽게 안아 들었다.

"좋소. 당신 말대로 합시다. 이곳에서 천 년이고 만 년이고 함께합시다."

"멈춰!"

싸늘한 목소리가 떠나려는 그들을 멈춰 세웠다. 그것은 메르부였다.

마음 같아선 뒤도 안 돌아보고 자리를 떠나고 싶지만 그에게 감사해야 할 부분이 있었다. 스캇은 고개를 숙였다.

"지금까지 그녀를 지켜주고 돌봐줘서 고마웠네."

"멈추라 했다. 내가 누군지 잊었나?"

통제를 잃은 제국군은 이미 축제 속에서 다른 이들과 함께 어울리고 있었다. 그리고 10용사 역시 싸우기를 포기한 지 옛일이었다. 이 갑판에 있는 것은 오직 그들뿐이었다.

분노, 목표, 부하, 그 모든 것을 순식간에 잃어버린 메르부의 표정은 무척이나 허망했다. 그는 처연한 눈빛으로 스캇과 다리엔을 응시했다.

"멈춰. 떨어져라. 너희는 함께해선 안 돼."

"너의 욕심 때문에? 아니면 그 질투 때문에? 미안하지만 이
젠 더 이상 우리를 힘들게 하지 마라. 너의 사정은 딱하지만
우리 역시 마찬가지야. 이제… 그만 하자."

스캇은 메르부에게 말했다. 그가 포기하지 않는다면 얼마
남지 않은 그들의 만남도 불행해질 수밖에 없었다. 자신들의
생사를, 그 이상을 가지고 있는 그이기에.

메르부는 깊은 애증과 회한이 담긴 눈빛으로 스캇과 다리
엔을 바라봤다. 그들이 함께한 모습이 그토록 보기 싫었다.

"으… 흐흐흐흐… 스캇, 너는 이 자리에서 그 누구도 다치
지 않게 하겠다고 했지……."

"그만둬라. 무슨 생각을 하는 거냐?"

파밧!

메르부의 달라진 분위기를 알아챈 스캇이 신호를 보내자
세 용이 모두 그의 곁에 나타났다. 그들은 긴장이 담긴 표정
으로 메르부를 바라보고 있었다.

만약 어떤 문제라도 벌일 생각이라면 사전에 막을 의도였
다.

"처음엔 악마들을 잔뜩 불러내어 피아를 가리지 않고 닥치
는 대로 학살할 생각이었지. 누구의 승리도 관심없었다. 단지
네 녀석의 꿈이 깨어지고 그것으로 인해 네가 고통스러워한
다면, 그것만으로도 충분했으니까. 흐흐흐… 하지만 더 짜릿
한 복수를 찾았어. 용이 아니라 신이 온다고 해도 이것만큼은

막을 수 없을 거야. 결단코…….”

“안 돼! 멈춰!”

스캇은 그의 생각을 알아챘다. 메르부는 관리자로서의 권한으로 다리엔을 아공간으로 보내 버릴 참이었다.

왜 스캇이 아닌 다리엔인가. 그것이야말로 스캇에게 진정한 지옥을 주는 방법임을 그는 잘 알고 있었다.

스캇이 의지를 발산했고, 세 용이 모두 그를 향해 달려들었지만 소용없었다. 관리인이 칩을 기동하는 것은 어떤 주문이나 행동이 필요한 것이 아니니까.

“죽어라, 다리엔! 저주받을지어다, 스캇! 영원히! 영원히! 크하하하핫!”

다리엔의 얼굴은 분노와 공포로 가득했고, 스캇은 그 어떤 것이라도 막아내겠다는 일념으로 그녀를 감싸 안았다. 네슈르와 브랜더스, 그리고 벨은 메르부의 수족을 잡아챘고…….

그렇게 찰나의 시간이 흘렀다.

스캇과 다리엔은 눈물이 가득 고인 눈으로 서로를 바라봤고, 그들의 손은 깍지를 낀 채 서로를 의지하고 있었다.

하지만 그 어떤 일도 일어나지 않고 있었다.

반쯤 실성한 메르부는 침을 튀겨가며 소리를 질렀다.

“왜! 왜…! 왜 아무 일도 일어나지 않는 거냐! 왜 사라지지 않는 거야?!”

그가 거칠게 요동쳤지만 굳세게 붙들린 팔다리는 움직일 줄을 몰랐다. 용들은 물론이고, 스캇과 다리엔 역시 영문을 알 수 없었다.

그때, 갑판의 뒤편에서 한 부인이 걸어나왔다.

"메르부, 네 직위는 해제할 것이야. 더 이상 이들에게 어떤 영향도 끼칠 수 없을 거다."

"올렛!"

모두의 눈이 휘둥그레 떠졌다. 용과도 단신으로 맞설 수 있다는 제국 최강의 용사 올렛이 걸어나오고 있었다. 그녀의 입에서 나온 내용은 더욱 대단한 것이었다.

"차원의 지배자로서 명하노니 네 직위를 영원히 박탈하노라. 메르부 힐리안."

그녀의 목소리가 끝나자 메르부의 손등에 달려 있던 커뮤니티 칩이 부서져 내렸다. 그는 온화한 표정으로 다리엔을 돌아봤다.

"괜찮니? 내가 좀 늦은 것 같구나."

"전… 괜찮아요."

"정말 고맙소!"

스캇은 진심을 다해 감사를 표했다. 하지만 그녀는 고개를 설레설레 저으며 몸을 돌렸다.

"해야 할 일을 한 것입니다. 자, 메르부, 넌 좀 요양이 필요할 것 같구나."

"이모!"

메르부는 실성한 눈으로 올렛을 바라봤다. 그의 표정에는 절망과 공포가 뒤섞여 있었다.

"무슨 일을 벌일지 모르니 네 마력도 일단 봉인해 두겠다. 이야기는 천천히 하자꾸나."

올렛이 메르부를 향해 다가가자 그를 붙잡고 있던 용들은 허리를 숙이며 조심스럽게 뒤로 물러났다. 차원의 지배자는 그들이 가장 경외하는 대상이었다.

스슥, 스스슥.

메르부는 팔과 다리를 허우적거리며 뒤로 물러났다. 그는 고개를 좌우로 흔들며 강한 부정을 드러냈다.

"그… 그럴 수 없어. 어떻게 이뤄낸 것인데!"

"알고 있단다. 다만… 잠깐 휴식을 할 뿐이야. 휴식이 필요할 뿐이지. 그럼, 그럼."

올렛 부인이 부드럽게 손을 들어올리자 그 손끝에서 환한 빛이 나오기 시작했다. 메르부는 손을 휘저으며 외쳤다.

"싫어… 싫다고! 날 좀 내버려 둬!"

"한숨 자고 나면 그 모든 일이 꿈처럼 아스라이 흩어지겠지."

"시… 싫어! 저리 가! 가라고!"

파아아앗!

섬광이 터지고, 그 빛이 사그라지자 메르부가 사라져 있었다. 그가 있던 자리는 텅텅 빈 채 을씨년스러운 분위기를 연출했다.

올렛 부인은 마치 대수롭지 않은 일이라는 듯 덤덤한 표정으로 몸을 돌렸다. 그녀는 용들을 돌아봤다.

"잠시 자리를 비켜주시겠어요? 이들과 할 이야기가 있어요."

"예, 알겠습니다."

그들은 스캇의 눈치를 살필 필요도 없이 고개를 숙이곤 순식간에 자리에서 사라졌다.

올렛 부인은 서로 꼭 붙어 있는 스캇과 다리엔을 향해 다가왔다.

"자, 이야기나 좀 할까요."

Chapter 39

선 택

올렛은 기함의 내부에 마련된 자신의 방으로 그들을 안내했다. 함선이 전체적으로 조금 기울어지긴 했지만 그 누구도 신경 쓰는 이는 없었다.

병사들은 모두 축제를 즐기기 위해 밖으로 나간 후였다.

텅 빈 복도를 지나 방에 도착하자 올렛 부인은 그들에게 의자를 권한 뒤 차를 준비했다.

"어떤 걸로 드시겠어요? 셋째는 아마 홍차를 좋아했지?"

"네, 그걸로 주세요."

"나도 같은 것으로 주시오."

달그락거리는 소리가 실내를 울렸다. 스캇과 다리엔은 서로를 바라보며 서로의 손을 꼬옥 잡았다. 그 어떤 운명이 그들을 기다리고 있을지는 모르지만, 서로를 떠나지 않겠다는 확신만큼은 변하지 않았다.

"자아, 어떤 것부터 시작할까."

창밖에서 사람들의 환호성 소리가 들려오자 올렛 부인은 손가락을 가볍게 튕겼다. 그러자 실내에 조용한 음악이 흘러나오기 시작했다.

그녀는 그들의 맞은편에 앉은 뒤 그들을 가만히 쳐다봤다.

"역시 잘 어울려. 진즉에 이렇게 맺어졌어야 하는 건데……."

다리엔은 살짝 고개를 숙이며 얼굴을 붉혔다. 스캇 역시 기분이 그다지 나쁘지 않았다.

"난 촌장님을 만나 뵙고 왔어요. 차원 역사상 이렇게 많은 에너지원이 모인 일이 없다고 무척이나 좋아하시더군요."

"이 세계를 유지하기로 결정한 겁니까?"

그 모든 진실을 알고 있는 스캇은 앞뒤를 떼어내고 요점만 물었다. 만약 자신이 이룬 결과가 마음에 들지 않는다면, 그들은 당장이라도 시간을 되돌릴 것이 틀림없었다.

다리엔은 영문 모를 표정으로 그들의 대화를 지켜보기만 할 뿐 함부로 나서지 않았다.

올렛 부인은 스캇을 나무라듯 나직하게 이야기했다.

"천천히 말하죠."

그녀는 들고 있던 찻잔을 내려놓고 의미심장한 눈초리로 스캇을 바라봤다.

　"당신이 여태껏 노력해서 만들어낸 이 세상이 이대로 유지된다면 좋으시겠어요?"

　노부인의 깊고 잔잔한 목소리가 스캇의 마음을 울렸다.

　그는 단호하게 고개를 끄덕였다.

　"그랬으면 좋겠습니다."

　"하지만 이대로라면 셋째는 곧 죽게 됩니다. 세상이 행복하다면 당신 자신은 불행해도 아무 상관 없다는 이야기인가요?"

　올렛 부인은 당사자를 앞에 두고도 덤덤하게 말했다.

　언제든지 세상을 위해 희생할 수 있다고 생각했던 스캇이었지만 다리엔을 보자 쉽사리 말문이 트이지 않았다.

　그녀만큼은, 그녀만큼은 허락해 줄 수 없는 거냐고 애원하고 싶었다. 다른 그 어떤 것도 필요없으니 그녀 하나만 허락해 달라고.

　스캇의 눈빛을 읽은 올렛 부인은 옅은 미소를 띠었다.

　"그렇겠지요. 어떻게 만난 인연인데… 그렇다면 이 나라를 무너뜨리고 그녀를 살려주면 어쩌시겠습니까?"

　스캇의 두 눈이 순간적인 분노로 물들었다.

　"왜 내 운명을 가지고 장난을 치려는 겁니까? 내가 고뇌하는 것이… 내가 고통을 받는 것이 보고 싶습니까?"

"당신이 죽고 이 나라와 그녀만 살아남는다면?"

올렛 부인의 질문은 짓궂게 그를 따라붙었다.

그 질문을 듣는 순간 스캇의 마음속에 번민이 일어났다. 그래, 내가 죽고 그 덕으로 나라와 그녀가 지켜질 수 있다면…….

자신의 목숨은 아깝지 않았다.

그는 다리엔을 돌아봤다. 그렇게 그녀가 생명을 얻게 된다면… 기뻐할까? 진정 행복하게 살 수 있을까? 내 선택이 옳았다고 할까?

쉽사리 대답할 수 없었다. 다만 확실한 것은 그녀와 그, 둘 중에 하나만 살아남는다면 그것은 행복이라 할 수 없었다.

"목적이 뭡니까. 내가 고민하는 것?"

"사실은 그래요. 우리는 당신이 좀 더 고민하고, 좀 더 선택하길 원합니다. 좀 더 번민하고… 좀 더 울부짖길 원합니다. 그런 당신의 에너지야말로 이 차원이 가장 바라는 것이니까요."

따뜻하고 부드러운 목소리였지만 그 내용만큼은 지나칠 정도로 차갑고 냉정했다. 그들은 스캇이 선택을 하길 바라고 있었다. 아니, 그 선택을 위한 고민을 하길 바라고 있었다. 그것이야말로 그들이 기대하는 것이었다.

"이젠… 이젠 좀 나를 내버려 둘 때도 되지 않았소? 제발 다른 곳을… 다른 사람을 찾아도 되지 않겠소? 언제까지 운명을 빙자해서 내 삶을 갉아먹을 생각입니까!"

"우리는 도움을 줄 수 있고, 그것에 합당한 대가를 받고 싶어 하는 것뿐이에요. 우리는 당신과 그녀를 행복하게 해줄 수도 있어요. 혹은 불행하게 만들 수도 있어요. 그러니 당신에게 요구하는 겁니다."

그때 그의 머릿속으로 한 가지 생각이 떠올랐다. 그녀를 선택하고 이 나라를 포기한다면? 다시 세상이 원래대로의 모습으로 돌아간다면?

그녀와 함께 다시 한 번 시작할 수 있지 않을까? 다시 한 번 처음부터 나라를 만들어낼 수 있지 않을까?

"여태껏 당신의 꿈을 믿고 따라온 백성들을 저버리겠다는 소리군요."

"당신들 때문이라는 생각은 못하는가!"

진즉에 그의 마음을 읽은 올렛 부인이 속을 긁자 스캇은 거칠게 소리쳤다. 그는 백성들을 배신할 생각도, 그녀를 포기할 생각도 없었다.

둘 중 하나를 고르라는 것은 너무 가혹한 처사가 아닌가.

"그 모든 것이 끝났다고 생각했건만… 끝났다고 생각했건만!"

쿵!

그는 울분을 이겨내지 못하고 테이블을 거세게 내려쳤다. 다리엔이 그의 얼굴을 측은하게 바라보고 있었다.

"난… 괜찮으니 나라를 선택하세요. 전 충분히 행복했어요. 더 많은 걸 바라지 않을래요."

"무슨 소릴 하는 거요! 내가 견딜 수 없어! 내가 인정할 수 없다!"

"그들을 희생시킨 뒤 나와 단둘이 살게 된다면… 그땐 행복할 수 있겠어요?"

스캇의 말문이 막혔다.

그는 떨리는 가슴을 진정시키며 천천히 고개를 끄덕였다.

"나는 선택할 수 없다."

창밖엔 수십만의 백성들이 축제를 벌이며 뛰어놀고 있었다. 어찌 그들의 행복을 다시 뺏는단 말인가.

다른 방법, 다른 선택은 정녕 없는가.

올렛 부인은 차를 한 모금 마시곤 손가락 두 개를 들어올렸다.

"꽤 많은 질문을 했지만, 우리는 이미 그간의 공적을 인정해서 스캇님께서 선택하실 수 있는 두 가지 길을 준비해 놓았습니다."

스캇과 다리엔은 적잖게 놀란 표정을 지었다. 그렇다면 둘 중 하나를 반드시 선택해야 한다는 것일까.

"두 길 모두 다리엔님의 건강을 모두 회복시켜 드린다는 전제 조건이 붙어 있지요. 선택하지 않으셔도 무방합니다. 다른 방법을 찾아보시던지요."

그럴 길이 없다는 것은 이미 확정적인 이야기였다. 스캇은 올렛을 재촉했다.

"두 가지란?"

"첫째, 이 세계는 그대로 둔 채 스캇님과 다리엔님의 인적 정보를 포맷(Format)하는 겁니다. 그간의 모든 기억은 사라지고 처음 이 차원에 오셨을 때의 그 모습이 되는 거지요. 그 대신 주변 사람들의 기억은 남아 있게 될 테니 도움을 받을 수 있을 겁니다. 기억을 회복하는 것은 불가능하겠지만, 새롭게 만들 수는 있겠지요. 당신이 만들어놓은 저 아름다운 나라에서 행복하게 살 수 있을 겁니다."

모든 기억이 사라진다고? 자신이 이곳에 와서 겪었던 모든 일들이?

다시 시작할 수 있는 기회였지만 그것이 찜찜했다. 다른 이들이 도와준다 해도 그때의 내가 정해진 과거를 인정할 수 있을까? 그때에도 내가 왕으로서 그들에게 인정받을 수 있을까?

"다른 길은?"

"둘째, 스캇님과 다리엔님을 남긴 채 시간을 되돌립니다. 처음 스캇님이 도착하셨던 그때로요. 물론 다리엔님의 몸의 이상은 없어지고, 기억도 남아 있게 됩니다. 다만 두 분에게만 허락되는 것이지요. 세상은 그때의 모습으로 돌아가는 겁니다."

스캇은 고민을 거듭했다. 무엇이 옳은 선택일까.

그가 다리엔을 바라보자 그녀 역시 걱정스러운 표정으로 스캇을 바라봤다.

"당신의 선택에 따르겠어요. 전 무엇이든 괜찮아요."

"무엇을 우선으로 할 것인가."

내 기억이 지워져도 이뤄온 꿈들과 시간이 남아 있다면 괜찮은 것일까.

그렇지 않다면 다시 한 번 처음부터 시작한다 해도 그 기억들만큼은 놓치지 않아야 하는가.

스캇은 창밖의 백성들을 한참 동안 바라보고, 또 다리엔을 한참 동안 바라봤다.

무엇이 둘 다 놓치지 않는 길이란 말인가.

"좋아, 선택했소."

스캇이 올렛 부인을 바라보자 그녀는 미소를 지으며 응수했다.

"역시, 그럴 줄 알았어요. 바닥 끝에서부터 일어나 걸어온 당신의 삶이니… 그런 무게도 감당할 수 있을 정도로 강해졌다는 것이겠지요."

그가 어떤 선택을 했는지 알지 못하는 다리엔은 그 선택이 무엇인지 참으로 궁금했지만, 무엇이라 하더라도 상관없었다.

스캇의 선택을 따르기로 결정한 이상, 무엇이든 문제될 것은 없었다.

다만 어떤 길을 가더라도 그와 함께할 수 있다면… 그것이
라면 좋았다.

"저 때문에 괜한 고민을 하시게 해서 죄송해요."

"나란 녀석 때문에 이런 곳까지 찾아온 당신이야말로 내게
과분한 사람이오."

스캇은 그녀의 손을 굳세게 잡았다.

올렛 부인이 그를 향해 물었다.

"지금 당장 시작해 드릴까요?"

"잠깐만, 잠깐만 우리에게 시간을 줄 수 있겠소?"

"그렇게 하지요."

스캇은 감사를 표한 뒤, 다리엔의 손을 붙잡고 갑판으로 천
천히 걸어나갔다. 저녁때가 되어 어둠이 깔리기 시작했지만
축제의 열기는 조금도 식을 줄 몰랐다.

여전히 사방에서 환호성과 노랫소리가 귀를 시끄럽게 하
고 있었고, 어른, 아이, 오크, 인간 가릴 것 없이 하나같이 기
뻐하고 즐거워했다.

스캇은 난간에 상체를 기댄 뒤 힘없는 목소리로 중얼거렸
다.

"두 번째를 선택했소."

그는 깊은 무게가 담긴 한숨을 내쉬었다. 저들의 축제도 잠
시일 뿐, 다시 모든 시간이 조작되고 원래의 모습으로 돌아가

게 되는 것이다.

그의 선택 때문에.

"후우……."

그 무게는 보통이 아니었다. 스캇은 책임감보다 배는 무거운 죄책감이 자신을 짓누르고 있음을 깨달았다.

다리엔은 작고 하얀 자신의 손을 그의 어깨에 올렸다.

"저 때문에 그렇게 된 거잖아요."

"아니오. 당신은 관계없어."

"그래도 전 괜찮아요. 당신이 처음부터 다시 시작하게 되더라도… 그 곁에 제가 있다면 전 괜찮아요."

그녀의 그 따뜻한 말이 스캇의 메마른 가슴을 움직였다.

그래, 그녀만 있다면…….

"다시 처음부터 시작하는 거예요. 한 명의 인연도 놓치지 말고 여기에 있는 모든 이들과의 인연을 다시 처음부터 이어가는 거예요. 지금 그 기억들과 책임감을 안고서."

"그래, 나는 그들의 행복보다 내 기억을 선택했지. 하지만 후회하지 않겠소. 이 기억이야말로 그들과 나를 다시 이어줄 것이라 믿고 다시 한 번 시작해 보겠소. 당신이 곁에서 함께 해 준다면 난 뭐든지 해내겠소."

이 기억이 아니라면 내가 아니게 되니까. 이 기억들이야말로 나의 존재, 그 자체니까.

기억들이 남아 있다면, 그녀가 곁에 있다면 그 어떤 일도 해낼 수 있었다.

다시 처음부터 나라를 만든다 해도 성공할 수 있었다. 그리고 그 믿음으로 결단을 내린 것이다.

스캇은 몸을 일으켜 그녀를 안았다. 연약하고 무너질 것 같았지만… 희망을 가지게 된, 새 삶을 가지게 된 그녀의 몸에는 생기가 넘쳐흘렀다.

그는 자신의 선택을 결코 후회하지 않았다.

"내 사랑도, 내 조국도 결코 포기하지 않겠다. 기필코 그 모든 것을 다시 일으키고야 말겠다."

스캇은 그녀를 품에 안고 난간 너머로 펼쳐진 백성들의 모습을 바라봤다.

"내 백성들이여, 한 번만 더 나를 믿어다오. 기필코… 기필코 당신들에게 돌아오겠다."

그의 두 눈이 황혼을 맞아 붉게 물들었다.

지치지 않는 그의 열정, 목표, 꿈, 그 모든 뜻이 그곳에 살아 꿈틀거리고 있었다.

결코 꺼지지 않을 불꽃으로.

『개들의 왕』終

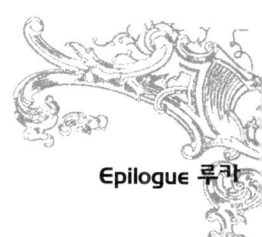

Epilogue 루카

　─우리 역은 타는 곳과 전동차 사이가 넓습니다. 타실 때 조심하시기 바랍니다.

　치이이잇.

　지하철 문이 닫힐 찰나, 한 소녀가 급하게 열차에서 뛰어내렸다.

　"아, 잠깐만! 잠깐만! 휴우……."

　"이봐, 학생! 뒤로 비켜!"

　역무원의 불평 섞인 외침이 들려오자, 숨을 몰아쉬고 있던 소녀는 재빨리 플랫폼의 안쪽으로 물러났다.

　그녀는 역무원을 향해 손을 들어 짓궂게 인사를 한 후 계단을 따라 역을 뛰어오르기 시작했다.

"오늘도 늦으면 징계라고! 뛰어! 달려! 날아올라! 루카!"

그녀의 발이 한 번에 서너 개의 계단을 뛰어올랐다. 인파 속을 다람쥐처럼 피하며 계단을 모두 오른 소녀는 서둘러 밖으로 향했다.

"어머, 루카 아니니? 오늘도 지각인가 보구나."

"인사는 방과 후에!"

주변 사람들의 인사에 일일이 답했다간 점심시간이나 되어야 도착할 것이 틀림없었다.

거리로 나온 그녀는 등에 멘 가방을 잔뜩 당겨 잡곤 달릴 준비를 하기 시작했다.

"후우… 후우… 남은 시간은 5분. 계산상으로는 10초당 70미터씩 달리면 제시간에 도착할 수 있어. 아자! 아자!"

"타."

루카가 익숙한 목소리에 고개를 돌리자 반가운 얼굴이 나타났다. 검은색의 오토바이와 검은색 재킷. 항상 입에서 놓지 않은 담배.

그리고 머리카락 대신 머리를 뒤덮고 있는 녹색의 덩굴.

"마리미 언니!"

"안 늦었어? 그냥 간다?"

"아웅! 언니야말로 내 구세주야!"

루카는 주위의 시선도 아랑곳하지 않고 덤블링을 하듯 그녀의 뒤로 올라탔다.

"꽉 잡아. 1분 내로 도착하게 해주지."

"넵!"

부우우우우웅!

마리미가 스로틀을 힘껏 당기자 마력과 증기기관으로 움직이는 신형 모델 테이크 라잇의 배기구에서 희뿌연 증기가 쏟아져 나왔다.

"달려요!"

"좋아."

피이이이잉!

그들은 한적한 도로를 마치 섬광처럼 달려갔고, 그녀의 말대로 채 1분도 되지 않아 목적지에 도착할 수 있었다.

"고마워, 언니! 오후에도 데리러 와주면 안 될까?"

"남자 친구나 만드세요."

질린 표정으로 응수한 마리미는 다시 테이크 라잇을 몰고 학교 앞을 빠져나갔다.

루카는 한참을 멍하니 그녀의 뒤를 바라보다가 그제야 자신의 상황을 깨닫곤 강의실을 향해 달리기 시작했다.

"징계 싫어!"

끼이익.

"허억, 허억… 수업은?"

"잘 왔어요, 루카 양. 이쪽으로 와요."

강단에 서 있던 교수는 루카를 자신이 있는 쪽으로 이끌었다. 그는 강의실에 앉아 있는 다른 학생들에게 그녀를 소개했다.

"여러분도 잘 아시는 루카 양입니다. 활발하고, 열정적이고, 매사에 최선을 다하지만… 잘 늦는다는 단점이 있지요."

학생들 사이에서 작지 않은 웃음소리가 터져 나왔다. 루카는 애써 미소를 지으며 부끄러움을 감추려고 애썼다.

'제대로 걸렸군.'

"그녀는 오늘도 등교에 최선을 다했겠지만, 결국 징계를 받게 됩니다. 왜? 우리 학원의 모든 학생들은 일정 수준 이상의 지각 횟수가 누적될 경우 징계를 받아야 한다는 원칙이 있으니까요."

루카는 뒤통수를 긁적였다. 일단 늦은 것은 사실이니 혼나는 것이 당연했다.

교수는 그녀의 손을 잡으며 말했다.

"만약 20년 전이었다면 그녀는 징계를 받지 않았을 겁니다. 이유를 아는 학생?"

몇 명의 학생이 손을 들었고, 교수는 한 학생을 지적했다.

"그래요. 바븐 군이 대답해 볼까."

순수 오크 출신으로서 타고난 지능은 좀 떨어지지만 학업에 대한 열의만큼은 누구보다도 대단해 모든 교수들이 칭찬해 마지않는 바븐 프렉티올이었다.

"그녀가 공주님이기… 킁, 때문입니다. 크흥."

"잘 대답했어요. 하지만 아주 조금 부족하군요. 루카 양, 직접 말해보겠어요?"

멍하니 다른 생각에 빠져 있던 루카는 교수의 질문을 듣고 깜짝 놀랐다.

"아, 아, 네. 제가 말해볼게요. 네, 제 차례예요."

그녀의 어리버리한 행동에 또다시 강의실 안에 웃음꽃이 피었다.

루카는 얼굴을 붉힌 채 한참을 고민하다 조심스럽게 말했다.

"그건… 아마도… 그러니까… 그때의 그곳은 평등이 없었고, 이곳엔 평등이 있으니까… 요?"

교수는 어깨를 으쓱였다.

"대단한 어휘 능력이군요. 마지막 한 글자만으로 의문문이 되어버렸네요."

"아하핫, 감사합니다."

"자리에 들어가 앉으세요. 제가 설명하지요."

루카가 도망치듯 자신의 자리로 뛰어 들어가자 모두들 박수를 치며 그녀를 환영했다. 루카는 그 낙천적이고 시원한 성격으로 학원 내에서도 인기가 많았다.

교수는 학생들의 이목을 집중시킨 뒤 설명을 시작했다.

"지금 우리나라엔 약 200여 종이 넘는 다양한 종족들이 함께 생활하고 있어요. 그리고 우리나라가 생기기 전에는 모든 종족들이 단지 종족이 다르고, 겉모습이 다르고, 서로 사는 문화가 다르다는 이유만으로 서로를 공격하거나 미워했지요. 특히 인간의 선입견은 그 정도가 심했습니다. 자기들 내에서도 그 격차가 심각했지요. 아마 그때의 루카 양이라면 제가 아니라 학장 선생님께서도 루카 양을 꾸짖지 못했을 겁니다."

지금 이 수업을 듣고 있는 순간에도 인간이 반 정도를 차지하고 있었다. 그들은 모두 자신의 종족이 언급되자 조금씩 움츠러드는 듯했다.

"아, 걱정할 것 없어요. 인간의 성향 자체가 나쁘다는 것이 아니니까. 결국 이런 괴리를 발견하고 고쳐 낸 것도 다름 아닌 인간이니까요. 바로 현재 이 나라를 통치하고 계신 스캇 국왕 폐하가 오늘 수업의 주제입니다. 자, 모두 각자 알고 있는 것을 하나씩 발표해 볼까요?"

학생들은 모두들 눈을 빛내며 손을 들기 시작했다. 교수가 한 명씩 지목하자 지목받은 학생이 자리에서 일어나며 자신이 알고 있는 것을 말하기 시작했다.

"제국이 전쟁을 벌이기 위해서 쳐들어왔을 때 단 한 명도 상처 입히지 않고 전쟁을 종결시키셨어요!"

"전 세계 사막에 갇혀 있던 일곱 공주를 구해낸 이야기를 가장 좋아해요."

"전 국왕님보다 다리엔 왕비님에 대한 이야기를 더 좋아해요. 그분은 우리나라뿐만 아니라 제국에도 삼백 개가 넘는 병원을 세우셨어요."

강의실의 뒤편에 앉아 있던 루카는 자신의 부모님에 대한 이야기가 나오자 자신도 모르게 싱글싱글 웃음이 지어졌다.

한참 동안 다른 이들의 발표가 이어진 뒤, 교수는 루카를 향해 물었다.

"루카 양도 한번 말해보는 것이 어떨까?"

자식으로서 부모님을 바라보는 모습을 어떨까? 하루의 대부분을 그들과 함께 보내고 있는 루카다.

그렇기에 모든 학생들은 그녀의 발표를 기대했다.

자리에서 일어난 루카는 짓궂은 표정을 지었다.

'말해 버릴까?'

그녀는 장난기 넘치는 표정을 짓고는 개구쟁이와 같은 미소를 지었다.

"아무도 안 믿을 텐데? 우리 아빠는 사실……."

청어람 판타지의 재도약!!

혁신과 참신함으로 무장한
새로운 판타지 전문 브랜드의 탄생!

「알바트로스」
Albatros

판타지계의 커다란 근간을 이뤄온 청어람 판타지 소설!
새로운 브랜드 「알바트로스」라는 커다란 날개를 달고
거대한 웅비를 시작합니다.

알바트로스는 판타지의, 판타지를 위한 개척자이자 도전자로 존재하겠습니다.
알바트로스는 형식적이고 나태해진 판타지계의 구습을 벗어나겠습니다.
알바트로스는 판타지계의 도약을 위한 든든한 날개 역할을 묵묵히 수행합니다.
알바트로스는 변화와 혁신을 통해 새롭게 태어날 환상 공간입니다.
알바트로스는 판타지를 아끼고 사랑하는 이들을 향한 청어람의 굳은 약속입니다.

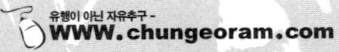

유행이 아닌 자유추구 -
WWW.chungeoram.com

2006년 7월 개봉 예정인 영화 다세포 소녀의
인터넷 원작 만화 전격 출간 결정!
300만 다세포 폐인을 열광시킨 상식을 뒤엎는 엉뚱한 만화 세계!!

다세포 소녀

'다세포 소녀'는 인터넷에서 300만 명의 '다세포 폐인'을 양산한 인기만화다.
'무쓸모 고등학교'를 배경으로 '뽀샤시한' 순정만화 주인공 같은 외모의 남녀 고교생들이 펼치
는 엽기적이고 황당한 내용과 성(性)에 관한 발칙한 상상력을 보여주면서 네티즌들로부터 폭발
적인 반응을 얻고 있다.
"제 또래들과 함께 나누고 싶은 성, 사회 문제 등을 짚어보고 싶었다"는 작가의 변에서 볼 수 있
듯 만화 속 이야기의 절반가량은 주변에서 전해 들은 '실화'를 참고했다. 작품에서 보여지는 비
꼬는 패러디와 냉소적인 유머에서 삶에 대한 진지한 성찰이 엿보이는 것은 그 때문이 아닐까!

외눈박이의 일기

오늘 영어 선생님이 성병으로 결근하셔서 담임 선생님이 대신 수업을 하셨다. 담임 선생님
은 "뭐, 원조교제 하다 보면 그럴 수도 있으니 이해하라"고 말씀하시더니 여자 반장한테도 병
원에 가보라고 하셨다. 반장은 눈물을 글썽이며 외쳤다. "너무해요! 선생님! 전 원조교제 같
은 건 안 했어요!" 그러나 매독이라는 담임 선생님의 말을 듣곤 벌떡 일어나 후다닥 짐을 챙
겼다. 그러더니 남자 부반장 면상에 욕과 함께 주먹을 날렸다. 부반장은 "습진인 줄 알았다"
고 변명했다. 그걸 본 다른 아이들도 병원에 간다며 서둘러 교실 밖으로 나갔다. 결국 교실
엔… "계… 게길! 나만 남았다. 그래, 나만 숫총각이다. 게기랄!" 담임 선생님은 자책하지 말라
며 "세상은 용모로 살아가는 게 아니잖아" 라며 화를 돋우셨다. "뭐라구요? 지금 놀리시는 겁
니까? 선생님! 그래! 나 외눈박이다! 그래서 한번도 못해봤다! 크아악!!"

잠들어 있던 거대한 공룡, 중국이 깨어나고 있다!

세계의 중심으로 우뚝 부상하고 있는 중국.
그들을 알지 못하고서 어찌 글로벌 시대에
경쟁력을 갖췄다 할 수 있겠는가.

한 권으로 끝나는 중국 고전 시리즈

한 권으로 끝내는 중국 고전 길라잡이

■ 모리야 히로시 지음 / 장선연 옮김 | 값 12,000원

각 세계의 지도자들에게 지침서로 읽혀온 명저에서 핵심만 추출해 낸 입문자를 위한 실천적 고전 안내서!

한 권으로 끝내는 춘추전국 처세술

■ 마츠모토 히로시 지음 / 김미선 옮김 | 값 12,000원

예측 불허의 변수 속에 풍랑을 만난 조각배처럼 표류하는 현대인들에게 등대가 되고 나침반이 될 처세술의 비전!

한 권으로 끝내는 중국 고전 언행록

■ 미야기타니 마사미쓰 지음 / 연주미 옮김 | 값 12,000원

자기 계발과 경영 전략 등 현대 생활에 도움이 되는 내용을 명쾌하게 풀어낸 이 책은 지적 자극이 넘치는 최고의 실용서이다.

잘나가고 싶은 사람은 읽어라!

그에게 한눈에 반했다! 그것은 분위기 탓?
애인과 나란히 걸어갈 때 당신은 좌, 우 어느 쪽에 서는가?
이성은 왜 서로 끌리는 걸까? 그 심층 심리를 해명한다!

30초의 심리학

■ **30초의 심리학**
아사노 하치로우 지음 / 계일 옮김 | 값 8,500원

처음 본 사람인데 왜 닮은 느낌이
너무나도 강렬한 사람이 있다.
흔히 하는 말로 '필이 꽂힌 사람',
그래서 잊혀지지 않는 사람,
한눈에 반했다고 하는 것이 바로 그것이다.
이런 인간의 감정을 논하는 데
남녀의 구분이 있을 수 없다.
사랑하는 그, 혹은 그녀를
생각하는 것만으로도 가슴이 두근거린다.
이상할 것 없다. 당연히 그럴 수 있는 것이다.
그렇기에 인간을 감정의 동물이라 하지 않는가.
그러나 그렇게 좋아하는 그 사람이
어느 날 갑자기 싫어지는 경우는 왜일까?

Psychology